유해한 남자

FELIX VALLOTON
LA VI MEURTRIERE
Genéve ; Paris : Ed. des Trois collines, 1946
ⓒ불란서책방 2023

FÉLIX VALLOTON

유해한 남자

펠릭스 발로통 장편소설
김영신 옮김

그림자의 화가 펠릭스 발로통의 자전적 소설

삶은 한 줄기 연기다. 손에 잡힐듯 사라지는 환영에 매달려 발버둥 치고, 헛된 기대를 품는다. 그리고 거기 삶의 죽음이 있다.

-펠릭스 발로통

차례

서두

18xx년 6월 28일 오전 아홉 시, 뮤엣 지구의 경찰서장은 그날도 사무실에 들어서며 늘 그렇듯 습관적인 질문을 던졌다.

"뚱보, 뭐 새로운 일이라도 있나?"

보좌관의 대답 역시 변함없다.

"별다른 건 없습니다."

"편지들은?"

"책상 위에 올려놓았습니다."

"날씨 참 좋군."

서장이 외투를 벗으며 말했다. 하급자에게 공문을 요구하면서 덤으로 던지는 이런 말은 성실하고 정직한, 그러나 보잘것없는 하급 공무원에게 상급자가 드러내는 친숙함의 정도를 나타낸다. 폭풍우가 치거나 오늘처럼 햇살이 내리쬐는 날이나 표현은 그때마다 비슷비슷하다. 그 의미를 정확하게 이해하고 상급자의 심기를 살펴야 하는 것은 언제나 하급자의 몫이다.

서장은 자신의 방으로 들어갔다.

　책상 위에 가지런히 놓인 편지 중에서 세 번째 편지까지는 그가 원하던 바대로 딱히 긴급한 일 따위는 없었다. 서장은 만족스럽게 편지를 읽자마자 휴지통에 던져 넣었다. 네 번째 편지를 펼쳐보던 서장은 뚱보를 소리쳐 불렀다. 뚱보의 더부룩한 머리가 나타났다.

　"일이 벌어졌군. 자살 사건이야."

　"남자인가요?"

　"맞아, 빈느 거리. 가서 확인해봐야겠군."

　"혹시, 장난 편지 아닐까요?"

　밖으로 나가는 걸 싫어하는 뚱보가 넌지시 끼어들었다.

　"그럴지도 모르지, 어떻든 가 봐야지. 자, 산책하는 셈 치자고, 그 동네가 아주 아담하지 않나. 프와로와 라블레에게도 알려주게, 곧 내려가겠네."

　비서가 자리를 뜨자 서장은 남은 편지들을 모두 확인했다. 말하자면, 편지 더미 위에 올려놓기 전에 봉투를 열어보는 정도의 수고를 더한 후 외투를 걸치며 모자를 쓰고 두 명의 경관이 기다리고 있는 아래층으로 내려갔다.

　서장의 발뒤꿈치가 빠져나가자 방안으로 관공서의 침묵이 들어섰다. 벽에 걸린 달력이 살랑거렸고 쓰레기통에 구겨진 그날의 편지가 그 전날의 편지와 미세한 마찰음을 내며 마르기 시작했다.

　생기를 잃고 체념에 젖은 추레한 종이들은 도착 즉시 거의 즉사했고 세련된 종이들은 그들보다는 조금 더 오래 살아남았지만, 그리 오래 가진 않았다.

　빈느 가 III번지, 관리인은 이 갑작스러운 방문에 적잖이 놀랐다.

급박한 초인종 소리에 질겁한 관리인은 제복을 보자 이내 안정을 되찾으며 자신의 신경통과 죽은 남편 이야기를 늘어놓기 시작했다. 서장이 말을 가로막으며 물었다.

"자크 베르디에 씨가 여기 살고 있지요?"

"네, 3층 왼쪽 문이요."

"지금 집에 있습니까?"

"그분이 나가는 건 보지 못했죠."

"열쇠를 가지고 있나요?"

"네. 서장님. 제가 그 집 일을 봐주고 있답니다."

"좋습니다. 안내해주시죠."

"아주 조용한 남자였는데⋯. 뭔 일을 저질렀길래⋯."

관리인이 기품있는 부인처럼 일행을 이끌고 앞장서며 중얼거렸다. 그녀는 끙끙거리며 근근이 3층까지 자신을 끌어올렸다. 문 앞에 도착하자 그녀의 다리가 후들거렸다.

"여기예요, 서장님."

"문을 조금 두드려보세요, 나오는지⋯."

아무런 대답도 없었다.

"자, 이제 문을 열어주세요."

열쇠가 자물쇠 구멍을 찾아 두 번 돌면서 문이 열렸다. 계단 아래에선 경찰 모자에 달린 계급장이 반짝이고 있었다. 누군가 코를 풀었다. 서장이 먼저 방에 들어갔다. 방은 어두웠고 커튼은 닫혀있었다.

"자, 이제 내 일이 시작되었군."

소파에 축 늘어진 시체의 검은 형상을 발견한 서장이 말했다.

"너무 어두워."

누군가 커튼을 젖히자 남자가 모습을 드러냈다.

"아, 이런 세상에…! 오… 하느님! 불쌍한 베르디에 씨!"

관리인이 곧바로 비명을 쏟아냈다.

"조용!"

뚱보가 매몰차게 쏘아붙였다. 그러고 나서 마음이 쓰였는지 부드럽게 덧붙였다.

"어떻든 부인이 이 사람을 깨어나게 할 수는 없지 않겠어요? 그렇죠?"

이 상황에서는 그 말에 누구도 감히 웃을 수는 없었다. 뒤에서 지켜보던 두 명의 경관들도 애써 웃음을 참았다. 게다가 서장이 이미 일을 시작하고 있었다.

"이 사람이 자크 베르디에 씨인가요? 이 남자를 알아보시겠어요?"

"물론이죠, 서장님. 이 불쌍한 남자가 베르디에 씨 맞아요! 도대체 무슨 일이죠?"

"부인은 이제 돌아가셔도 됩니다. 여기 더 계실 필요는 없습니다."

"서장님 말씀이 맞네요…. 우리 집에 이런 일이…. 소름이 돋고 있답니다."

"어서 내려가세요, 어서!"

그녀는 아연실색하며 자기 자리로 돌아갔지만 맨 먼저 이 소식을 이웃들에게 전하는 것은 잊지 않았다. 윗집, 아랫집, 옆집, 그리고 맞은 편에 있는 이웃들에게. 삼십여 분 동안 건물의 모든 문이 열렸다가 닫히길 반복했다.

고인의 편지를 들고 있던 서장이 그것을 읽기 시작했다.

자크 베르디에. 28세. 나는 개인적인 동기로 스스로 목숨을 끊는다. 나는 부모도, 아이도, 친구도 없다. 누구에게 진 빚도 없고 내게 빚진 사람도 없다. 내 책상 서랍에 금화 천 오백 프랑과 지폐 오천 프랑, 그리고 유가 증권과 채권을 남겨둔다. 나는 이것을 공공 구호 기관에 전달한다. 나는 공동묘지에 묻히길 희망하며 존경하는 경찰서장께서 기꺼이 이를 받아 들여 확인해주시길 부탁드린다. 오직 경찰서장만 볼 수 있도록 내 책상 위에 봉인된 봉투가 놓여있다. 그 안에 든 내용물은 그가 원하는 방식에 따라 처리될 것이다.

"규정에 따라 일을 처리합시다."
혼란스러운 듯 서장이 말했다. 그가 서랍을 열었다. 물건들이 아주 잘 정돈되어 있었다. 지폐와 천오백 프랑의 금화 그리고 증권들. 책상 위 권총 옆에 봉인된 봉투가 놓여있었고 수신인란에는 <존경하는 경찰서장께>라고 쓰여있었다.
"자, 내게 보냈다고 하니…"
곧이어 경찰서장은 봉인을 뜯었다.
봉투 안에서 더 작은 봉투 하나가 나왔다. 그 위에 대문자로 다음과 같이 쓰여있었다.

<어떤 사랑>

서장은 침착하게 이 일을 수행했다.
"아하! 뭔지 알겠군."
종이 뭉치를 주머니에 쑤셔 넣고 곧바로 진지한 어투로 지시를 내렸다.

"뚱보, 자네는 보고서를 작성해주게. 프와로, 자네는 시청에 알리고 신원을 확인하게. 해가 뜬다는 사실만큼이나 단순한 사건이야!"

관자놀이에서 피가 흐르고 있는 시체를 힐끗 보면서 서장이 말했다.

"아! 이 친구, 실패하지는 않았군!"

그러자 라블레가 눈치 없이 끼어들었다.

"아니죠, 행정적인 편의에 자신을 내맡길 기회를 잡은 거죠."

"자네는 의사를 기다리면서 여기 남아 보초를 서도록. 우린 이제 가지."

잠시 후, 혼자 남게 된 라블레는 어떤 상념에 젖어보려 했지만, 그 방면으로는 재능이 없었던지라 평범한 감상 이상으로 나아가지 못했다. 그는 이런 결함을 만회하고자 벽에 걸린 그림들을 감상하기 시작했다. 이해하지는 못했지만, 조심스레 신발 소리에 신경을 곤두세우며 의자들 주변으로 커다란 원을 그리며 걸었다.

점심 식사를 위해 집에 돌아온 서장은 외투를 벗으려고 원고를 아내의 접시에 올려놓았다. 그것을 발견한 그의 아내는 건성으로 몇 페이지 읽었으나 아무런 감흥도 느끼지 못했다. 구석에 내던져진 원고는 하녀의 손에 들어갔고, 그녀는 그것을 어떻게 처리할지 몰라 에꼴 보자르의 건축학도인 애인에게 건넸다.

건축학도는 이 원고를 매일 밤 카페에 모여 잡지 창간을 꿈꾸던 더벅머리 친구들에게 소개했다. 무상으로 제공되었다는 것에 매료된 이들은 <어떤 사랑>의 발표를 서둘러 결정했다. 그러나 불행히도 이 계획은 성사되지 못했는데 그들의 잡지가 아예 햇빛을 보지 못했기 때문이다. 설립자들은 길게 기른 머리를 짧게 잘랐고 <어떤 사랑>은 망각의 먼지 속에 파묻혔다.

우리는 나중을 위해 이 원고의 손상을 방지하고 온전하게 보존할 목적으로 그들에게서 이 원고를 입수했다.

참고—우리는 사망한 저자가 붙여놓은 약간 구식의 제목을 좀 더 강렬하게 <어떤 살인>*으로 변경하려 했다. 그러나 생각만큼 그 차이가 크지 않았다. 또한 이 원고를 읽고 난 독자들은 개인적인 경험에 따라 이 두 제목의 의미가 상당히 유사하다는 것을 보게 될 것이다. 이 둘은 거의 동의어라 해도 무방하다.

*그리하여 결국 <유해한 남자>로 바뀌었다.

제1장

　나는 내 출생과 당시의 상황에 대해서 아무런 기억도 갖고 있지 않다. 흔히 그렇듯 몇몇 아주 가까운 친척들에게만 알려졌을, 지극히 평범했을 출생의 순간에 대해 간직할 만한 기억이라곤 없다.

　내게 남은 이 시기의 유일한 증인은 그 당시 찍은 사진 속 내 부모님이다. 두 분 모두 오래된 정장을 차려입고 두 손을 맞잡은 채 행복에 겨운 표정으로 천진난만하게 서로를 바라보고 있다. 사진은 내가 태어나고 며칠 지나지 않아 그들 스스로 대견해하며 찍은 것이었다. 원본 필름은 망가졌다. 나는 이 사진을 부모님의 집 벽에서 떼어냈고 이미 누렇게 바래가고 있었다. 나는 아주 세심하고 소중하게 이 사진을 간직하기로 맹세했었다.

　하지만 무슨 일이 있었던가?

　이 사진을 너무나 소중하게 다룬 나머지, 어느 날 이것을 아주 잘 숨겨놓았다가 다시는 찾을 수 없게 되었다.

내 어린 시절에 관해서는 단지 부모님을 통해 들은 이야기 외에는 알지 못한다. 어머니에게는 내가 아주 잘생긴 아이였고, 아버지에겐 영민한 아이였다. 두 사람에 따르면, 나는 서로의 살아있는 초상화였다. 가끔 나를 보러오는 깡마르고 누런 얼굴의 플로랑스 이모는 내가 두 사람뿐만 아니라 그녀가 젊은 시절에 보았던 내 할아버지 오베르와 닮았다고 주장했다. 게다가 좀 모자란 듯한 노처녀인 자기의 여동생과도 닮았다고 주장했다. 물론 나와 노처녀 사이엔 닮은 점이라곤 전혀 없었다.

　　요컨대 나는 모두와 닮아있었다. 나는 사람들이 나와 닮지 않았기를 바란다.

　　오직 디프테리아에 걸렸던 이야기만 그 까마득한 과거 속을 떠돌며 뚜렷한 인상을 남겼다. 일가친척 모두 이 문제로 수없이 논쟁을 벌였음에도 어떻게 내가 병에 걸렸는지 아는 사람은 없었다. 어떻든 끔찍한 일이었음은 틀림없었다. 언젠가 어머니는 그 당시에 일어난 일에 대해 말해주었다. "그때는 전염병이 한참이었단다." 모두가 심각했고 누구도 말을 하지 않았다. 아무튼 당시로서는 치료제가 없었지만, 나는 결국 완쾌되었다. 기적을 행한 의사의 이름이 내 친지들에 의해 위대한 인물로 추앙받았다. 여기서 그 의사의 이름을 밝힐 필요는 없을 것 같다.

　　'나의 전염병'을 제외하고는 유년기에 아무 일도 일어나지 않았다. 나는 다른 아기처럼 아기여야 했고 아기들이 그렇듯 울고 소리치고 기저귀를 더럽혔다. 그리고 홍역도 앓았으며 그즈음 이빨이 솟아났다. 나에게 비로소 인상적인 기억이라 할 만한 장면을 떠올리기 위해서는 대략 다섯 살로 되돌아가야 한다.

어느 날 저녁이었다. 어머니 옆에 앉아 그림을 오려 손가락에 풀을 묻혀가며 노트에 붙이고 있었다. 그때 아버지의 혼잣말이 들렸다.

"전쟁이 시작됐군!"

나는 뭔가 심각한 일에 관한 것이라 짐작했다. 우리는 램프의 갓이 그려낸 둥그런 불빛 아래 있었고 나는 내 눈높이에 금줄이 매달린 아버지의 조끼만을 볼 수 있었다. 불빛 안에서 어머니의 손만이 하얀 뜨개질감 위로 민첩하게 움직이고 있었다. 손놀림이 갑자기 멈추었고 놀란 목소리가 들렸다. "설마 설마 했는데, 세상에." 그 외에 기억나는 것은 없다. 마침 그 시간은 내가 잘 시간이었다. 그렇게 몇 주가 흘렀다. 어머니는 뜨개질 대신 다른 이들처럼 붕대를 만들기 시작했다. 어머니를 돕고 싶었다. 제대로 돕지는 못했지만 즐거운 일이었다. 어머니는 내게 천 한 조각을 맡겼고 나는 내가 할 수 있는 한 실을 뽑아내려고 안간힘을 썼다.

그 당시, 아버지는 집에 들어올 때마다 "어떻게 됐죠?"라는 어머니의 질문을 귀가 인사처럼 받았다. 그 말을 하는 어머니의 표정은 날이 갈수록 더 힘겨워 보였다. 부모님은 "아이가 놀라지 않도록" 나지막한 목소리로 대화를 주고받았다. 나는 부모님의 대화 중에서 "끔찍한 일이야", "불쌍한 사람들…"같은 짤막짤막한 소리만은 들을 수 있었다. 가끔 흐느끼는 소리도 들었다. 그러고 나면 한 사람은 신문을 읽기 시작했고 또 한 사람은 하던 일을 다시 이어 나갔다. 나 역시 무언가를 하거나 아니면 가만히 있었다.

그 겨울의 끝 무렵 온 나라에 커다란 동요가 일었다. 우려할만한 소문들이 사실로 밝혀지고 있었다. 우리 군대가 결국 프러시아 군대에 패해 무기도 포기하고 국경을 넘어 후퇴하고 있다는 이야기였다. 내가 이해할 수 있는 것은 별로 없었다. 이런 특별한 주제를 이해하기엔 나는 너무 어렸다. 하지만 우리 가족을 보러오는 친구들의 끊임없는 왕래, 늘 한결같은 주제로 이어지는 이야기들, 언제나 불안이 감도는 분위기, 여기저기서 벌어지는 기이한 채비, 자기 집 앞을 서성이는 부르주아들과 사방에 군인들로 소란스러운 도시는 나를 흥분의 도가니로 밀어 넣었다.

이 모든 것이 여전히 혼란스럽지만 잠든 기억을 분명하게 떠올리려 노력 중이다. 이 사건들을 통해서 비로소 내 감수성이 열렸고 나는 이것을 기록해두고 싶다. 다른 아이들과 마찬가지로 호기심이 일상을 지배했다. 사태의 깊은 의미와 원인은 알 수 없었고 막연했지만, 그 사건들은 강한 인상을 남겼다. 손에 잡힐 듯 이런저런 수많은 일이 벌어졌지만, 그 모든 일 하나하나에 주의를 기울이기에는 역부족이었다.

어느 화창한 날, 오후 4시쯤 마을에 새로운 소식이 전달되었다. 그날 저녁, 억류되었던 우리 부대가 마을에 도착하여 주민들의 집에 머물 것이라는 소식이었다.

"진짜 군인들을 볼 수 있겠죠?"

어머니는 대답 대신 분주하게 움직였다. 이미 집안은 어수선해지기 시작했다. 얼이 빠진 하녀는 짚을 넣은 매트와 침대 매트리스들을 층별로 옮기고 있었다. 그동안 아버지는 윗도리를 벗고 침대를 분해하고 있었다.

밤이 되자 부대 행렬이 광장에 들어섰다. 나는 감격한 나머지 몸을 떨고 있었다. 희미한 발걸음 소리가 광장 반대편 어둠 속에서 점점 커지더니 선두에 선 형체들이 나타났고, 가로등 안으로 들어서자 샛노랗게 보였다. 나는 겁에 질려 부모님의 다리에 달라붙었다.

하지만 정말 놀라운 광경이었다!

침울한 표정으로 누더기를 걸치고 기진맥진한 채 갑작스러운 불빛에 잠시 노출되었다가 이내 어둠 속으로 사라지는 그들의 불안한 모습이 지금도 눈에 선하다. 겁에 질린 나는 다급하게 내딛는 그들의 발걸음 소리와 원망과 욕설이 뒤섞인 웅성거림 속에 간간이 오가는 처량한 농담을 듣고 있다. 지리멸렬하게 떼를 지은 행렬이 끝도 없이 뒤죽박죽 섞여서 지나갔다. 악취가 그들을 감싸고 있었다. 많은 군인이 민간인 복장을 하고 둥그런 모양의 큼지막한 빵을 입에 물고 있었다. 어떤 병사들은 자기 등에 동료를 업고 있었으며, 알아볼 만한 군복은 아무도 입고 있지 않았다. 부상자들이 많았고 모두 덥수룩한 수염에 야위고 몹시 지저분했다.

어느 날은 아주 심각했다. 온종일 행렬이 그치지 않았다. 양가죽을 뒤집어쓰고 웅크린 핏기 없는 어린 병사들, 걷고 있는 기병들, 꼬리가 반쯤 잘나간 바싹 여윈 말 위로 두 명씩 겹쳐 앉은 보병들, 엉덩이 쪽에 똥이 묻은 헐렁한 바지를 끌며 걷는 알제리 저격병들, 흑인들, 각양각색의 피부와 언어를 사용하는 자원병들, 모험가들, 무뢰한들, 여자들, 그리고 이 후퇴행렬에 끌려가고 있는 독일군 포로들까지.

몇몇 장교들은 무리를 따라 걸었지만, 그들 대부분은 아주 멋진 자동차로 도착했고 명령조를 말을 했다.

나는 부모님이 허락하는 범위 내에서 여기저기 둘러보았다. 그리고 내 어린 뇌는 그곳에서 잔혹한 장면을 인쇄하고 있었다.

나는 두 다리를 잃고 동료의 어깨에 멘 지게 위에서 좌우로 흔들거리던 불행한 남자를 보았다. 상처를 째고 붕대를 감는 모습과 뼈를 부러뜨리는 소리를 들었으며 도로를 따라 가늘게 떨어지고 있는 피와 배설물, 고름을 목격했다.

우리 집은 사람들로 넘쳐났다. 커다란 가마솥엔 수프가 끓었고, 나는 하녀를 따라 따뜻한 포도주를 물뿌리개에 담아 대대가 주둔하고 있는 교회로 여러 번 가져갔다. 첫날부터 집안의 천들은 동이 났다. 아버지의 옷이나 양말도 모두 사라졌다. 우리는 침대보를 찢어서 붕대를 만들었고 남자들은 거실 마룻바닥에 양탄자를 덮고 누웠다.

아버지는 내가 도움을 줄 수 있으리란 생각에 사탕과 감초가 가득 담긴 상자를 내게 맡겼다. 나는 그것을 끈으로 묶어서 내 목에 걸었다. 하녀가 "기침이 나는 사람 있나요?"하고 외치자, "나요, 나"하며 헐떡이는 목소리들이 이 구석 저 구석에서 들렸고, 나는 그만 겁에 질려 물건들을 그대로 들고 도망쳐 나왔다.

이 악몽은 몇 주간 지속되었다. 그 후에 화창한 날씨가 돌아왔다. 사월의 태양 아래, 죽음의 이미지는 물러지고 점차 사라지면서 나의 관심에서 멀어졌다. 붉은 바지는 더 이상 나를 두렵게 하지 않았다. 아버지가 데려온 우락부락한 하인만이 나의 가장 친한 친구였고 그는 그해 여름까지 우리 집에서 일했다.

그렇게 몇 해가 흘렀다. 아무 일도 일어나지 않았다. 나는 정상적인 가족의 사랑 속에서 성장했다. 그리고 나와 다른 아이들을 구분할 수 있는 징후는 전혀 없었다.

"어릴 때 넌 참 착한 아이였단다."

어머니는 이렇게 말하곤 했다. 나는 참 착한 아이였다. 그렇다. 그

것이 전부다.

우리는 도시의 아래쪽에 있는 아주 오래된 주택에 살고 있었다. 궁륭 같은 어두운 터널을 통해서 드나들 수 있었는데 저녁이면 철을 덧댄 거대한 문이 닫힌다. 문이 닫힐 때 울리는 굉음에 놀라 침대로 펄쩍 뛰어오르곤 했다. 우리가 두 개의 층을 사용했고 3층과 꼭대기 층은 위베르탱이라 불리는 금속세공사와 그의 아내, 그리고 그녀의 여동생을 위해 세를 주었다.

이들 선량한 가족은 나를 친구로 대하며 자기 집에 초대했고 나는 기꺼이 응했다. 세공 작업대, 물감이 가득 든 유리 용기 그리고 벽을 따라 늘어놓은 연장들이 나의 감탄을 자아냈다. 나는 때때로 이 세공사가 끌을 이용해 구리에 뭔가를 새기는 일도 지켜보았는데, 가끔, 그가 일을 멈추더니 나를 향해 돌아서서 아주 낮고 부드러운 목소리로 말했다.

"자크, 넌 세공사가 되고 싶은 거지? 안 그래?"

"물론이죠." 내가 대답했다.

"어서 더 크렴, 그러면 내가 가르쳐주마."

우리 집 창문은 오래된 낡은 분수와 정자가 고즈넉한 풍경을 이루는 작은 공원을 향하고 있었다. 그곳에서 어떤 할아버지가 여름에는 과일을 팔았고, 겨울이 되면 밤을 팔았다. 그 창문을 통해 상점 주인들과 이웃들이 언제나 똑같은 일을 반복하는 모습을 지켜보았다. 나는 창가에서 책을 읽거나 혹은 아무 일도 하지 않으면서 많은 시간을 보냈다.

도시에 대해 말하자면, 이곳은 원래 야트막한 언덕이었는데 주변의 포도 경작지를 개간하면서 완만한 경사를 이룬 평지가 되었다.

도시는 여기저기로 퍼져나갔고 멀리 들판에 인접한 집들은 녹색 초원에 번진 무수한 거품 자국처럼 보였다.

주택들은 북쪽으로는 베르동의 거대한 숲에 거의 닿을 지경이었다. 남쪽으로는 물린 강에서 멈추는데 기세가 꺾인 듯 집들이 빼곡히 들어차 있다. 몇몇 집들은 그 경계를 넘었는데 평판이 나쁜 두세 채의 오두막 근처로는 사람들이 가까이 가길 꺼렸다. 동쪽에서 서쪽으로는 좀 더 자유롭게 펼쳐져 있었다. 많은 집들이 볼레에서 에르뮈로 가는 대로를 따라 거의 일렬로, 그 도시들의 경계까지 이어졌다.

베르동 숲 너머로 드레시 산의 뾰족한 정상이 보였고 오른쪽 산마루 너머로 당느와르 산이 아주 조금 보였는데 아침 햇살을 받아 빛을 발하고 있었다.

물린 강 건너편엔 지반이 벽처럼 불쑥 솟아있다. 너저분한 돌조각들만 굴러다니는 황량하고 비탈진 구릉은 아침부터 저녁까지 욕설과 채찍 소리로 가득했다. 도시의 모든 쓰레기가 그곳으로 흘러들어 쌓인다. 밤이면 넝마들이 갈고리를 가지고 쓰레기 더미를 뒤진다. 맨 꼭대기에 비스듬히 서 있는 4대의 짐수레가 그 윤곽을 또렷하게 드러내고 있었다.

더 멀리 보기 위해선 지붕 위로 올라가야 했다. 나는 자주 그곳에 올랐다. 그러면 들판, 숲, 마을들이 거대하고 적막한 주라산맥의 발치까지 이어지고 있었다. 주라산맥의 능선이 하늘마저 가로막고 있어서 한눈에 전체를 조망하기 위해서는 한 바퀴 돌아야 했다.

눈부시게 하얀 길들이 사방으로 교차하고 있었다. 멀리 남쪽 끝으로 호수가 물안개를 펼치고 있었다. 서풍이 불면 어느새 청회색의 말끔한 수면을 드러낸다.

이런 풍경 속에서 내 유년 시절이 흘러갔다. 지칠 줄 모르는 내 다리로 갈 수 있는 곳이라면 어디든 돌아다녔다. 처음엔 부모님과 함께 내키지 않는 일요일의 산책을 나서야 했는데 가족을 따라잡기 위해 계속 뛰어야만 했다. 나중엔 새벽부터 밤까지 혼자서 잡목이 우거진 숲이나 오솔길에서 내 열기를 뿜어냈다.

당시 내게는 뱅상이라는 친구가 있었다. 그는 이웃에 사는 도공의 아들이었다. 우리는 같은 나이였고 함께 즐거운 날들을 보냈다. 무슨 일이 있었던가, 자문해본다. 내 기억에 분명하게 각인된 그 일은 6월의 어느 오후에 일어났다. 그때가 눈에 선하게 떠오른다. 물린 강가의 낮은 강둑 위를 걷는 그와 뒤따르는 나. 그는 내가 뒤에 있는 것을 모른 채 호주머니에 두 손을 넣고 휘파람을 불며 걷고 있다. 해가 저물며 뒤따르던 나의 그림자가 갑자기 그를 덮쳤다. 그가 돌아보려고 몸을 돌릴 때 발을 헛딛고 말았다. 떨어지지 않으려 애썼으나 소용없었다. 머리가 먼저 떨어졌고 불행하게도 둑 아래 수로의 물은 얕았다. 이마가 둑의 주춧돌로 사용된 바위에 부딪혔고, 잠시 후 사람들이 기절한 그를 끌어냈다. 머리가 깨졌다.

그는 한동안 정신을 차리지 못했지만 적절한 치료를 받은 덕에 회복되었다. 나는 매일 그를 보러 가곤 했다. 그러나 그가 말을 할 수 있게 되었을 때, 내게 맨 먼저 했던 말에 얼마나 놀랐는지 모른다. 내가 자기를 밀었다고, 나를 비난하는 것이었다. 내가…!

"네가 날 밀었어! 그래, 네가 날 밀었어…! 일부러!"

나는 화가 났다.

"아니라고 해봐야 소용없어. 나는 네 손을 느꼈어!"

아무리 반박하고 애원해봐야 아무 소용이 없었다. 소문이 퍼졌다. 나는 사랑스러운 뱅상을 강으로 밀어버린 사람이었고, 그런 사람으로 남았다. 나를 자신들의 아들처럼 아꼈던 뱅상의 부모조차 드문드문 나를 초대했으며 결국 아예 더는 초대하지 않았다. 그는 회복했지만, 낙상사고의 충격으로 그의 성장은 멈추었고 지능도 떨어졌다. 우리는 빠르게 서로에게서 멀어졌다. 그가 알코올 중독과 가난 속에서 스물네 살에 죽었다는 것은 나중에야 알게 되었다.

나를 짓누르는 묵직한 회한 속에 오랜 시간이 지난 지금도 그 장면을 생각하면 공포에 휩싸인다.

"나는 네 손을 느꼈어!"라고 말하는 그의 맹렬한 두 눈은 반박의 여지가 없는 확신에 차 있었다.

그가 무엇 때문에 그토록 끔찍한 주장을 이어갔는지 나는 알 수 없었다. 오랫동안 혼란스러웠지만, 세월이 흐르면서 자연스럽게 잊혔다. 삶은 지속되었다.

그사이 나는 중학교에 입학했다. 학급에 내 이름 이외에는 더 추가할 것이 없는 삶을 살았다. 그 불행한 곳에서 무위의 삶을 보낸 칠년 동안 단 한 명의 친구도, 진실한 배움도 없었다. 그것이 무척 후회스럽다. 선생님들은 내가 재능이 있다는 것을 인정했지만 그것이 정확히 무엇인지 설명하지는 못했다. 누군가에게 나는 영리하고 이해심 많은 게으른 학생이었으며 또 누군가에게는 나의 지능이 특출나지는 않지만, 응용력과 의지력이 뛰어난 학생이었다.

내가 보기엔 나는 그저 상냥하고 명랑한 아이였고 역사와 지리를 빼놓고는 별다른 소질도 없었다. 다른 과목에서는 중간 이상의 점수를 얻은 적이 없었다. 게다가 나는 노력조차 전혀 하지 않았다. 이 우울한 시절을 회상하는 게 무슨 의미가 있겠나! 걸핏하면 화를 내는 선생님들의 중얼거리는 소리에 맥이 풀리는 끝없는 수업들. 여름 오후는 후덥지근한 공기 속에 파리떼와 무기력으로 마비되었고, 겨울엔 교실 전체가 화장실의 악취와 석탄 냄새 속에 잠들어 있었다.

유일하게 행복한 시간은 자유의 순간이었다. 아! 하교 시간마다 아파치처럼 함성을 지르며 열렬하게 대기를 한껏 들이마시는 기쁨이란!

동급생 중에서 유달리 나와 가까웠던 단 한 명은 니스에서 온 아이였다. 도시의 위쪽에 사는 과부의 아들이었으며 뮈소라 불렸다. 우리는 서로에게 호감을 보였고 같은 취미를 가지고 있었다. 그 아이 덕분에 당시의 무미건조하고 단조로운 생활에서 벗어나, 생기 충만한 날들을 보낼 수 있었다. 아, 얼마나….

숲으로 들어가 인디언 전쟁놀이를 하거나 참새를 잡고 가재를 낚았다. 나에게는 학교와 마찬가지인 그랑리유 산의 암벽을 함께 오르기도 했다. 모두 아득하게만 느껴진다.

어느 날, 편지함을 살피던 아버지가 위베르탱의 주소가 적힌 편지가 실수로 섞여 들어온 것을 발견했다. 아버지는 편지를 수신인에게 전달하도록 나에게 들려 보냈다. 세공사의 집에 가는 것은 내게 축제 같은 일이어서 늘 기회를 엿보고 있었었다. 나는 출입문이 열려있는 것을 발견했다. 현관에 아무도 없었다. 오직 커다란 괘종시계에서 좌우로 느리게 움직이는 시계추가 사람이 있다는 것을 느끼게 했다. 복도 끝의 반쯤 열린 문으로 햇살을 머금은 아틀리에와 등을 구부린 채 일에 몰두하고 있는 털보 위베르탱의 얼굴을 보았다.

나는 그의 투박한 용모, 자기 일을 꼼꼼하게 수행하는 그의 손과 몸동작이 선명하게 드러나자 다시 한번 감탄했다. 작지만 우람하고 다부진 그가 손가락 사이로 자잘한 연장을 들고 자유자재로 움직이는 모습이 지금도 눈에 선하다. 간혹 끌로 새긴 금속 조각 위에 입김을 불어 넣고, 소매로 닦았다. 그러고 나서 눈썹을 부풀려가며 주의 깊게 윤곽을 다듬고 있었다.

그를 놀래줄 생각으로 숨을 참고 까치발로 들어갔다. 일에 집중하고 있던 그는 아무 기척도 느끼지 못했다. 간혹 까다로운 부분에서는 잠시 멈추고 휘파람을 불었다.

세 발자국, 바로 앞에 섰다.

이윽고 내 폐에서 온 힘을 짜내, 느닷없이 귀에 대고 고함을 쳤다.

"우,체,부!"

무슨 일이 벌어질지 기대하며 조금 뒤로 물러서자 그가 몸을 일으켜 세웠다. 그와 동시에 끔찍한 비명이 터져 나왔다. 그리고는 뒤로 돌아섰다.

그의 두 눈알이 튀어나오며 일그러지고 있는 얼굴이 언뜻 보였다. 그는 두 팔을 허우적대더니 마룻바닥에 쓰러졌다.

나는 돌처럼 굳어버렸고 웃을 준비를 하고 있던 입술은 공포로 일그러졌다. 용기를 내 그를 바라보았고 상황을 깨달았다

왼손 엄지손가락 손톱 밑으로 끌이 뼈에 묻힌 채 반쯤 사라졌다.

이번엔 내가 소리를 질렀지만 그 소리는 들리지 않았다. 곧바로 밖으로 뛰쳐나와 도움을 청했다. 여기저기서 사람들이 몰려왔다. 검은 작업 가운 속의 팔다리가 경직된 위베르탱은 아무 말도 하지 않았다. 얼굴빛이 노랗게 변했고 두 눈을 커다랗게 뜨고 입을 벌린 채

미세하게 떨고 있었다. 그의 아내는 소금을 가져와 코로 들이마시게 한 후 관자놀이에 식초를 부었다. 어느 것도 효과가 없었지만, 그의 커다란 눈은 생생하게 나에게 계속 고정되어 있었다.

얼이 빠진 나는 가족들 품에 숨기 위해 집으로 뛰었다. 가족들에게 모든 이야기를 정확하게 털어놔야만 했다. 나는 내 방식대로 그 상황을 신중하게 묘사했다. 내가 편지를 작업대에 놓는 순간 위베르탱이 나를 향해 반쯤 돌아서서 고맙다고 말하더니 갑자기 비명을 지르며 무너지듯 쓰러졌다고 말했다. 증인은 없었고 누구도 내 말을 의심하지 않고 모두 믿었다. 창백해진 나를 본 어머니는 정성을 다해 나를 보살폈다.

저녁에 의사가 연장을 뽑아냈다는 것을 알게 되었다. 위베르탱은 여전히 의식을 차리지 못했고 그 집 창문엔 밤새 불이 켜져 있었다.

다음날도 상황은 마찬가지였다. 오히려 더 나빠졌다. 그는 몇 마디 알아들을 수 없는 말을 중얼거렸는데 그중에서 내 이름이 오르내렸던 것 같다. 나는 불안에 떨었다. 곧이어 파상풍으로 이어졌다. 당연히 구리 조각이 빼 속으로 들어갔던 것이다. 게다가 부패하기 시작했다. 할 수 있는 것은 다 해보았다. 손가락을 잘라야만 했지만, 너무 늦었다. 이미 팔까지 회저가 일어난 것이다. 두 번째 수술은 사태를 더 악화시켰고, 병은 더 깊어졌다. 불운한 위베르탱은 죽음을 면키 어려웠다.

그 이후로 5일 동안 위베르탱은 고통스러운 비명을 지르고 혼수상태에서 내 이름을 반복해서 부르더니 그다음 토요일 하루가 저물 즈음에 죽었다.

나의 슬픔은 이루 말할 수 없었다. 나는 그 슬픔을 전혀 숨기지 않았다. 하지만 그 이후로도 그랬던 것처럼 이런 끔찍한 일을 이해하기엔 나는 너무 어렸다(나는 겨우 10살이었다). 나는 이 사건에서 내가 한 일을 잘 알고 있었고, 나 자신을 탓했다. 하지만 나는 아이라는 이유로 자신을 달랬다.

'내가 일부러 그런 게 아니야…. 내가 일부러 그런 게 아니야….'

아! 내가 고의로 그랬던 것이 아니었다.

그렇게 몇 주가 흐르고 또 몇 달이 흐르자 상처는 아물었다. 격한 슬픔의 시간이 지나자 위베르탱의 아내는 한숨을 거두고 어느 화창한 날 보랏빛이 감도는 모자를 썼다. 그리고 수줍은 듯 새로운 계절의 도래와 함께 살아갈 의지를 되찾았다. 곧이어 그녀의 재봉틀 소리에 노랫소리가 얹어졌다. 그 해는 체구가 큰 금발 머리 남자를 그집 문턱에서 마주치지 않고는 그녀의 집에 들어갈 수 없었다. 나 역시, 그녀 이상으로 위베르탱을 잊을 수 없었던 것은 아니다. 물론 다른 성질의 것이었지만 유혹이 나를 지나치지는 않았다. 나는 거기에 굴복했다.

시골 들판을 좋아했다고 내가 말했는지 모르겠다. 거리가 얼마나 멀든 상관하지 않았다. 비가 오든 바람이 불든 지치는 법이 없었다. 저녁이면 먼지투성이로 신방 밑창을 덜렁거리며 나름 의기양양하게 집으로 돌아왔다.

나와 늘 함께 어울리는 친구인 꼬마 뮈소 말고도 앙트완 비달이라는 친구가 있었다. 금발의 창백하고 의기소침한 아이였다. 허약한 그의 건강을 생각해서 의사는 걷기 처방을 내렸다. 결과적으로 그 처방은 그에게 효과적이지 않았지만, 자신이 할 수 있는 만큼 그 충고를 따라 우리와 함께 걸었다. 하지만 우리의 대화는 그를 즐겁게 하지 못했다. 반면, 그는 어렴풋하게나마 문학에 대한 열망을 지니고 있었다. 그 열망은 중학교 3학년이 되자 명시들을 모방하여 쓴 시로 분명해졌다. 우리는 어쩔 수 없이 자주 그의 시 낭송을 감내해야 했다. 그가 자신의 시를 쉴리 프뤼돔에게 보냈지만, 고대하던 답장은 돌아오지 않았다. 나중에 알게 되었지만, 이 시에 이어 수많은 시들이 뒤따랐다. 더 긴 시들도 있었다. 궁핍했던 그는 가정교사를 구하는 광고를 보고 가정교사가 되기로 결심했고 결국 가정교사가 되었다. 그가 실레지아에서 폐결핵으로 죽었을 때는 우리가 헤어지고도 한참이 지난 후였다.

보통 우리는 아침 아홉 시에 출발했다. 주머니에 약간의 비상금과 초콜릿을 가득 채웠다. 뮈소는 블랙커피를 채운 호리병을 준비했고 각자 반 토막의 바게트와 칼을 챙겼다.

우리는 단숨에 몰라드 산 능선을 따라 정상에 올랐다. 거기 원형의 작은 전망대에서 두 개의 길이 나오는데 오른쪽은 부이두를 거쳐 세이와 에르뫼로 가는 길이고 왼쪽은 베른으로 가는 길이다. 우리는 베른 쪽 길을 따라 다시 오르기 시작해서 베르동 숲에 다다랐고 첫 번째 나무가 시작되는 곳부터 거침없이 숲속으로 질주했다.

곧이어 전쟁놀이가 시작된다. 언제나 여지없이 야만인은 나였다. 나머지 두 사람은 나를 추격하는 역할을 맡았다. 열광적인 뮈소에 반해, 비달은 어머니의 명령을 거역하지 않으려고 마지못해 하는 둥 마는 둥 했다. 우리 모두 작은 체구의 비쩍 마른 그의 어머니를 좋아했었다.

놀이는 때때로 몇 시간이고 이어졌다. 우리는 실제로 진지하게 임했다. 특히 나는 야만인답게 가능한 모든 수단을 활용했다. 지형지물을 이용해 은폐하는 기술을 터득해서 관목 덤불로, 바위로 위장하곤 했고, 손가락에 침을 묻혀 바람의 방향에 따라 내 체취를 감추었다. 멀리서 적이 있는지 알아보기 위해 땅바닥에 귀를 대고 소리를 들었다. 드문 일이지만 어느 날은 뮈소가 나를 발견하고 붙잡아서 감옥에 가누는 일이 벌어졌다. 나는 몹시 자존심이 상했다.

우리는 숲의 구석구석을 모두 다 알고 있었기에 더 깊은 숲속으로 들어갔다. 가시덤불도 늦은 시간도 문제가 되지 않았다. 언제나 작은 농장에서 끝을 냈다. 그곳에서 몇 푼의 돈으로 약간의 우유와 빵 덩어리와 치즈를 사 먹었다. 입에 잔뜩 욱여넣고 다시 출발했는데 밤까지 입 안에 빵이 남아 있었다. 어느 저녁 나는 발목을 삐어서 5킬로미터를 까치발을 하며 돌아왔다. 거의 기절할 뻔했지만 잘 참아냈다. 다리를 절룩이면서도 두 친구보다 더 승리감에 도취 되었다.

겨울도 별반 다르지 않았다. 추위를 많이 타는 비달이 빠졌다는 것만 빼면. 때때로 너무 많이 쌓인 눈 때문에 숲에 들어가는 것이 금지되었다. 뭔가 대신할 만한 놀이가 필요했고 차갑고 건조한 날씨에 썰매를 탔다. 그러려면 당나귀처럼 썰매를 달고 도시의 위쪽으로 400미터 높이에 있는 큰 마을인 빌라까지 힘들여 올라갈 용기가 필요했다. 그곳에서 우리는 썰매에 앉아 총알처럼 경사면을 내려왔다. 매년 거기서 몇몇이 다리와 발이 부러지고 머리가 깨졌지만 뮈소와 나는 그런 영예를 누리지는 못했다.

날씨가 몹시 나쁠 때는 집에서 할 수 있는 놀이를 고안해냈다. 그리 나쁘지는 않았다. 나처럼 외동아들인 뮈소는 교회에서 몇 발자국 떨어진 아주 기이한 집에 살고 있었다. 그 집은 예전에 교회의 부속 건물이었던 것으로 기억한다. 위아래로 검은 구덩이들과 막다른 모퉁이들이 구석구석 가득한 이 이상한 집은 정말 최고의 은신처를 제공했다.

외관은 당초 문양으로 조각된 창틀을 제외하고 달리 특이한 점은 없었다. 그만큼 건축물 복원사들이 상당한 노력을 기울인 결과였다. 원래는 방패꼴 문장이 현판처럼 남아 있는 아치형의 커다란 문을 통해 사람들이 드나들었으나, 인색한 집주인이 그 문의 4분의 3을 막아 세입자들만 사용할 수 있도록 낮고 초라한 구멍 하나를 남겨 놓았고, 밤이 되면 전나무 문짝으로 그 구멍을 막았다. 그 집의 문지방을 넘어서면 어둠 때문에 첫발을 디딜 수도 없었다. 다행히 난간이 있어서 그것을 붙잡고 앞으로 나갈 수 있었다. 2층으로 올라가면 채광창으로 희미한 빛이 들어와 창문이 있음을 겨우 알 수 있었다.

뮈소와 그의 어머니가 사는 아파트는 두꺼운 벽으로 분리된 네다섯 개의 널찍한 방으로 이루어져 있었다. 모든 방이 묵직한 나무 기둥들로 떠받쳐진 회랑에 면해있어 빛이 거의 들지 않았다. 그러나 전망은 근사했다. 30미터 아래로 골목들이 얽혀있는 거리와 더 멀리 베르동 숲으로 이어지는 풀이 무성한 언덕을 향하고 있었다. 거기서는 눈 덮인 리스 산맥과 덩느와르 봉우리를 한눈에 볼 수 있었다.

이 놀라운 풍경도 중세의 영웅담으로 가득 찬 열다섯 살짜리 소년들의 뇌에 흥미를 제공하지는 못했다. 무엇보다 거기엔 뮈소의 어머니가 자랑스럽게 간직하고 있는 남편의 유품들이 남아 있었다. 먼저 그의 칼(그는 알제리 전쟁에 참여했었다), 견장, 좀이 쏠고 있는 군모, 두 자루의 권총, 한 쌍의 박차와 싸구려 아랍식 스카프가 있었다. 그것을 펼치자 우리의 눈에 온 아프리카가 이글거렸다. 이 좁은 구석에서는 '인간 사냥'을 할 수 없었던 우리는 공격과 방어만을 되풀이하는 군대놀이에 싫증이 났다. 희미한 미소를 띤 뮈소의 어머니는 뜨개질을 하면서 우리가 노는 걸 지켜보고 있었다.

내 집에서의 놀이는 그리 호전적이지는 않았다. 아버지는 염료와 잡화점을 취급하는 상점을 운영하고 있었는데 시선을 끌 만한 물건들을 전시하는 세 개의 진열창이 광장을 향하고 있었다. 첫 번째 진열창엔 두 개의 커다란 병이 있었다. 그중 하나는 담반이, 다른 하나에는 녹반이 가득 들어있었다. 그리고 멋지게 장식된 염주 모양의 뚜껑이 달려있었다. 그 아래로 양털을 깔고 장뇌 한 덩어리를 올려놓았다. 왼쪽으로는 나프탈렌 볼 한 상자, 오른쪽으로 서로 다른 세탁세제 여섯 상자가 있었다.

두 번째는 아주 휘황찬란했다. 선반 위에 물감으로 가득 찬 열두 개의 유리 튜브가 전투대형으로 줄지어 있었다. 물감의 이름만으로도 가슴이 두근거렸다. 순서에 따라 밝은 크롬 옐로우, 진한 크롬 옐로우, 카드뮴 옐로우, 코발트 블루, 울트라 마린 블루, 프러시안 블루, 밀로리 녹색, 영국 녹색, 연지색, 오스트리아 주황색, 터키 레드, 옅은 양홍색 순으로 놓여있었다. 특히 마지막 튜브는 가격을 고려해서 햇살이 많은 날은 내가 직접 신문지로 감싸 놓았었다.

세 번째는 가정용품으로 광택제, 구두약, 소다, 흑연 등을 진열했다.

건물 뒤편의 약간 낮은 곳에 있는 별채는 우리가 종종 사격장으로 사용하는 긴 복도를 통해 상점과 연결되어 있었다. 그곳엔 타일이 깔린 큰 창고가 있었고 거기에 여분의 물품이 항목별로 잘 정리되어 쌓여 있었다. 우리는 이곳을 작전 사령부로 만들었다.

아마 신중한 아버지라면 그곳에서 노는 걸 금지했었을지도 모른다. 그랬다면 성가신 일들을 피할 수 있었을 것이다. 가령, 비달이 오르세인 염료 통에 빠져서 적갈색이 된 일이랄지 내가 고수 염료 때문에 배탈이 나서 3일간 침대에 누워있던 일 같은. 그러나 그 당시 이런 일들은 사소한 말썽에 지나지 않았고 우리는 즐거웠다.

우리가 끔찍한 일을 피할 수 있었을까?

어느 날 뮈소와 나는 그 창고 안에서 수색을 진행하고 있었다. 녹색 가루가 가득 든 통을 발견한 뮈소는 그것을 조금 달라고 내게 요구했다. 자기 새장을 다시 칠할 요량이었다. 그 새장에선 새매가 삐쩍 말라가고 있었다. 얼마나 많이 담았는지 알 수 없었다. 나는 작은 양철 갑에 가득 채웠고, 그는 알다시피 온갖 전설적인 물건들로 이미 가득한 자기 주머니에 그것을 넣었다.

잠시 후, 손수건을 꺼내던 뮈소가 완전히 닫히지 않은 상자에서 염료 가루가 새어 나와 흩뿌려지고 있는 것을 알아차렸다. 그는 주머니를 털고 상자의 뚜껑을 제대로 닫으려 했다. 나는 어떤 터무니없는 이유에선지는 모르지만, 별일 아니니 집에 가서 한번 씻어내면 그만이라고 우기며 그를 만류했다. 그러자 그가 말했다.

"만약 몸에 나쁜 거라면 어떻게 해?"

"바보 아냐? 아버지는 독약 종류는 꼭 닫아놓는다고." 내가 대답했다.

아버지의 일에 대해서 말할 때는 짐짓 으스대며 일종의 허풍을 보탰다.

"그건 너도 알다시피, 내가 잘 알고 있어."

뮈소는 고집을 부리지 않았다.

다음날, 수업 시간에 모든 학생이 있는 자리에서 뮈소가 선생님에게 잠시 집에 다녀오겠다는 의사를 여러 번 표하는 것을 보고 깜짝 놀았다. 그가 꾀를 부리는 것처럼 보였던지 그에게 설명을 요구했다. 선생님이 그의 설명을 듣고 상태를 살펴보더니 그를 보내주었다.

오후가 되어도 그는 돌아오지 않았다. 다음날도 마찬가지였다. 나는 당황스러웠고 막연한 불안감에 휩싸였다. 집에 돌아왔을 때 그 불안의 실체가 드러났다.

현관에 들어서자마자 가족의 오랜 친구인 폴린 박사와 어머니가 머리를 맞대고 앉아 있는 것을 발견했다. 나는 곧 뮈소에 관한 일이라는 것을 알아챘다. 격노한 어머니는 내가 생각할 틈도 주지 않고, 모자를 벗을 시간도 없이 문지방에 나를 못 박아 버렸다.

"그래서, 네가 뮈소에게 독을 먹였던 거니?"

"뮈소라뇨?"

"아마 지금쯤 죽었을지도 몰라, 이 살인자야!"

"뮈소가요?"

"모르는 체하지 마, 이 녀석아!"

몰랐다는 것은 과장이 아니었다.

사람을 죽였다니, 나는 얼이 빠져버렸다.

"말을 할 거야, 안 할 거야? 어서 대답해, 이 녀석아."

폴린 박사가 끼어들었다.

"아, 그동안 잘 지냈니?"

"넌 네 입으로 말하게 될 거야, 결국은!"

어머니는 손을 들고 달려들며 소리쳤다. 다행스럽게도 의사 선생님이 만류했다.

"자, 얘야, 무슨 일이 있었던 거지?"

"무슨 일이라뇨?"

"네가 친구에게 독약을 건넸다던데?"

"아니요!"

"녹색 가루를 상자에 담아 주지 않았다고?"

"녹색 가루라뇨···! 아, 그거요? 네, 맞아요, 새장을 새로 칠한다고 해서 조금 주었는데···. 무슨 일이죠?"

"허락도 없이? 넌 네 부모에게서 도둑질한 거야!"

어머니가 소리 질렀다.

"도둑, 살인자···! 내 아들이 도둑에다 살인자라니!"

"자, 부인, 진정하세요. 계속 이러시면 제가 자리를 뜰 수밖에 없습니다!"

그러고 나서 나를 돌아보았다.

"얘야, 잘 들어보렴. 네가 네 친구에게 녹색 가루를 양철 갑에 담아 줬다는 말이지?"

"네."

"음, 그렇군. 독성이 강한 이 녹색 가루가 주머니 속에 뒹굴던 빵과 초콜릿, 손수건 등등에 묻었던 거야, 이제 알겠군! 네 친구가 독약을 먹었더구나!"

끔찍한 장면이 머릿속에 펼쳐졌지만, 그 모습을 애써 지워냈다.

"그에게 먹으라고 그 녹색 가루를 준 게 아니에요!"

"물론 그렇지!"

"새장 때문이었어요!"

"무슨 말인지 알겠다."

그러나 나는 아무 말도 듣지 않고 계속 고집을 부렸다. 파도에 휘

말린 조난자인 나는 그 새장을 생각해냈고, 안간힘을 쓰며 거기에 매달렸다.

"맹세해요, 새장에 칠을 다시 한다고 해서 녹색 가루를 주었어요. 그리고 그걸 달라고 한 사람은 뭐소예요."

"만약 사람들이 네게 믹서기에 들어가라고 한다면 넌 그렇게 할 거니?" 이런 사태에 당황한 어머니는 상황을 잘못 이해하고 있었다.

"하지만 이건 그의 새장을 다시 칠하기 위한 것이었어요!"

"자, 그만하면 충분하다." 의사 선생님이 다시 말을 이었다.

"네가 친구에게 녹색 가루를 주었단 말이지. 별로 위험한 것이 아니라고 말하면서, 그리고 새장을 칠하라고 말이야. 이제 알았다. 그러니까 그 녹색 가루는 슈바인푸르트 녹색을 만드는 염료란다. 구리 아르세네이트라는 가장 위험한 독극물 중의 하나지."

"저는 정말 몰랐어요!"

"그랬을 거라고 본다. 우리끼리 이야기지만 네 친구는 아주 바보 같은 짓을 했어. 소량의 독극물을 삼켰고 그 대가를 제대로 치르고 있단다. 네 친구를 구할 방법이 없구나."

나는 무릎이 꺾이면서 눈앞이 하얗게 변했다. 의사 선생님이 나를 의자에 앉히려 할 때 그만 털썩 주저앉고 말았다.

"자, 어쨌든 이 아이에게만 잘못이 있는 건 아니군요."

"그건 새장을 다시 칠한다고 해서…"

나는 말을 더듬거렸고 곧 의식을 잃었다.

내가 침대에서 눈을 떴을 때 맨 처음 본 것은 어머니가 숟가락으로 뭔가를 젓고 있는 찻잔이었다. 그 위로 메마른 두 눈이 나를 무섭게 노려봤다.

"어서 마셔." 어머니가 말했다.

아주 고약한 맛이 났다. 하지만 아무 말도 하지 않는 것이 낫다고 생각하면서 잠자코 있었다.

"아파?"

"네."

"어디가?"

"여기요?"

"어디, 여기?"

"거기요."

사실은 아픈 데가 없었기에 꼭 집어 말할 수는 없었다. 그러나 나는 이런 참담한 상황을 겪고 나서 거짓 고통이라도 만들어내야 했었다. 고통이 절실하게 필요했고 또 그래야 할 것만 같았다. 그렇지 않으면 이 상황에서 빠져나올 수 없을 것만 같았다. 사태의 심각성에도 불구하고 어머니는 신중하게 나를 다루었다. 사람들은 무장 해제된 적을 때리지는 않는다.

"일어날 수 있겠니?"

"아니요. 아파요."

"그럼, 그대로 있어."

얼음처럼 차갑게 말하며 어머니가 문으로 향했다. 눈으로 어머니를 쫓았다. 문을 나서는 순간 어머니가 뒤를 돌아보았다. 시선이 마주쳤고 몹시 고통스러운 표정으로 눈물짓는 어머니를 보고 나는 그만 울음을 터뜨렸다.

"엄마! 엄마!"

그러자 어머니는 내게 달려와 나를 두 팔로 감쌌다. 나는 너무도 행복하게 몸을 맡겼다.

"가엾은 내 아들. 가엾은 내 아들, 가엾은 내 아들!"

나도, 어머니도 눈물만 흘렸다. 우리는 오랫동안 서로 부둥켜안고 오열했다. 잠시 후 어머니는 냉정을 되찾았다.

"맙소사! 네 아버지!"

아버지는 출장 중이었다. 나는 그가 돌아온다는 생각만으로도 몸이 떨렸다.

"아버지에게는 말하지 마세요, 엄마…. 제발 아버지에겐 말하지 마세요…."

어머니는 가만히 한숨을 내쉬었다.

"내 가엾은 아들, 내 가엾은 아들…."

어머니는 새로운 소식을 알아보기 위해 외출했고 나는 홀로 남겨졌다.

어떻게 이런 일이 있을 수 있을까! 내가 했단 말인가, 내가 뮈소에게 독을 먹였다니, 내가!

'독-을-먹-였-어!'

나는 마치 그 끔찍한 느낌이 내게 파고들어 내가 모호하게 느끼고 있던 죄책감을 나 자신에게 강요하듯 이 말을 끊임없이 되뇌었다. '독을 먹었다니! 불쌍한 녀석' 내가 따뜻한 이불 속에서 나의 비양심을 탓할 때 불쌍한 뮈소, 나의 세 번째 희생자는 아마 가족의 품에서 죽어가고 있었다.

나는 지쳐있었다. 수치와 절망감, 그리고 당연하게도 두려움이 나의 연약함을 몰아세웠다. 나는 아무것도 알 수도 이해할 수도 없었다. 나는 이제 존재하지 않았다. 혼란스러운 머릿속에 어리석은 변명들이 서로 충돌하고 있었다. 그 잔인한 날, 내 양심에 구걸하는 모든 변명은 마치 햇살 아래 누더기 넝마와 같았다.

내가 뮈소를 독살했다…

3일이 지났다. 우리는 숨죽인 채, 모두에게 뮈소의 집으로 방문하는 것을 금지했던 의사 선생님을 기다리고 있었다. 초인종이 울릴 때마다 매번 비수가 꽂혔다. 나의 어머니는 구석에서 울고 있었다. 그리고 아버지가 서재에서 한숨짓는 소리를 들었다.

가엾은 남자! 괴로워하는 내 얼굴을 보고, 아버지는 분노를 오래 유지하지 못했다. 화를 참지 못한 목소리는 빠르게 누그러졌다.

어느 저녁 아주 늦은 시간에 폴린 선생님이 찾아왔다. 너무 늦은 시간이어서 기다림도 포기한 시간이었다. 나는 멀리서도 그를 알아보았고 표정만으로도 모든 것을 알 수 있었다. 나는 그 소식을 듣고 싶지 않아서 도망쳐 나왔다.

이틀 후, 뮈소의 장례를 치렀다. 나는 마치 자동 인형처럼 뻣뻣하게 행렬을 뒤따랐다. 돌아와서는 이를 덜덜 떨어서 누워야 했고 가족들이 그런 나를 보고 불안해했다. 얼마 후 용기를 낸 나는 속죄의 각오를 하고 뮈소 부인을 찾아갔다. 하마터면 초인종 소리에 기절할 뻔했다. 하지만 부인은 나를 부드럽게 맞아주었고 차분한 목소리로 말했다. 꽃향기가 방안을 가득 메우고 있었다. 장미 몇 송이가 그녀의 남편, 조르쥬가 아꼈던 화병 안에서 시들어있었다. 나는 그중 한 송이를 가져오려 했지만 뮈소 부인은 마치 불경한 행동을 제지하는 것처럼 내 팔을 붙잡았다. 곧바로 그녀는 나를 배웅했다. 그녀의 "잘 가거라"라는 인사가 저 높은 곳으로부터 나의 고통 위로 떨어졌고, 그 말은 무겁게 나를 짓눌렀다. 우리가 다시는 만날 수 없을 것이란 것을 알 수 있었다.

　나는 내 발치 뒤로 그 누구를 위해서도 다시는 열리지 않을 문이 닫히는 소리를 들었다. 죽은 자들의 물건 속으로 은둔했던 그녀는 일 년 후에 비탄에 잠겨 죽었다.

　나는 여기서 내 어린 시절의 이야기를 멈춘다. 그날로부터 활달하고 외향적이었던 소년은 수척하고 외로운 영혼의 애늙은이가 되었다. 우울함에 잠겨 침묵 속에 나를 가두었다. 그리고 내가 때때로 그 늘진 숲속을 떠돌았을 때도 베르동의 숲은 나의 외침을 더는 듣지 못했다.

　나는 남아 있던 2, 3년의 학업을 마쳤다. 미래를 생각해야 할 시간이 오자 별다른 이유 없이, 내가 두 번이나 스스로 목숨을 끊으려 했던 이곳을 영원히 떠나기로 했다. 법학을 공부하기 위해 파리행을 선택했고 부모님은 그것을 받아들였다.

제2장

파리 생활이 시작되었다. 시간이 악몽을 지워낼 것이다. 나는 열여덟 살의 패기, 그리고 얼마간의 욕구와 위장을 지니고 있었다. 나에게도 당연히 미래가 있었다.

책상 위에 놓인 사진 속에서 이제 막 남자의 인생을 시작하려는 내 모습을 본다. 오래전 어머니의 자랑거리였던 풍성한 갈색 곱슬머리가 이제는 차분하게 내려앉아 갸름해진 얼굴을 보고 있다. 고른 이마, 반듯하게 자리 잡았지만, 병약해 보이는 눈꺼풀 아래 광채 없이 희미한 눈, 짧고 구부러진 코, 두드러진 윗입술, 그 위로 이제 막 듬성듬성 자란 콧수염, 약간 사이가 벌어졌지만 고른 치아 위로 자연스럽게 반쯤 열어있는 도톰한 입술, 그리고 생뚱맞게 좁은 턱, 이 볼품없는 턱이 얼굴의 전체적인 균형을 깨뜨리고 있었다.

스무 권의 책과 몇백 프랑을 쥐고 팡테옹 언덕으로 발길을 잡았다. 그리고 집에서 보내줄 생활비와 짐에 걸맞은 숙소를 재빨리 찾아냈다. 라탱 거리 한복판에 가난한 학생들이 사용하는 평범한 방이었다. 먼지 쌓인 타일이 깔린 10여 미터의 바닥은 군데군데 깨져있었고 그 위로 산만한 카펫이 깔려있었다. 침대 하나, 쿠션이 꺼진 의자 세 개, 간소한 화장실, 그리고 책장으로 사용되었던 금이 간 대리석 수납장 등 꼭 필요한 것들이면서 없어도 그만인 것들로 채워져 있었다. 창문 앞에 서자 푸른 지붕들의 대양이 펼쳐졌다. 낡고 투박한 천으로 덮인 흰색 나무 테이블이 책상으로 쓰였다. 바로 이 책이 시작된 곳이고 또 여러 계획이 말라 죽어간 곳이다.

오른쪽, 왼쪽 그리고 사방의 비슷한 방들엔 나와 같은 학생들이 살고 있었다. 벽을 통해 비슷한 일상의 반복적인 소음을 들을 수 있었다. 저녁, 완전히 닫히지 않는 내 문 아래로 복도를 지나는 촛대의 강한 빛이 새어 들어왔다.

그들과는 그 어떤 교류도 없었다. 각자 자신만의 생활을 꾸려나가고 있었다. 고작 문 앞에서 "안녕하세요"라거나 계단에서 "실례합니다"정도의 말을 주고받을 뿐이다. 간혹 늦은 시간 복도의 발걸음 소리에 비단옷 스치는 소리가 섞이기도 한다. 귀를 기울이고 호기심으로 그 커플을 뒤쫓는다. 내 방에서도 열쇠 돌아가는 소리를 들을 수 있을 만큼 너무 가까웠기에 그들이 옆방에 함께 있는 장면을 상상하지 않을 수 없었다. 그럴 때면 일하는 것도 잠자는 것도 모두 힘든 일이 되었다.

아침이면 룩상부르그 나무 아래를 반 시간쯤 걸었다. 이 산책은 동네 식당에서 마신 초콜릿을 소화하는 데 도움을 주었다. 그러고 나서 수업에 들어가 학업에 집중했다. 정오, 식당에 다시 돌아온다. 그곳에서는 적은 돈으로도 그럭저럭 먹을 만한 스테이크와 디저트를 먹을 수 있었다. 그런 다음엔 다시 룩상부르그 공원을 걷고 나서 집으로 돌아와 밤늦게까지 공부했다.

생-쥬느비에브 도서관은 저녁 시간을 위한 나만의 피난처였다. 나는 거기서 침묵과 빛, 그리고 고요함과 부드러운 온기를 느꼈다. 오직 나 혼자만을 위한 조명은 너무 늦게 깨달은 호사였다. 수많은 책과 고풍스러운 가죽 의자 또한 마찬가지였다. 도서관의 문이 닫히면 한 시간 남짓 인도를 따라 테라스를 전전하며 여기저기 돌아다녔다. 내 기분과 주머니 사정에 따라 로맨스 탐험에 착수하곤 했다.

물론 내게 애인은 없었다. 온갖 이유로, 나의 이성까지 포함해서 그것은 내게 금지된 일이었다. 먼저 순진한 편은 아니지만 거리낌 없이 여자들과 지내기에는 경험이 너무 적었다. 그들의 대담함이 나를 놀라게 한다. 게다가 몇몇 있을 수 있는 불길한 사고에 대한 두려움도 있었다. 대로를 따라 이목을 끄는 여인들과 산책을 나서거나 그들과 함께 찻잔을 쌓아 올리는 것은 내게 그 어떤 즐거움도 주지 못했다. 분명 나는 은둔자는 아니었으나 다른 남자와 키스하고 그 사람의 담배 냄새를 풍기는 입술에서 흘러나온 사랑의 말은 내 열정에 결정적인 흥분제가 아니었다. 마지못해 그들과 시간을 보내고 나면 다음 날, 기대했던 기쁨이 환상의 찌꺼기로 변한, 쓰라린 감정을 느꼈다.

욕망을 억제할 수 없을 때면, 밝고 포근한 유곽에서 깨끗한 손톱을 유지하고 미소를 잃지 않는, 잘 훈련된 사람들의 보살핌에 나를 맡기는 편을 선호했다. 거기서도 옷을 벗거나 샤워하는 것은 피했다. 나는 늘 지팡이를 들고 내게 가장 호의적인 사람을 지명했다. 그녀 역시 기꺼운 마음으로 내게 호응했고 특별히 열성적으로 그것을 증명하곤 했다. 절정은 짧았지만, 위생적이고 정갈했다. 게다가 내게 고맙다는 인사도 잊지 않았다. 나는 공손한 배웅을 받으며 그곳을 나섰다.

솔직히 말하면 나는 여자에게 거의 관심을 쏟지 않는다. 그에 관한 생각은 최대한 자제하는 편이고, 내가 정말로 달리 더 나은 시간을 갖지 못할 때만 여자에게 내 시간을 할애할 뿐이다. 하지만 나는 매 순간 정해진 일과대로 움직이는 것에 집착했다.

약간 우울하지만, 규칙적이고 언제나 예측이 가능한 삶을 살았다. 나는 날마다 소매에 팔을 집어넣는 것과 같은 익숙한 습관 속에서 편안함을 느꼈다. 어린 시절부터-지금도 마찬가지지만-보헤미안을 연상시키거나 단정치 못한 것에는 반감이 들었다. 베레모는 한 번도 써본 적이 없다. 스무 살의 상징처럼 보이는 허세와 열정적인 태도가 내게는 없다. 나는 다른 사람들처럼 중절모를 썼고 넥타이는 무난했다. 궁핍한 나날을 보낼 때조차 그런 모습이 드러나지 않아서 안심하곤 했다.

<도덕>은 그 신봉자들이 보여주는 실상만큼이나 나의 마음을 전혀 사로잡지 못한다. 나는 그것을 헛된 착각이라고 생각한다. 그리고 아름답지도 않다. 게다가 도덕이란 어떻게 해서든 개인을 규제하려는 것으로 탐탁지 않게 생각하고 있다. 개인의 모든 생각과 감정의 표현은 중요한 가치를 갖고 있다. 외적인 규범은 보존되어야 하고 내부에서 벌어지는 일이 외부로 드러나는 일은 없어야 한다. 이것은 위선이 아니다. 쾌락은 엄격하게 개인적이고 민감한 것으로 당사자인 두 사람에게만 해당하는 일이다. 타인의 시선에 노출되면 그 환상이 빠르게 사라진다. 그리고 제삼자가 두 사람만의 특권적 관계에 참여하게 된다.

나는 <도덕>을 혐오하는 것 이상으로 섹스를 혐오한다. 어리석은 감상, 사탕발림, 우스꽝스러운 포옹, 근교 산책, 기타 등등, 이 모든 것은 언제나 내 신경에 거슬린다. 사랑에 들뜬 순간이나 카페에서 연애 무용담을 펼치는 것은 내게 언제나 부당하고 혐오스럽게 보였다. 물론 혈기 왕성한 젊은이인 나는 섹스를 했다. 그것도 자주, 나중엔 좋아했지만. 내 광기가 폭력적일지라도 언제나 내면에 감추었고 그 혼란을 드러내지 않았다. 그러나 이 주제로 들어가는 것은 아직 이른 감이 있다.

나는 친구가 없었다. 친구가 될 만한 이들을 주변에서 찾지 못했기 때문이 아니라, 내 과거, 여전히 쓰디쓴 내 과거가 친구 사귀는 일을 결국 포기하도록 만들었다. 지방에서 자랐고 어린 시절의 상처로 인한 극단적인 수줍음이 남아 있었다. 나는 누군가 도움을 요청하면 결코 손을 뿌리치지는 않았다. 그러나 내 안의 어떤 것이 감정의 고리를 끊고, 호감은 바르게 냉담함으로 바뀐다. 나는 흔히 사람들이 이야기하는 능변가와는 거리가 멀었다. 수다스러웠던 첫 사춘기가 끝나자마자 침묵 속에 나를 가두었다. 그리고 주로 이야기를 많이 듣고 가능한 덜 경솔해지려는 습관을 갖게 되었다. 특히 내가 선호하는 주제라면 더욱 조심했다. 그러나 어쩌다 그런 주제가 대화에 오르면 나는 극도로 동요했다. 나는 별 이유 없이 조심성을 잃고 잡다하고 적절치 않은 농담을 던졌다. 가끔 사람들이 웃었고, 나는 집요하게 이야기를 이어가곤 했지만, 이 가냘픈 가면 아래 숨은 나는 그럭저럭 나의 신중함을 다시 회복하곤 했다.

사실 나는 현실의 열정보다는 미술에 열정을 가지고 있었다. 그 분야에 대해서 이론적으로는 충분히 알고 있었다. 미술 관련 도서는 많이 읽었으나 사람들이 흔히 말하는 걸작 외에는 잘 알지 못했다. 루브르는 내게 놀라운 곳이었다. 그곳에서 보낸 날들은 인생 최고의 날이자 내 영혼에 풍부한 자양분을 주었다. 그림을 그리는 재능은 없었지만(하나의 선으로 의미를 만드는 재능은 없었다), 걸작을 감상하고 작품의 시대와 유래를 정확하게 식별해낼 수 있었다. 물론 일순간에 그렇게 된 것은 아니었지만 빠르게 향상되었다. 나중에야 깨달았지만, 예술에 대해 더 많은 것을 알고 있는 사람들, 예술계 종사자들 속에서도 기꺼이 이야기를 주고받을 수 있었다.

본능적으로 나는 어둡고 진지한 주제와 고전적이고 과장된 화풍을 선호했지만, 특히 조각에 각별한 애착을 두고 있었다. 대리석 조각 위에 반사된 빛이 그림자로 바뀌는 광경에 매료되었고, 느긋하게 손으로 직접 만져보며 음미하는 것을 즐겼다. 나는 빠른 속도로 취향을 세련되게 가다듬었다. 보잘것없는 어떤 돌조각들도 나에게는 중요한 의미가 있었다. 휴가 중에 해변의 조약돌을 모아서 몇 시간이고 내 주머니에 넣고 손가락으로 어루만지며 윤곽을 익힐 정도였다.

회화에서는 홀바인과 레오나르도가 나의 최초의 우상이었다. 자유분방하면서 날카로운 통찰력을 지닌 그들의 그림은 내 개인적 성향과 아주 잘 맞았다. 물론 내가 그런 자유분방함과 통찰력을 지녔다는 것은 아니다. 나는 색채주의 거장들에게는 상당히 반항적이었는데 베로네세와 티치아노는 원칙을 과도하게 변형시킨 감성이 내게는 불편하게 느껴졌었다. 그러나 시간이 지나면서 그 불편함이 누그러지다가 결국엔 그들의 작품에 매료되지 않을 수 없었다. 그것은 또 다른 즐거움이었다. 루벤스는 언제나 나를 주눅 들게 한다. 마치 거대한 시트에 덮여 옴짝달싹 못 하게 만드는 이 천재의 스케일은 감히 짐작도 할 수 없다. 반다이크는 별로 마음에 들지 않았지만 램브란트는 나름대로 괜찮았다. 그 와중에 더 많은 것들을 알게 되었고 내가 미처 생각하지 못했던 직업으로서의 가능성을 깨닫게 되었다.

현대의 작품들은 별 매력이 없었다. 이는 확실히 내 판단력이 부족한 면도 있었지만 그들의 일관성없는 경향을 좋아하지는 않았다. 명료함을 추구했던 나는 기교의 다양성이 마치 계산된 무질서처럼 보이는 작품들에 거부감을 가졌다. 그렇게 작품들을 보고 분석하면서 작품을 더 잘 이해할 수 있게 되었다. 들라크루아의 아름다운 작업은 연약하면서도 강력한 격정을 지니고 있다. 루소의 정직하고 고통스러운 풍경, 꾸미지 않은 섬세함을 지닌 코로의 놀라운 조화는 내게 감미로운 흥분을 가져다주었으며 완전히 새로운 성격의 것이었다. 나는 쿠르베의 몇몇 작품의 주제를 좋아했다. 그리고 선으로 형체를 옥죄는 기법을 사용한 앵그르의 그림만큼 여체의 포근함과 가슴의 질감을 느낄 수 있는 그림은 어디서도 찾을 수 없었다.

그때, 나는 내 모든 열정을 그림에 쏟아부었다. 그러나 어쩔 수 없이 일요일 오전에만 시간을 할애할 수밖에 없었는데 오후에는 그림보다 더 열정적으로 몰두했던 연주회에 가야만 했기 때문이다. 거기서도 여전히 나의 취향은 양식적인 측면에 집중되었다. 나는 단번에 글루크에게 빠졌고 그의 멜로디는 언제나 기대를 저버리지 않았다.

그렇게 오륙 년의 세월이 흘렀다. 그 시기는 무난하게 지나갔다. 세월은 짧았고 미래는 전혀 알 수 없었다. 나에게 닥쳤던 어두운 날들에 예술은 언제나 유일하고 확실한 위로였다.

이처럼 미술 작품들을 감상하고 분석하던 어느 날 화가들에 대해서도 알고 싶다는 호기심이 일었다. 그들의 실생활이나 작업방식을 알 수는 없었다. 고민 끝에 무모하고 어설픈 아이디어를 떠올렸다. 그들과의 만나는 것은 어렵지 않았다. 바로 집 앞에 있는 작은 카페에 작가들이 자주 드나들었기 때문이다. 나는 매일 그 카페에 들렀는데 맨 먼저 한 무리의 툴루즈 사람들과 우연히 안면을 트게 되었다. 후줄근한 옷차림에 수염이 덥수룩한 예닐곱 명의 건장한 남자들이 있었다. 그들의 태도와 이야기 주제는 내 관심을 거의 끌지 못했다. 나는 그런 느낌을 주지 않으려고 그들의 대화에 조심스럽게 끼어들었다. 그들은 주머니에 주급을 챙긴 노동자들처럼 스스럼없이 나를 받아주었고 나 역시 그들을 진심으로 대했다. 나는 곧바로 나와 그들 사이에 기질적으로 큰 차이가 있다는 사실을 깨달았다. 그들은 패기와 의연함을 지녔고 나는 편협하고 소심하며 은근하게 수줍음을 탔다.

　네 명은 조각가였고 두 명은 화가, 그리고 나머지 한 명은 건축가였다. 제일 연장자는 스물다섯 살이 채 넘지 않았다. 처음엔 그저 막연한 대화만 오갔다. 하지만 젊은이들 사이에선 토론 주제가 넘쳐나기 마련이다. 분위기가 무르익자 나는 내가 가장 잘 알고 있는 몇몇 이론을 그들에게 소개했다.

　그들의 미묘한 미소에서 내 이야기가 썩 공감을 불러일으키지 못하고 있다는 것을 깨달았다. 물론, 그것을 뒤늦게 깨달았다. 그들은 별다른 내색을 하진 않았으나 나는 예민하게 그것을 감지했다. 하지만 신중하고 재치 있게 반론을 제기하는 그들의 교양과 지적 수준이 내게 큰 안도감을 주었다. 나는 수준 높은 대화가 펼쳐질 때 겉모습과는 달리 신중하고 차분하게 자신의 의견을 피력하며 귀족적인 태도를 보여주는 세련된 사람들을 상대하고 있었다.

나 역시 그에 알맞게 매우 겸손한 태도를 유지했다. 주장을 고집하지도 않았고 나 자신을 잘 지킬 줄도 알았다.

　대화는 그들 대부분이 참여한 어떤 전시회에 관한 이야기로 이어졌다. 나 역시 그 얼마 전에 바로 그 전시회를 관람했었다. 호감을 지니고 주의 깊게 감상했음에도 별다른 인상을 받지 못했다. 나는 신중하게 그 이야기에 참여했다. 완곡한 표현을 사용하면서, 이 작품들이 나를 거북하게 했던 것을 숨기지 않았다. 나는 그 작품들에서 색채의 매력도, 선의 흐름도, 조형적인 의미도 발견하지 못했다. 예술에 대해 완고한 나의 견해에 따라 이런 요소 중의 단 하나라도 부족하다면 작품은 온전한 가치를 잃게 된다.

　우리는 오랫동안 대화를 나누었다. 그 많은 이야기를 여기에 옮길 필요는 없을 것이다. 나는 최선을 다해 나 자신을 방어했지만, 이들은 나의 논리를 반박하며 궁지에 몰 정도로 유리한 위치에서 있었고 당연히 그렇게 했다. 특히, 밍그렐이라 불리는 조각가는 마치 점토를 빚듯 반복적으로 엄지손가락을 써가며 각각의 단어를 강조하거나 다양한 비유를 활용했다. 그의 논리에 압도당하긴 했지만 설득당하지는 않은 대신 침묵을 유지할 수밖에 없었다. 그가 예술가, 예술적 기법, 규칙, 그리고 아름다움의 절대적인 권리에 대해서 말하는 어투는 그의 견해만큼이나 내게는 불편하게 느껴졌다. 나는 그가 재능 없는 작가라는 결론을 내렸다. 물론 나의 이런 결론은 그가 빛나는 이력을 쌓고 있고 매년 지방과 파리에서 무수한 영예와 주문을 휩쓸고 있는 것과는 무관하다.

　좀 더 세련된 또 다른 조각가 역시 우리의 소란스러운 대화에 끼어들었다. 나는 그의 우아함을 눈여겨보고 있었다. 섬세한 얼굴에 약간 마르고 키가 큰 청년이었다. 온화하고 아름다운 두 눈이 빛을 발하는 그의 타원형 얼굴은 가늘고 뾰족한 검은 턱수염 때문에 더 길어 보였다. 그는 다르낙이라 불렸다. 그의 태도는 정중하고 예의 바른 남자임을 드러냈다. 가문의 문장이 새겨진 반지가 그의 손가락에서 빛나고 있었다. 비록 담배 파이프가 그의 웃옷에서 삐져나와 있었지만, 단정하게 잘 차려입었고 손톱도 깨끗하게 다듬어져 있었다.

신중한 태도를 유지했지만, 나의 의견에 반대하는 것 같지는 않았고, 나와 마찬가지로 위대한 시대의 아름다운 규율을 존중하고 있다는 걸 알 수 있었다. '원칙'을 빙자해서 평민회의 간부처럼 자유를 주장하는 동료의 의견에 반대의견을 펼쳤는데, 자유, 그에 따르면, 표현의 자유는 예술가에게 좋은 작업 환경일 수 있지만 필수적인 조건은 전혀 아니라는 것이다. 그것을 입증하기는 어렵지 않았으나 말을 꺼내자마자 다른 조각가가 우렁찬 목소리로 미술학교와 제도권, 로마의 아카데믹한 미술을 성토했고, 다르낙은 간단한 몸짓으로 상대방의 기분을 거스르지 않으면서도 조용히 "네 말이 맞아"라는 말로 그를 침묵하게 했는데 그것이 내게는 무척 인상적이었다.

그때부터 나는 그를 대화상대로 염두에 두었으며 우리가 기꺼이 다시 만나게 될 것을 직감했다. 일상의 평범한 대화가 아니었기에 내가 누구에게 상처를 입힐 위험은 없었다. 그것은 오히려 두 개의 관점 사이에서 별다른 숙고 없이 즉흥적으로 이루어진 인식의 교환이자 작은 즐거움이었다.

그러나 조급하지 않고 언제나 같은 태도를 유지하려는 나의 원칙에 따라 일주일 내내 그 작은 카페에 가는 것은 피했다. 어느 날은 그곳에서 맥주잔을 앞에 놓고 있는 다르낙을 발견하고는 짐짓 놀란 척을 하며 자리를 잡았다. 형식적인 대화가 오고 간 후 그가 내 학업과 거기서 발견한 흥미에 관해 물었다. 나는 기회를 잡았다. 로마법에 대한 찬양을 그에게 늘어놓자, 그는 어안이 벙벙해졌다. 사실 나는 미술 분야에서 나의 부족함이 드러나지 않을까 걱정하며 나를 돋보일 수 있도록 겉멋을 부렸다. 그것은 순전히 유치한 짓이었다. 나는 남자들의 관심을 끌려고 이런 나쁜 버릇을 유지하고 있었다. 반면 여자들 앞에서는 그런 재능이 이내 사라지고 만다.

우리는 다양한 주제에 대해 가볍게 이야기를 주고받았고 나에 대해 너무 나쁜 이미지를 갖지 않도록 조심했다. 호기심에 이끌린 나는 다행히 그의 동료들이 오지 않았기에 기꺼이 밤까지 거기 머물 수도 있었을 것이다. 그러나 이미 말했다시피 언제나 유별난 정신의 소유자인 나는 그가 내게 유독 친근하게 이야기하는 순간을 노려 대화를 끝내고 모자를 집었다. 그는 놀란 듯했다. 우리는 악수를 하였고, 나는 그곳을 빠져나왔다.

밖으로 나온 나는 추위 속에 무척 당혹스러워하는 자신을 발견했다. 그런 어리석은 행동을 하고서도 별달리 할 일이 없던 나는 아주 고약한 기분으로 침대에 들었다.

그 후 여러 날 그와 마주치지 않았다. 카페 문 앞을 지나다 슬쩍 눈길을 던졌을 때 그가 혼자 혹은 동료들과 함께 있는 모습이 보이면 나도 모르게 서둘러 다른 곳으로 발걸음을 옮기곤 했다.

나는 이 청년에게서 청량한 기운을 느꼈다. 그와 함께하는 것만큼 나를 풍부하게 채워주는 것은 아무것도 없었다. 정확히 바로 그것이 내가 그를 피하는 이유다. 어떤 날은 내가 어느 건물의 유리창 너머로 그를 바라고 있을 때, 그와 시선을 마주치고는 깜짝 놀랐다. 그는 나와 마주친 것이 무척 즐거운 듯한 표정을 지었지만 나는 마치 나쁜 행동을 하다가 현장에서 들킨 것처럼 그 자리에서 도망쳤다.

나는 그들의 전시회를 다시 방문해서 그의 작품을 찾아보았다. 그것은 고개를 뒤로 젖힌 여인의 상체를 실물 크기로 4분의 3정도 얕게 돋을새김한 부조였다. 돌출된 머리 윗부분의 그림자가 볼을 덮고 있었다. 나는 작가가 원했던 효과를 느꼈다. 어깨는 가벼운 옷을 표현하는 몇몇 선으로 강조되어 강한 빛을 받고 있었다. 하지만 이런 불완전함이 살결을 더욱 유연하고 우아하게 만들었다. 유방의 윤곽은 아래로 갈수록 점점 사그라들었다. 그의 동료들과는 반대로 작가는 유방을 고집하지 않았고 나는 그 점에 대해서 그에게 감사를 표했다. 또한, 간단하게 빛을 사용해 평면과 입체를 드러내고 의미를 부여하는 방식을 단번에 알아차렸다. 진정으로 나는 순수한 조형 예술과 대면했다. 오직 그 형태, 질감 그리고 크기만으로 정신을 자극하고 있었다.

나는 이 모든 것을 기쁜 마음으로 인정했다. 동시에 감정이 이성을 얼마나 빨리 지배하는지 알게 되었다. 2주 전, 이 석고상을 둘러보며 주변의 여타 작품들과 별반 다름없이 감흥을 느끼지 못했다. 그 이후로 우연히 작가와 그의 매력적인 개성을 만나고 그의 작품 속에서 나를 매혹하는 감각과 대상을 발견하게 된 것이다. 그러자 궁금증이 일었다. 나는 제목을 알고 싶어 목록을 찾아보았고, 몽상 혹은 도취와 같은 과장되고 가식적인 제목이 아닐까 염려했지만, 지극히 간명한 제목을 발견하고는 곧바로 안도했다. 연습. 나는 시선을 고정했다. 그 후엔 전시된 몇몇 유화와 조각들에 슬쩍 눈길을 주면서 미술관을 둘러보았다. 어느 작품도 나의 시선을 끌지 못했다.

출입구 쪽으로 발길을 돌리고 있을 때 누군가의 손이 내 어깨를 부드럽게 잡았다.

"드디어! 여기서 당신을 만나게 되는군요!"

다르낙이었다. 두 명의 친구와 함께 있었다. 밍그렐과 다른 한 명. 나는 얼굴을 붉히며 변명이라도 하듯 알 수 없는 말을 중얼거렸다.

"이쪽으로 오시죠. 우리 작품에 대한 의견을 듣고 싶군요."

그는 자기 팔을 내 팔 아래 넣고 나를 전시실 안쪽으로 데려가려 했다. 그 우연한 만남에 나는 불안을 느꼈고, 나 자신이 아주 우스꽝스러워 보였다. 거기서 빠져나오기 위해 조심스럽게 약속이 있다고 둘러댔다.

그가 재차 부탁했지만 뿌리칠 수밖에 없었다.

"아쉽지만 어쩔 수 없군요."

나는 다시 한번 사과했고 우리는 헤어졌다. 나는 발길을 다시 돌리지는 않았지만 내 어리석음을 후회했다. 다르낙에게 달려가서 큰 소리로 그의 작품과 그의 인격 그리고 그의 재능을 얼마나 아끼고 좋아하는지 말해볼 생각까지 했다. 물론 나는 그렇게 하지 않았다. 마치 누군가 쫓아올까 봐 반대 방향으로 빠르게 걸음을 옮겼다.

생각해보면 내 경우는 창문 아래를 서성이거나 꽃다발을 만들거나 오래된 장갑을 수집하면서도 상대방이 그것을 알아차릴 수 있다는 생각에 스스로 주저앉는 수줍은 연인들과 아주 비슷했다.

그로부터 몇 달 후, 가족으로부터 갑작스러운 전화를 받았다. 다급한 목소리에 곧바로 상황을 깨달았다. 오랫동안 병석에 누워있던 어머니에 관한 일이라는 것을 직감했다. 나는 서둘러 짐을 꾸렸지만 애석하게도 임종 바로 직후에야 도착할 수 있었다.

어머니는 큰 고통 없이 임종을 맞았고 나는 적어도 고통스러운 어머니의 모습을 지켜보는 괴로움은 피할 수 있었다. 나는 죽음에 휩싸인 이 마을에서 열흘 동안 머물렀다. 그사이 드물게 집 밖으로 나섰지만 쓰디쓴 기억들이 나를 일깨웠을 뿐이다.

위베르탱이 살았던 집의 창문에선 낯선 목소리의 노래가 흘러나왔다. 물린 강가, 나지막한 강둑의 그 장소…. 나는 뮈소의 회랑도 다시 찾았다. 언제나처럼 어둡고, 황폐했다. 빨래들이 널린 사이에서 어떤 소녀의 금발 머리가 빛을 발하고 있었다.

예전의 그 고즈넉한 공원은 좁고 답답해 보였다. 가판대도 노인도 사라졌다. 베르동에 다시 가보니 아름다운 4층짜리 하얀색 건물 두 채가 예전에 우리가 전쟁놀이하며 작전을 짰던 그 지역에 나란히 서 있어서 깜짝 놀랐다. 낯선 사람들이 마치 그들의 집인 듯 큰 소리로 떠들며 주변을 돌아다녔다.

아버지는 지난해 사업을 접었다. 가게는 이제 알아보지 못할 만큼 변했다. 3개의 고풍스러운 아치는 하나로 줄었고 5미터짜리 진열창에 예전에는 그토록 아름다운 색깔은 상표도 투박한 한 무더기의 독일 상품들로 채워졌다. 진열대는 새로 칠해져 있었다. 반쯤 열린 문 사이로 안쪽을 살펴봤다. 유리병들이 나열된 계산대에 있던 남자가 밖으로 나왔다. 내가 아는 사람이 아니었다. 우리는 서로 멀뚱히 쳐다보았다. 동네가 완전히 바뀌어서 소음으로 가득한 커다란 카페 하나가 약국과 구둣방, 그리고 저축한 용돈을 모조리 갖다 바쳤던 제과점을 대신하고 있었다. 므니에 거리 모퉁이에 철거되고 있는 건물들 앞에서 길을 잃고 머뭇거렸다.

아버지는 많이 늙었다. 나는 고모에게 아버지를 잘 보살펴 달라고 부탁했다. 고모는 어머니를 대신해 아버지가 어떻든 가정적인 보살핌 속에 지낼 수 있도록 했다. 나는 몹시 슬픈 기분을 느끼며 그곳을 떠났다. 아버지는 나를 붙잡으려 하지 않았다. 분명 다른 노인처럼 아버지는 과거 속에 살면서 손상되지 않는 기억을 간직하길 원할 것이다. 타인의 등장은 그것을 훼손할지도 모른다. 떨어져 있던 6년의 세월이 그의 눈에 내가 낯설게 느껴지도록 했다. 나는 그 미묘한 변화를 느꼈다. 어떻든 나는 내 일과 그에 따른 책임을 지고 있었기에 그곳을 떠나는 것이 당연했다.

그렇게 파리로 돌아왔다. 어머니가 내게 남긴 약간의 유산으로 조금 넓은 집을 구할 수 있었다. 베르누이 거리에 있는 오래된 호텔의 부속 건물이었다. 방 두 개와 화려한 정원을 향해 창을 낸 서재가 있었다. 봄에는 100년 된 보리수 가지가 덧창을 스치며 살랑거렸고, 새들이 내 책상까지 올라와 앉았다.

이런 변화로 예전 동네와 멀어지면서 다르낙을 만날 기회도 점차 줄어들 것만 같았다. 나는 파리로 돌아오자마자 그를 만났었다. 그는 나를 반갑게 맞았다. 그에게 내 이사계획을 알리고 계약을 완료하기 전에 내가 골라둔 집으로 초대했다. 그는 무척 기뻐했고 기꺼이 나를 따라나섰다. 우리는 약 한 시간 정도 머물렀는데 이 집에 대해 충분히 만족스러워했다. 그는 나를 자신의 아틀리에에 초대했고 나는 그러겠다고 약속했다. 나는 늘 그걸 바라고 있었지만, 도저히 내가 먼저 그것을 요구할 수는 없었었다. 초대받은 이상 곧바로 날을 정하고 싶었다. 우리는 다음 화요일로 날을 잡았다.

엄밀하게 말해 나는 이미 학업을 끝마친 상태였다. 정해진 기간을 넘겨 좀 더 지식을 습득하기 위해 학업을 연장하고 있었다. 이제는 미래를 내다보면서 분명하게 내 일을 찾아야 했다.

엄격한 법과 그것의 적용에 관한 일에는 흥미를 잃었다. 나는 법률가가 내 적성에 맞지 않는다고 생각했고 미술 분야로 잠시 눈을 돌린 것은 갈팡질팡했던 내 진로에 결정타를 던졌다. 새로운 환경이 내게 얼마간의 여유를 주긴 했지만 안타깝게도 현실적인 생활의 문제를 고려하지 않아도 될 만큼 재정적으로 충분치는 않았다. 나는 일을 구해야만 했다.

나는 늘 내 힘으로 생계를 유지해야 한다고 생각했지만, 실제 무언가를 해보지도 않고 막연하게만 그것을 염두에 두고 있었다. 가족의 도움은 생활의 활력을 주지 못했다. 이런 책임감을 떠올리면 오히려 쓸쓸한 기분이 들었다. 문득 나는 다르낙에게 이 문제에 대한 조언을 구하기로 했다.

그리하여 약속한 날 나는 그의 아틀리에를 찾았다. 나는 이 예술가와 그의 안목에서 내가 원하는 답을 구할 수 있으리라 생각했다. 아주 간명하게. 불행히도 내가 들어서자마자 그곳에 나 혼자만 있는 것은 아니라는 사실을 깨닫고 크게 실망했다. 다르낙과 가까운 사이로 보이는 두 사람이 거기에 있었다. 기분이 좀 묘해서 그의 인사에 겨우 응했다. 그는 내게 두 남녀를 소개했는데 단지 서로 얼굴을 바라보는 것으로 인사를 대신했고 그들은 곧바로 자리를 떴다. 나는 그제야 마음이 놓였고 그 기분을 좀 과하게 표현했다. 자연스레 다르낙과 마주하게 되자 내가 무례하게 굴었던 예전의 만남과 다르게 친숙한 느낌이 들었다. 나는 그에게 많은 말을 했고 그런 변화가 어떻게 받아들여질지는 생각하지 않았다. 적어도 그는 섬세한 사람이었고 더할 나위 없이 나를 반겨주었다. 아틀리에에서 그의 뛰어난 재능을 여실히 보여주는 여러 다양한 작품을 본 후에 솔직하게 내 의견을 전했다. 하지만 우리의 관계 때문에 그리 평가하는 것이 아니란 점을 분명히 하기 위해 짤막한 비평을 추가했지만, 그것은 작품에 대한 것이라기보다는 보편적인 미학에 관한 문제였다. 이 주제는 우리를 곧바로 사로잡았다. 다르낙은 토론 도중에 약간 상기된 듯 커튼 뒤에 천으로 덮어놓은 점토를 내게 보여주었다.

나는 그가 오직 나를 위해 이것을 공개했으며 그의 방문자들은 아직 보지 못했다는 생각에 뛸 듯이 기뻤다. 그리하여 이 작품은 내가 알고 있는 그의 다른 작품들을 뛰어넘는 중요성을 띠게 되었다. 또한 이에 대해 성급하게 이야기하는 것은 적절치 않다고 느꼈다. 그리하여 전체적으로 유심히 살펴본 후, 내가 받은 인상과 이 작품을 좀 더 깊이 있게 이해할 수 있도록 다음 기회에 작품을 한 번 더 볼 수 있기를 간절히 바란다고 말했다.

진실은 내가 첫눈에 바로 사로잡혔다는 것이고 이는 언제나 틀림이 없었다. 그러나 내 의견에 살을 붙이기 위해 좀 더 기다릴 필요가 있었다.

어쨌든 이것이 내가 거리를 두고 사안을 해석하는 방식이다. 물론 이 표현이 전적으로 옳다고 할 수는 없을 것이다. 나의 태도에 관해서 이미 말했다시피, 아마도 소심함에서 오는 우유부단의 표현일지도 모른다. 그리고 그것은 내가 마음속에 품고 있던 질문을 던져야 할 때마다 나를 당황케 했다.

나는 차츰차츰 다르낙에게 나의 고민을 털어놓았다.

"글을 써보는 건 어때요?"

그의 제안이 무척 마음에 들었다. 그 말을 기대한 것은 아니지만 마음 깊은 곳에서는 내가 바라고 있던 것이기도 했다. 하지만 나는 인사치레로 하는 말이 아니라 내 능력의 한계를 들어 사양했다.

"그럴 리가요, 모두가 쓰고 있죠. 그리고 모두 당신처럼 생각하지는 않아요."

나는 그가 '내 생각'이라고 일컫는 것이 허약한 자산이고 누구도 관심을 두지 않을 것이며, 어떻든 내게 수입을 가져다주지는 않을 것이라고 점을 강조했다.

"그걸 누가 알겠어요?"

그러고 나서는 불쑥 이런 말을 꺼냈다.

"좀 전에 몽테삭 씨에게 당신을 소개할 때 약간 불편한 표정을 짓던데 이유라도 있나요? 그 사람은 당신이 원고를 손쉽게 전할 수도 있는 잡지사의 대표입니다. 당분간은 이 일이 당신에게 실마리가 되어 줄지도 모르겠군요."

"어떤 잡지죠?"

"르 파르테논, 혹시 들어보셨나요?"

"아주 잘 알고 있습니다."

"잘됐군요. 다 해결될 겁니다. 이 문제는 내가 처리하죠. 그의 아내는 어떻던가요?"

잘 모르겠다는 표시로 어깨를 살짝 들어 올렸다.

"영민하고 아름답죠."

그녀를 제대로 보지 못했다고 말할 수밖에 없었다.

"실질적으로는 그녀가 남편의 사업을 주도하고 있죠. 그래서 말 인데…미술 평론을 한 편 준비하세요. 너무 길지 않은…. 그녀에게 건네보죠."

또다시 나는 소심하게 주저하고 있었다.

"아, 당신에게 큰 부담은 주려는 건 아니니 안심하세요. 하지만 아주 좋은 기회인 건 맞아요. 내가 돕겠습니다. 몽테삭 씨는 무조건 제 의견을 따를 거예요. 아시겠죠?"

그가 아주 적극적인 태도를 보였기에 그 제안에 동의하고 말았다. 15일 후 원고를 전해주기로 약속했다. 우리는 잠시 이런저런 이야기를 나누었고, 나는 머릿속에 평론의 주제를 떠올리며 그곳을 나왔다.

오랜 고심 끝에, <선으로 표현된 관능>이라는 주제를 선택했다. 나는 그간 이런저런 토론 속에서 화가들, 심지어 조각가들도 선을 구상적 실루엣의 연상을 위한 매개로만 인식할 뿐 그 선의 또 다른 가치는 인정하려 들지 않는 것을 관찰했다. 그들에 따르면 색이야말로 표현된 존재나 대상에게 물질적 특질이나 내성을 부여하면서 관능을 일깨우는 유일한 힘을 가지고 있다. 마치 엉덩이와 가슴의 굴곡을 간결한 선으로 표현하는 것은 피부색의 한없이 미묘한 변화만큼 유혹적인 감정을 끌어낼 수 없다는 듯….

나는 그 문제를 주제로 잡았다. 그리고 분명한 예들로 이를 증명했다. 약 삼십여 페이지를 써서 완성했는데 썩 나쁘지 않다고 느꼈다. 나는 수없이 읽고 또 읽으며 글을 다듬었다. 나름 뿌듯한 마음으로 다르낙의 집으로 향했다. 원고를 두루 말아 팔에 끼워 넣고서 문을 두드렸다. 문이 곧바로 열리는 대신 문 뒤에서 누구냐고 묻는 소리가 들렸다. 이름을 밝히자 문이 열렸고 안으로 들어섰다. 그제야 그가 신중하게 문을 연 것을 이해했다. 모델, 가냘프고 아리따운 앳된 여자가 포즈를 취하고 있었다. 그녀의 하얀 피부가 방을 환하게 밝히고 있었다. 나는 되돌아 나가려고 했지만 다르낙이 나를 안심시켰다.

"괜찮아요." 그리고 모델에게 말했다.

"이분은 작가입니다."

얼굴이 약간 화끈거렸지만, 짐짓 그런 체했다.

"그런데 어쩐 일로?"

원고 꾸러미를 보여주었다.

"만족스러워요?"

"글쎄요…. 별로."

"같이 봅시다."

"아니, 일 보세요. 별일 아닌 일로 방해하고 싶지는 않군요."

나는 좀 떨어져서 의자에 앉았다.

다르낙은 몇 분 정도 하던 일을 계속하다가, 아마도 그 정도면 충분하다고 느꼈는지 작업을 중단했다. 모델은 약간 높은 테이블에 앉아 있었다. 그곳에서 내려오려면 도움이 필요했다. 내가 보기엔 그녀가 도움을 바라고 있는 것 같았다. 내가 바로 그 옆에 있었기에 당연하게도 그녀에게 손을 내밀었다.

아름답고 연약한 동물의 눈을 지닌 그녀는 내게 고맙다는 표시로 매력적인 눈짓을 보냈다. 순간, 그녀가 실수로 발을 헛디뎠다. 그녀를 붙잡으려 했지만, 이번에는 내가 그녀를 놓쳐버렸다. 결국 가녀린 여자의 벌거벗은 몸이 끔찍하게도 벌겋게 달아오른 난로로 곤두

박질쳤다. 그녀는 고통에 찬 비명을 질렀다. 그녀의 살이 지글거렸고 역겨운 연기가 피어올랐다.

순간적으로 그녀의 몸이 마치 쇳덩어리에 딱 달라붙은 것처럼 보였다. 살점이 뜯어지면서 난로에서 떨어져나온 그녀가 마룻바닥 위에서 몸부림쳤다.

나는 바보처럼 지켜만 보고 있었다. 순식간에 벌어진 이 황당한 일에 얼어붙고 말았다. 다르낙은 내게 정신을 차리도록 채근했다. 우리는 이 불행한 여인을 들어 소파에 뉘었다.

이 혼란 속에서 그녀를 구하기 위해 무엇을 해야 할지 아무것도 알 수 없었다. 나는 안절부절못하며 방안을 돌아다녔다. 나의 조급함과 미숙함이 다르낙을 방해하고 있었다. 그는 다소 무뚝뚝하고 짧게 말했다.

"마차를 불러요, 의식을 잃은 것 같군요. 친구들이 있는 네케르 병원으로 가야겠어요."

나는 적어도 이 악몽에서 벗어날 수 있다는 생각에 밖으로 나왔다. 잠시 후, 우리는 병원 문 앞에서 벨을 눌렀다. 응급상황으로 보였는지 그 가엾은 처녀는 서류 절차 없이 바로 병원으로 들어갔다. 병원에 도착할 때까지 그녀를 대충 담요로 둘둘 말아 놓았었는데 그녀의 머리가 덜렁대며 내 무릎에 부딪혔다. 우리는 그녀를 의사에게 맡겼고 더 할 일이 없어지자 아틀리에로 다시 돌아왔다.

돌아오는 내내 침묵을 지켰다. 나의 침묵은 최악의 상황을 염두에 두고 있었다. 다르낙 또한 곤혹스러워하고 있었다. 우리 모두 답답하고 불안한 마음으로 걸음을 옮겼다.

한 명의 희생자가 더 늘었다. 이 불행이 나의 치명적인 운명에서 유래했다는 것을 단 한 순간도 의심하지 않았다. 이 생각이 이성을 마비시켰다. 죽음의 리스트가 늘어나고 있었다. 무의식적으로 희생자들의 명부와 그들에 대한 추억, 그리고 그들의 창백한 얼굴이 떠올랐다.

'뱅상…! 네가 나를 밀었단 걸 알아…! 위베르탱…! 뮈소의 관…. 그의 어머니…!'

나는 무슨 말이라도 해야 했다.

"그녀의 이름이 뭐죠?"

"잔느 바르궤이."

다르낙이 마치 꿈에서 깬 것처럼 말했다.

"부모가 있나요?"

"어머니가 있죠…. 내가 알려야겠군요."

"정숙한 여자였나요?"

"물론이죠!"

나는 이런 어리석은 질문을 던진 것을 이해할 수 없었다. 다르낙의 어조는 나의 무례를 상기시키고 있었다. 나는 어색하게 상황을 수습하려 했다.

"눈물겹도록 불운한 날들이 있습니다."

"무슨 말을 하시는지…!"

"자, 곧 뵙죠."

그가 내게 손을 내밀었고, 우리는 헤어졌다.

그 밤은 베게 위로 뒤척이며 새벽까지 잠을 이룰 수 없었다. 일어나자마자 나는 병원으로 달려갔다. 새로운 소식을 듣고 싶었지만 아무도 내게 알려주지 않았고 병원에 들어가는 것도 허락되지 않았다. 그날은 병실 출입이 허용되는 날이 아니었다. 나는 극도로 불안한 마음으로 다시 집으로 돌아왔다.

다르낙의 짧은 메시지가 나를 기다리고 있었다. 의자에 놓여있던 나의 원고를 읽고 몽테삭에게 건넸다는 것과 곧바로 답을 들을 수 있을 것이라는 내용이었다. 원고에 대한 논평은 없이 추신으로 다음 날 병원에 갈 예정이며 거기서 나를 만날 수 있기를 바란다고 덧붙였다.

나는 꽃과 케이크를 들고 약속 시간에 병원에 도착했다. 다르낙은 보이지 않았다. 침대 위에서 눈을 감고 반쯤 입을 벌린 채 땀으로 번들거리는 가엾은 처녀가 숨을 몰아쉬고 있었다. 머리맡에서 어머니로 보이는 검은 옷을 입은 부인이 일어섰다. 우리는 어색하고 불편한 상황에서 간단한 인사말을 주고받았다. 곧바로 간호사가 대화를 삼가고 방문도 짧게 마칠 것을 요청했다.

처녀의 어머니가 다시 자리에 앉자 깡마른 옆얼굴이 사각의 하얀 창틀 안으로 떠올랐다. 그 얼굴은 손수건을 움켜쥔 장갑 낀 손이 간혹 드나드는 어둠의 동굴이었다. 나는 준비해간 물건들을 내려놓고 반대쪽에 앉아 있었다. 이 낯선 상황에 당황한 나는 미동조차 할 수 없었다. 처음 본 두 사람이 아무 말 없이 서로 마주 보고 있었다.

햇빛이 쏟아지는 긴 방에 침대들이 군대식으로 줄지어 있었다. 빈 침대는 없었다. 침대마다 부모나 친구들이 환자를 향해 침울하게 상체를 수그리고 있었다. 간혹 웃음소리가 들리면 누군가가 "쉿"하는 소리와 동시에 웃음이 그쳤다. 주변에 아무도 없이 적막에 휩싸인 사람도 있었다. 폐결핵으로 숨을 몰아쉬는 아내의 곁에서 흐느껴 우는 남편이 다가서기 싫어하는 두 아들을 침대 쪽으로 억지로 밀고 있었다. 한쪽에서는 술에 취해 자기 아내를 위협하며 돈을 요구하는 사내를 사람들이 밖으로 몰아내고 있었다.

나는 병원이 가난한 사람들에게 불러일으킨 오래된 공포를 이해했다. 내가 자리를 뜰 채비를 할 때 다르낙이 도착했다.

그는 자신이 늦은 것을 사과한 후 처녀의 어머니에게 인사와 위로의 말을 전했다. 그리고 곧바로 자신이 해야 할 일을 시작했다. 그가 작은 소리로 자신의 지원방안을 설명했기에 나는 대충 짐작만 할 수 있었다. 그토록 곤혹스러운 상황에서도 의연하게 대처하는 그의 모습이 놀라웠다.

환자는 여전히 잠들어 있었다. 간호사가 그 이유를 간략하게 설명해주었다. 그녀에게 말 그대로 다량의 아편을 쏟아부었기 때문이었다. 참을 수 없는 고통을 조금이나마 진정시킬 수 있는 유일한 방법이었다.

왼쪽 팔꿈치에서 어깨까지 2도의 화상을 입어 진물이 흘렀다. 엉덩이와 배의 일부 그리고 허벅지 쪽의 피부는 더 심각했다. 부분적으로 떨어져 나간 흔적은 사라지지 않을 것이다. 난로에 맨 먼저 닿은 가슴은 가장 참혹했다. 끔찍한 모습이었다. 연한 장밋빛 유두와 유난히 부드러웠던 살결은 문드러져 부풀어 올라 형체를 알 수 없는 덩어리로 남아 있었다. 붕대로 겨우 형태를 유지하고 있어서 마치 점액질의 마그마처럼 보였다.

결과는 아무도 장담할 수 없었고, 의사는 어떤 말도 하지 않았다. 우리는 할 수 있는 모든 치료를 다 해달라고 당부했다. 다르낙은 자기의 친구가 이 병원의 의사라는 것도 잊지 않고 전했다. 나는 병실의 간호사를 발견하고 잘 보살펴 달라는 당부의 말과 함께 손에 10

프랑을 건넸다. 딱히 더 할 일이 없는 상황에서 우리는 병원을 나왔고 생각보다 더 절실한 마음을 갖게 되었다.

일요일, 병원을 다시 찾았다. 이번에는 한 무리의 아이들로 북적였다. 병실은 어렴풋이 축제 분위기였다. 꽃이 넘쳐났다. 가지고 간 꽃을 내려놓자 고열과 사투를 벌이는 소녀는 내 쪽으로 수척한 얼굴을 돌리며 애써 미소를 지으려 했다. 그녀는 내게 말을 건네려 했으나 내가 만류하자 이내 단념했다. 나는 그녀에게 용기를 북돋우려 애썼다. 하지만 단어들이 입술에서 떨고 있었고 무슨 말이든 결국 용서를 구하는 말로 이어졌다. 곧바로 그녀의 눈이 감겼다. 나는 말을 중단하고 쓸모없이 그녀의 머리맡에 앉았다.

잠시 후 간호사가 와서 환자의 어머니와 다르낙씨가 이미 다녀갔다는 말을 전하며 환자의 잠을 방해해선 안 된다는 주의를 주었다. 나는 더 머물 만한 일이 없어 환자의 현재 상태를 확인한 후 병원을 나섰다. 불행하게도 내가 기대한 만큼 썩 좋은 소식은 아니었다.

엉덩이 부분과 마찬가지로 팔의 화상은 회복되고 있었지만, 문제는 화농이 멈추지 않는 나머지 부분이었다. 상처 부위의 감염이 염려스러웠고, 열은 여전히 우려할 만한 상황이었다. 가슴은, 가망이 없어 보였다. 어쨌든 환자의 상태가 아주 위태로워 보이진 않았다.

"아마도요…."

간호사가 나의 염려를 이해한다는 듯 덧붙였다.

나는 다소 마음을 놓았고 가능한 매일 병원에 들렀다. 그동안 뒤숭숭한 나날들을 보냈지만 잔느를 만나고 그녀의 상처와 고통이 조금씩 완화되는 걸 보면서 약간의 안도감을 느꼈다.

시간이 점점 지날수록 내 안에 죽음의 씨앗이 자라고 있고, 죽음을 담은 눈빛을 주변에 던지고 있다는 생각에 깊이 젖어 들었다. 지금까지 벌어진 일들이 이를 증명하고 있었다. 의지를 갖고 아무리 노력해도 벗어날 수 없었다. 불행의 스펙터클이 여기에 일종의 확신을 더 했다. 나는 변함없이 홀로 불안을 견디는 편이 낫다고 생각했다.

아무 노력도 없이 자포자기한 것은 아니었다. 나의 유약함이 매달릴 수 있는 수많은 이유를 떠올렸다. 다시 한번 이 사건이 치명적인 우연의 일치일 뿐이라고 생각하려고 애썼다. 하지만 이 사건의 과정을 다시 돌이켜 보며 결국 나 자신에게서 그 이유를 발견하는 것으로 끝을 냈다. 사실상 나는 유죄를 인정했고 정상참작을 구걸하고 있었다.

한편, 내 삶은 바뀌지 않았고 일상은 그대로 유지되고 있었다. 점점 더 의기소침해지고 침묵으로 빠져드는 것만 빼면 나만의 비밀은 그대로 지켜지고 있었다. 사람들은 그 일이 일어난 이유에 대해 오해하고 있었고 나 또한 거기에 일조했다. 터무니없는 이야기들이 등장했지만 나는 그 어느 것도 부인하지 않았다. 나는 오히려 '곰처럼' 무뚝뚝한 사람으로 받아들여졌고 사람들은 그런 나를 내버려 두었다.

이런 상태에서 다르낙과의 만남을 중단했다. 그에 따른 고통은 마치 당연한 시련이라 여기며 자신을 위로했다. 또 다른 형벌도 뒤따랐다. 나는 사람들과 만나서 어울리고 즐기는 것에 병적인 즐거움을 느끼게 되었다. 자신을 마치 불행의 선민이자 지구상의 불행을 대리하는 자로 느꼈다. 나는 타인의 불행에 극단적으로 집착하게 되었다. 이러한 상태는 몇 주 동안 지속되었다. 그리고 끝날 것 같지 않았다. 어느 저녁 나는 간단한 메모를 받았다.

소중한 친구에게

우리가 만나지 못한 동안 몽테삭이 당신의 글을 읽었고, 다음 호에 그 것을 실을 예정입니다. 그를 찾아가서 이야기를 들어보는 것이 좋을 것 같습니다. 그가 그것을 바라고 있는 듯합니다. 기회를 잘 활용하시길.

다르낙.

내 글에 대해선 거의 잊고 있었다. 내가 들고 있는 한 장의 종이와 그 위에 구체적으로 언급된 다르낙의 전언은 내 망상의 흐름을 바꾸어 버렸다. 나는 정말 어리석고 부질없는 생각에 몰두하기 시작했다. 기쁨에 들뜬 몽테삭을 만날 것이고, 파르테논 잡지의 머리기사를 장식하고 있는 내 글과 눈부신 나의 이름과 쏟아지는 호평을 보았다. 게다가 반대자들, 질투에 눈이 먼 이들을 상상했다. 이미 내가 쌓아놓은 예리한 표현을 사용해 부드럽고도 날카로운 관점을 드러내는 독자의 편지도 받을 것이다. 유명한 신문들이 나의 글을 구걸할 것이다. 내가 오래전부터 기다려온 바로 그 영광!

그 순간 우울한 상념들은 벌써 사라져 버렸다. 터무니없는 환상에 취한 나는 대담한 미래를 그렸고 몽테삭에게 나의 조건과 그것의 협의 불가에 대해서 분명하게 말하기로 결심했다.

나는 다르낙에게 반드시 몽테삭을 만나겠다는 약속과 함께 고맙다는 답장을 보냈다. 이삼일 후, 파르테논 잡지사 앞에 섰다. 내가 드러낼 수 있는 가장 무기력한 기운으로. 너무 일찍 도착하지 않도록 주의했음에도 삼십 분 정도 사환들과 짐꾸러미 사이에서 기다려야 했다. 그 때문에 불쾌했지만 몽테삭은 처음부터 내 불평을 한 마디로 잘라냈다. "앉으시죠. 선생. 시간이 별로 없군요"라는 말은 일순간에 나를 불운의 구덩이로 밀어 넣었다.

"선생의 글을 읽었습니다. 당신과 내 친구에게도 기분 좋은 일이될 수 있도록 그 글을 잡지에 싣기로 했습니다."

나는 그의 고압적인 어투에 갈피를 잡지 못하고, 알아들을 수 없는 몇 마디를 희미하게 중얼거렸다.

"잡지사의 방침에 따라 최초의 기사는 원고료가 지급되지 않습니다. 이것은 대중에게 판단을 맡기는 일종의 시험입니다. 만약 그 평가가 호의적이라면 우리의 관계를 계속 유지하는 것을 기쁘게 받아들일 것입니다. 동의하시는 거죠?"

관자놀이에 피가 솟구쳤다. 파국으로 끝난 나의 환상에 앙갚음할 수 있는 말을 찾으며 자리에서 일어섰으나 내게서는 단 한 마디만 새어 나왔다.

"완벽하군요."

"그럼 조만간 결과를 알려드리지요. 뵙게 되어 영광이었습니다."

면담은 끝났다.

열패감에 젖어 두서없는 생각에 골몰하며 거리로 나왔다. 몽테삭이 나를 기만했다. 나는 그렇게 생각했다. 하지만 그를 원망하기보단 나 자신을 탓했다. 화가 치민 나는 이 참담한 기분을 참을 수 없었고 급기야 화려한 복수를 결심했다. 곧바로 장면을 재구성하기 시작했다. 상대방의 역부족으로 상황이 나에게 유리하게 전개되는 장면을 떠올렸다. 몽테삭은 15분 동안이나 전전긍긍했다. 그리고 나는 뒤돌아선 그의 등에 승리의 미소를 던졌다. 그에게 쓰라린 아픔을 주지는 않았으나 적어도 마음의 짐을 덜어낼 승리의 미소였다.

이렇게 하고 나자 쓰라린 기분은 점차 줄었고, 자연스레 그리고 일말의 희망으로 상황을 더 관대하게 해석했다. 나는 기만당했다고 치자, 하지만, 모두를 기만할 수는 없다. 몽테삭, 잡지사의 사장이자 중요한 인물이 내게 호의를 보이고 내가 쓴 글을 호평했다. 이렇게 생각하니 이 생각을 밀고 나갈 수밖에 없었다. 이런 결론이 너무 과하다는 생각에 만족스럽지는 않았음에도 그것에 매달렸고 덕분에 이 사건을 가장 유리한 방향으로 해석했다. 거기에서 나온 후 몇 분이 지나지 않아 나는 몽테삭의 태도가 호인의 솔직함이라고까지 단언하기에 이르렀다. 이처럼 상황을 정리하자 다르낙의 집에 들르고 싶었다. 내가 병원에서 막 돌아온 그를 만났을 때, 병원에 가는 것을 잊고 있었다는 것을 깨달았다. 나는 그에게 할 수 있는 한 최대한의 우정을 표했다. 그러고 나서 면담 결과에 대해서는 내가 재구성한 내용을 이야기해 주었다. 그는 나를 축하해주었고 나에게 원고료가 지급될 것이라 약속했다. 나는 이 보증을 겸손하게 받아들였다. 곧바로 잔느에 관한 새로운 소식이 있는지 물었다.

그녀는 잘 견디고 있고 몇몇 심각한 합병증의 위험도 확실히 줄었지만, 의사는 여전히 폐렴을 우려하고 있었다. 병원 침대에서 쇠잔해진 잔느가 퇴원하고 나면 집에서도 꾸준한 치료가 필요한데 쉽지 않을 것이라고 토로했다.

나는 내가 거둔 성공 때문에 낙관주의자가 되어있었다. 모든 일이 잘 풀릴 것이라고 단언했고 다르낙의 염려에 대해 약간의 농담마저 건넸다.

그는 잠자코 머리를 끄덕이며 내 이야기를 듣고 있었다.

새롭게 확인한 나의 가치에 도취한 나는 수다쟁이가 되었고 내가 하는 말을 가늠할 수도 없었다. 갑자기 내가 어떤 실수를 했는지 그가 내 말을 가로막았다.

"너무 낙관적인 이야기네요, 친구. 하지만 나는 완전히 마음을 놓을 순 없군요."

다르낙이 '나'라고 말할 때는 나에 대한 약간의 힐책이 느껴졌다. 알 수 없지만. 언제나 나는 그것을 제대로 꿰뚫고 있다고 믿는 편이다. 내 수다는 점점 줄어들었다. 나는 스스로 한없이 상승했던 자아도취의 상태에서 아래로 추락했다. 불쌍하게 보일 정도였다. 다르낙은 아마도 동정심으로 내게 저녁 식사를 함께하자고 제안했고 나는 받아들였다. 우리는 함께 하루를 마무리했다. 디저트가 나올 때쯤엔 기분도 정상으로 돌아왔다.

나는 가능한 몸과 마음을 최상의 상태로 유지하려 했지만, 사흘 후, 병원에 다시 가서 잔느의 상태를 보고 몹시 당황했다. 심하게 여윈 얼굴, 초췌한 용모에 광대뼈가 붉게 튀어나온 야윈 얼굴, 예전의 그리도 아름다웠던 두 눈은 이제 낯선 빛을 발하고 있었다.

놀라는 기색을 알아차린 그녀가 먼저 말을 꺼냈다.

"내 꼴이 정말 엉망이죠, 그렇죠?"

나는 어설픈 위로를 무릅쓰고 그녀의 말을 부인했다.

"그렇지 않아요…! 내가 느끼고 보고 있잖아요."

나는 다른 주제로 화제를 바꾸려고 했으나 소용없었다. 그녀는 자기 생각에 몰두하고 있었다.

"나는 이제 끝났어요!"

그녀는 이 말을 불안하지만 확고한 어조로 말했다. 너무도 진지하게 단호한 동작을 취하는 그녀의 움직임에 놀랐다. 내가 그녀를 진정시키지 못하리라는 것은 분명했다.

"잔느, 당신은 지금 회복 중이에요. 며칠 안에 병원을 나가서…"

"죽겠죠…"

"잔느, 자신을 괴롭히지 말아요. 절 믿어주세요."

"죽을 거예요. 난 알고 있어요."

"진정해요."

"아, 누가 제게 그러더군요. 갈색 머리 남자가 널 죽일 거라고요."

그녀의 눈에서 불꽃이 튀었다. 순간 머릿속이 하얗게 되면서 아무 생각도 할 수 없었다. 그녀에게서 끔찍한 생각을 걷어내려는 생각과 터무니없는 해명이 뒤섞이며, 그녀의 처지와도 상관없는 말들을 설득이랍시고 주섬거렸다. 이번에도 역시 그녀가 나를 구해줬다.

"자신을 자책하지 마세요…! 만약 당신이 아니었다면 아마도 다른 누군가였겠죠."

그 말에도 불구하고 나는 계속 그녀를 설득했다. 하지만 내가 느끼기에, 그 설득의 요지는 그녀를 위한 것이라기보다는 나 자신을 위한 것이었다. 심지어 그 사고를 해명하려고 애를 썼다. 사고의 원인을 다시 상기하며 그녀의 부주의를 원인으로 몰아갔고 감정이 격해져 소란이 일었다. 간호사가 와서 자제할 것을 요청했다.

당황스럽고도 수치스러웠다. 잔느에게 사과를 전하며 열렬히 맹세했다. 그녀가 퇴원할 때 내가 반드시 옆에 있겠다고 약속했다. 그리고 필요한 것들은 모두 내가 도와줄 것임을 맹세했다. 곧 그녀가 피곤해하자 휴식을 취하도록 하는 게 좋겠다는 생각이 들었다. 물론 나 역시 어서 바깥 공기를 마시고 싶었다. 그렇게 병원을 나섰고 하루의 나머지를 나 자신의 운명을 불쌍히 여기는데 보냈다. 고요 속에서, 나의 슬픔은 대상을 바꾸었다. 밤에는 나 자신을 위로하며 나 자신과 화해하고 침대에 들었다.

　그즈음 내가 쓴 평론이 잡지에 실려서 뿌듯한 마음으로 그것을 읽었다. 아주 좋은 위치에 자리하고 있었으며 독자들의 반응도 좋았다. 몽테삭은 곧바로 정기적으로 글을 싣자는 제안을 했고 나는 수락했다. 조건은 만족스러웠다. 만약 이 일이 특별한 문제 없이 잘 진행된다면 나는 매월 고정적으로 15에서 20루이를 받을 수 있었다.
　어머니가 남겨주신 유산과 더불어 이 여분의 수입으로 생활의 편의와 나름의 품위를 유지할 수 있었다. 길게 자란 턱수염을 다듬었고 집 안에 필요한 가구를 들여놓으며 약간의 비용을 지출했다. 자단나무 책장을 마련했고 하녀에게 격에 걸맞은 복장과 정중한 태도를 요구했다. 이런저런 잡다한 일을 처리하느라 일요일이 돌아온 줄도 몰랐다. 어수선한 와중에 다시 한번 잔느를 잊고 있었다. 나는 급하게 병원으로 달려갔다. 그러나 그녀의 침대에 다른 사람이 누워있는 것을 보고는 공포에 사로잡혔다. 다행히 간호사가 나를 안심시켰다.
　"잔느는 어제 떠났습니다. 그녀를 계속 병원에 머물게 할 수는 없었어요. 기다리는 사람이 너무 많다는 것을 이해하실 겁니다."
　나는 잔느의 상태를 좀 더 자세하게 물었지만 충분치는 않았다. 잔느의 화상은 우려했던 대로 흉터를 남기며 회복되고 있었지만, 발열과 몇 주 동안의 침대 생활이 경미한 폐부종을 일으켰다. 위급한 상황을 대비해서 의사가 곧바로 처방을 내렸지만 이런 증상으로는, 더 심각한 상황에 대비해 병상을 확보해놓아야 하는 병원에 언제까지고 머물 수는 없었다. 그녀에게 퇴원 허가가 내려졌다.

새로운 소식에 마음이 조금 놓였다. 나는 여러모로 따져보고 거기에서 긍정적인 결론을 끌어내려고 애썼다. 환자의 상태가 호전되지 않았다면 퇴원을 허락할 리 없었다. 내가 의사보다 더 까다로운 태도를 보일 필요는 없었다. 결론적으로 각자의 상황에 따라 최선의 결정을 내렸을 것이다. 때가 되면 이 상황을 좀 더 자세히 파악할 수 있으리라 생각했다.

얼마 지나지 않아, 몽테삭으로부터 초대장을 받았고 정중하게 초대에 응했다. 나는 사교계에 발을 들여놓을 필요를 조금씩 느끼기 시작했다. 그동안은 교류의 기회가 없었기도 했지만 새로운 관계를 만드는 것보다는 오래된 관계를 유지하는 것이 더 적절하다고 생각했기 때문이다. 내게 큰 도움이 될 것이라고 다르낙이 말했던 사람들에 대해서 호기심이 일었다. 그리고 몇몇 주요한 인물을 만날 수 있기를 바랐다.

그동안 다르낙과 소원했던 만큼 그를 만날 수 있다는 생각에 마음이 놓였고 무엇보다 나의 조급함을 드러내지 않고 자연스럽게 만날 기회가 주어진 것이 기뻤다. 기다리는 동안 나는 국립도서관에서 대부분의 나날을 보냈다. 거기서 파르테논에 연재할 <12세기 프랑스 조각>의 관련 자료를 수집했다.

어느 날 집으로 돌아왔을 때 계단에서 건물 관리인과 마주쳤다. 자신이 만류했음에도 불구하고 어떤 젊은 여인이 내 집으로 올라갔다는 말을 전했다. 그녀의 설명으로 보아 잔느가 분명했다. 급히 뛰어 올라가 보니 잔느가 문 앞에 서 있었다. 그녀는 내가 올 때까지 문 앞에서 기다릴 생각이었다고 말했다.

그녀를 안으로 들이고 소파에 앉게 했다.

그녀는 매우 단순한 복장이었으나 스타일이 돋보였다. 검은 천으로 된 드레스를 입고 4개의 핀으로 고정한 벨벳 모자를 쓰고 있었다. 구두는 새것이었으며 장갑에 얼룩 한 점 보이지 않았다. 마음이 놓였다. 외관상으로 그녀의 처지가 나빠 보이지는 않았다.

　　어둠이 내리면서 그녀의 눈은 아이 같은 즐거움으로 빛났고 벽에 걸려있는 야만인들의 초상화에 흠칫 놀라기도 했다. 그녀의 성격에서 자연스레 우러나오는 우아한 태도와 단정한 몸가짐이 돋보였다. 나는 놀라지 않을 수 없었다. 사고로 만신창이가 되어 비참한 모습으로 병원에 누워있던 여자가 바로 이 여자란 말인가! 이 아름답고 사랑스러운 여인이 바로 그녀란 말인가. 그녀에게 아주 정중한 태도로 그녀의 아름다움에 대해 말하자 그녀는 이내 눈물이 나도록 웃었고, 나는 그 반대였다.

　　이미 엎질러진 물이니 주워 담을 수는 없었고 자연스러운 분위기를 만들면서 계속 그녀가 웃게 내버려 둘 수밖에 없었다. 불안감이 사라지면서 마음도 가벼워졌다. 상황이 이렇다 보니 나는 농담에 더욱 열을 올렸고 그럴수록 그녀는 더 즐겁게 웃었다. 그러다가 갑자기 그녀가 손수건으로 입술을 가렸다. 그리고 급하다는 듯 다른 손을 들었다. 곧바로 그녀를 화장실로 안내했다. 급히 안으로 들어가서 손수건을 떼자 피가 대리석과 그녀의 블라우스, 그리고 나의 손에도 튀었다.

　　그녀는 몸을 제대로 가누지도 못해서 내게 의지했다. 나는 내 품에 안긴 그녀를 느끼다 허둥지둥 소파에 눕힌 후 관자놀이를 물로 적셨다. 그리고 술을 한 모금을 마시게 하면서 막무가내로 그녀를 보살피는 데 집중했다. 우선, 그녀를 집에 바래다주고 의사를 데려가겠다는 말을 건네면서 잠시 침대에 눕도록 했다.

산만하게 수선을 피우는 것은 그녀에게 단지 피곤을 더할 뿐이었다. 그녀가 조심스레 휴식을 취할 수 있게 해달라고 부탁했고, 그렇게 하는 게 내게도 좋을 듯하여 기꺼이 그에 따랐다. 그녀가 다시 나를 부를 때까지 나는 계속 긴장된 상태로 귀를 기울이며 옆 방에 머물렀다. 밤이 되었고, 어둠이 방으로 밀려들었다.

차를 함께 마시며 그녀가 기운을 차릴 수 있도록 애썼지만 나는 별 도움이 되지 못했다. 가엾은 여인은 이 상황을 대수롭지 않게 여기며 내게 미안함마저 표했다. 나는 그 모습에 감동했고 곧바로 내가 받은 인상을 그녀에게 전했다. 그리고 그녀를 팔로 감싸며 머플러를 건넸다. 내일 의사를 찾아가 방문 요청을 하기 위해 의사의 주소를 물었다.

그녀가 별말 없이 주소를 알려주면서 미소를 지었다. 시간이 많이 흘렀기에 그녀가 자리에서 일어서려 했다. 바래다주겠다고 제안했지만, 그녀가 정중하게 거절했다. 나는 그녀가 어디에 사는지 알고 싶은 마음도 있었다.

"아니에요…. 제가 다시 올게요."

"물론 그래야죠. 자주, 아주 자주 오세요…. 약속해요."

"네. 약속해요."

나는 그녀와 함께 도로로 나와 마차에 그녀를 태우고 나서 마부에게 차비를 건넸다.

다음날 서둘러 의사를 방문했다. 의사는 염려스럽다는 반응을 보였다. 특히 어제의 상황을 듣고선 더욱 그랬다. 나는 의사에게 비용은 내가 낼 테니 매주 잔느를 방문해 달라고 요청했고 그는 그러겠다고 말했다. 그가 매우 정직한 사람처럼 보여서 마음을 조금 놓은 상태로 집으로 돌아왔다.

이삼일 후 그녀의 편지를 받았다. 어떤 친척의 도움으로 부르고뉴에 요양차 떠나 두 달 정도 그곳에 머물 것이라며 이틀 후 다섯 시경 인사차 들르겠다고 했다.

반가운 소식이었다. 그녀가 이곳을 벗어나 새로운 환경에서 맞게 될 여러 긍정적인 변화가 떠올랐다. 맨 먼저 부르고뉴의 대기가 그녀의 건강에 도움이 될 것이다. 또한 그녀가 멀리 떠남으로써 내 슬픔의 원천으로부터 나 역시 멀어지게 될 것이다. 사실 나는 한시도 이 사고를 잊을 수 없었다. 아무리 자신을 다독여도 내 슬픔은 더욱 깊어졌고 내 뇌리에 달라붙어 있었다. 나는 나 자신과 싸우기에는 너무나 연약했다. 잔의 부재가 아마도 나를 도울 것이다. 그리고 나는 이것을 큰 위안이라도 되는 듯 기뻐했다.

약속 시간이 되어 약간의 다과를 준비했다. 초인종이 울렸다. 그녀는 먼저 테이블에 꽃을 올려놓았다. 모자의 옅은 그림자 속에서 여전히 창백한 눈은 여느 때 보다 더 따뜻한 빛을 발했다. 매번 그녀가 선택한 특이한 직업을 생각할 때마다 의외라고 느꼈던 차분하고 단정한 태도, 특히 그의 우아함에 매료되었다.

나는 그녀가 그곳에서 맞이할 즐거움이나 그곳의 생활, 따스한 기후의 장점에 대해 열변을 토했다. 이 매력적인 여인의 고통에 대해 생각할 때면 나는 너무도 감상적으로 변하고 연민을 감출 수가 없었다. 그런 표현들이 아주 자연스럽게 본심에서 우러나오는 것이었다. 내가 건네는 다정한 말들로 그녀의 뺨이 붉어졌다. 내 손 안에 놓인 그녀의 손은 마치 내가 그녀의 가슴을 쥔 것처럼 파르르 떨고 있었다. 그녀는 차분하게 할 말을 모두 마친 후 시계를 보더니 떠나려 했다. 나는 그녀를 배웅하면서 팔을 허리에 두르고 세심하게 주의사항들을 전했다. 헤어질 때가 되자 그녀 쪽으로 상체를 기울이며 오해가 없도록 태연한 어조로 말했다.

"자, 그럼 우리 포옹을 나누는 거죠?"

나는 그녀를 안았다.

그 순간, 그녀가 이마를 들어 올렸다. 내 입술 아래로 그녀의 붉은 두 입술이, 서로 맞붙어 타오르고 있었다. 그 사이 그녀의 몸이 내 품으로 들어왔다.

몸이 반쯤 기울자 나는 균형을 잡았다. 그녀를 품에 안은 그대로 방안으로 다시 들어섰다. 그녀는 내가 자기를 유혹하려 한다고 생각했을지도 모른다. 당연히 그녀는 먼저 몸을 뺐다. 나는 그녀가 다시 내 손을 잡고, 그늘진 두 눈을 내 눈에 담고 있는 모습을 보고 어떤 태도를 보여야 할지 알 수 없었다. 갑자기 그녀가 내게서 떨어지더니 작별 인사를 건넸고, 그 소리는 계단 아래로 사라져갔다.

나는 이 예기치 않은 일에 다리가 풀리고 당황한 채 안으로 들어왔다. 그날 밤과 다음 날까지 이 일에 대해서 생각했다. 물론, 터무니없는 상상에 몰두하면서 사태의 핵심을 분명히 깨닫지는 못했다.

나는 그쯤에서 생각을 멈추었다. 어떻든 두 번 다시 일어나지 않을 일이었다. 선의에 이끌린 말과 행동이었으나 비난받을 만했다. 잔느 또한 그 열기에 취해 거짓으로 친밀함을 연기했을 수도 있다. 잘 모르겠다. 어떻든 다시 그런 일이 벌어진다면 그것은 범죄였을 것이다.

나는 이 가엾은 여인을 향해 깊은 연민을 느끼고 있었다. 그녀를 슬프게 한다는 생각이 나를 공포에 떨게 했다. 그렇기는 하지만 내 감정을 무시하지는 않았다. 우아하고 매력적인 그녀를 내 집에 맞아들이는 즐거움, 그윽하고 매혹적인 즐거움이 그녀에게 환심을 사고 싶은 마음으로 변할 수 있다는 것은 분명하다. 그러나 한순간도 그런 마음을 품지는 않았다. 나는 이 일을 우발적인 사건이라 생각하기로 했다. 잔느가 지방으로 떠나는 것 또한 이런 생각을 부추겼다. 마음을 다잡기 위해서 나는 나대로 살아가야만 했다. 곧 일에 몰두하면서 다가올 문제들을 떠올렸다. 그중에서 몽테삭의 파티는 기분 전환을 위해 안성맞춤이었다. 일러준 시간이 되자 그곳으로 향했다. 나 자신의 이익을 위해서라면 능숙하게 처신하기로 마음먹었다.

몽테삭은 옵세르바퇴르 거리에 있는 아주 멋진 복층 건물에 살고 있었다. 일곱 개의 창문이 룩상부르그 공원을 향해 있었다. 넓고 밝은 창은 마치 등대처럼 빛을 발하고 있었다. 그리고 문가에 줄지어 선 자동차 행렬, 도어맨들이 마차 문을 여닫는 소리와 시끌벅적한 소음이 동네를 가득 메웠다. 나는 현관에 들어서자마자 이런 활기찬 분위기 속에서 정신을 차릴 수 없었지만, 이 집의 주인을 찾아 군중을 헤치고 나갔다. 매끄럽게 윤기가 흐르는 어깨를 드러낸 몇몇 여인들이 일부러 느릿느릿 움직이고 있었다.

마침내 나는 집주인이 있는 곳에 도달했다.

몽테삭은 억양이 강한 툴루즈 말투로 과장된 환영 인사를 전했고, 그의 오른쪽에 있는, 전에는 인사할 시간이 없었던 몽테삭 부인을 향해 나를 소개했다.

"여보, 자크 베르디에 씨예요, 당신도 알고 있죠?"

나는 인사를 건네며 두 눈을 들었다. 그 미모가 경탄을 자아냈다. 찬사가 입술 언저리를 맴돌고 있었다.

"당신이군요. 이야기는 들었어요. 당신의 글을 무척 좋아합니다. 그리고 우리 친구 다르낙이 제게 당신 이야기를 자주 했습니다. 파티에 참석해주셔서 정말 기쁘군요."

나는 무슨 말을 하는지도 모른 채 무어라 중얼거렸고 사람들이 밀려들면서 군중에 휩쓸렸다. 한순간 이리저리 떠밀리다가 벽에서 움푹 들어간 창문 앞의 공간을 발견했다. 팔꿈치를 이용해 사람들을 밀치며 그곳에 자리를 잡았다. 커튼을 젖혀 손으로 잡고 까치발에 목을 길게 빼서야 사람들의 머리 물결 너머로 몽테삭 부인을 찾을 수 있었다. 나머지는 내 관심사가 아니었다.

말하자면, 그녀를 제대로 본 것은 이번이 처음인데도 단박에 알아볼 수 있었다. 굵게 땋은 머리 매듭 아래 창백한 목덜미에서 가녀린 발끝까지 그녀의 육체를 가늠하며 전체적으로 살펴보며 마치 나만을 위해 제공된 선물처럼 즐겼다. 나는 커다란 이마와 부드러움으로 가득한 두 눈을 감상했다. 그녀의 코, 가늘게 주름진 입꼬리, 그리고 목의 곡선과 완벽하게 균형 잡힌 어깨가 무척 마음에 들었다. 나의 욕망이 이 놀랍도록 아름다운 피조물을 쫓았다. 나는 내가 누구인지 잊었고 나 자신에게서도 벗어났다.

뭔가 엄청난 일이 막 벌어졌다. 나는 경건하게 그것을 인정했다. 단 한 번의 눈길에 내가 계획했던 모든 일이 물거품이 되었다. 거드름을 피우는 군중들의 소음도 내게는 들리지 않았다. 내 눈은 오직 그녀만을 향했고 나의 모든 감각은 그녀의 화사한 얼굴로 모였다. 예상치 못했던 마법 같은 일이 내 이성을 마비시켰다. 파티에 오기 전에 염두에 두었던 유치하고 우스꽝스러운 계획이 무너지는 것을 느끼며 내가 이 사랑의 고통을 기꺼이 행복하게 감내하도록 놔두었다. 고통스럽고 미숙한 나의 과거, 나의 불행, 나의 회한, 잔느, 내 삶 속 죽음의 냄새, 미래, 이 모든 것이 결국 녹아 사라지며 내 몸을 따라 흐르고 있었다. 마치 내 몸이 너덜너덜한 빨래가 된 것 같았다.

　나는 그 매력적인 얼굴의 섬세한 움직임과 일거수일투족을 관찰했다. 그녀는 보석하나 걸치지 않은 맨 어깨를 드러내고 있었다. 간혹 흑 옥으로 장식된 그녀의 검은 드레스 상단을 흘낏 바라보았다. 실내를 장식한 등나무의 꽃도 그 빛을 잃었다. 나는 이 섬세한 자태를 탐욕스러운 눈으로 바라보았다. 마치 우리의 운명적인 만남을 예견하듯 그녀의 미소에 화답했다. 나는 환희에 차서 소리를 지를 뻔했다.

　갑자기 정신이 번뜩 들면서, 이 아름다운 꿈은 산산조각이 났고 나는 땅 위로 내려앉았다. 현실의 거기에 있었다. 얼음물 한잔이 내 시선의 불순함을 일깨워주었다. 나는 이제 내 속마음을 감추어야 할 시간임을 깨달았고 아무 일 없는 듯 무리 속으로 들어갔다. 거기서, 태연한 얼굴로 여기저기 기웃거리며 이 상황을 분명하게 파악하고 좀 더 깊이 생각하려고 애썼다.

　아름다운 몽테삭 부인에게 마음을 빼앗겼다는 것은 달리 특별한 일은 아니다. 나는 여기저기서 매력적인 여성들을 꽤 만났기에 이런 만남의 신비스러움을 알고 있다. 지금까지 드물게 이어지던 나의 연애 감정은 그것이 태동하자마자 바로 과거가 되곤 했다. 하지만 이 갑작스러운 감정의 혼란을 어떻게 설명할 수 있을까, 어떻게 단 한 번 찰나의 눈길에서 이토록 아름답고 애절한 목소리가 나오는 것일까. 비정상적이고 괴상한 무엇인가가 거기에 있었다. 그것이 나를 화나게 했지만, 다름 아닌 내가 무력하고 보잘것없는 존재라는 사실에 화가 났을 뿐이었다.

'혹여라도 내가 그녀를 진지하게 사랑할 수 있을까?' 사랑한다… 이 문학적이고 빛나는 단어를 떠올리며 미소를 짓지 않을 수 없었다. 사랑한다… '첫눈에 반해서… 마치 소설처럼!' 그러지 말라는 법도 없지 않나? 나는 내가 좋아하는 작가들과 작품들에서 선례를 찾았다. 캐퓰릿 가문에 뛰어든 저 위대한 로미오…. 그렇지, 아! 그게 바로 내 역할이야. 얼간이처럼 무도회를 겉돌아야 했던 그 멋진 남자가 나라니!

나는 막 웃음이 터져 나오려는 순간에 갑자기 목구멍이 딱 붙어버렸다.

긴 의자에 함께 앉아 있는 몽테삭 부인과 한 남자가 나의 상상을 방해하고 있었다. 나는 그들을 향해 똑바로 나아갔다. 정색하는 그녀를 보고 실신이라도 할 듯 다리가 후들거렸다.

"베르디에 씨, 마치 넋이 나간 사람처럼 헤매고 있군요. 아마 친구분인 다르낙 씨를 찾고 있는 건 아닌지요."

"맞습니다. 부인. 여기서 만나기로 약속했지요."

"그분이 약속을 어기질 않길 저도 바랍니다. 잠시 소개해드릴 분이 있어요, 자크 베르디에 씨, 이쪽은 헤르만 예센 씨."

우리는 서로 인사를 나누었다.

"헤르만 예센 씨는 화가예요."

"아…. 별말씀을…. 애호가입니다."

남자는 강한 억양의 사투리를 썼다.

"화가이자 애호가죠."

"부인, 저를 놀리시는군요."

"전혀."

"맞아요!"

"수준 높은 안목을 가진 분이죠."

"오, 부인… 뛰어난 평론가이신 베르디에 씨가 무슨 생각을 하실지…."

"선생께서는 운이 좋으시다고 말씀드리고 싶군요."

"아, 남편이 저쪽에서 저를 부르고 있군요. 두 분이 서로 대화를 나누시지요. 구조요청을 하고 있어서 가봐야겠어요."

그녀가 일어섰다. 얇은 금속 장식 밑에서 몸의 곡선이 물결처럼 일렁였다. 비단이 스치는 소리도 들렸다. 나의 눈은 돌아선 그녀의 허리를 쫓다가 쿠션들 속에 거만한 태도로 자리 잡은 남자에게로 돌아왔다. 크고 밝은 눈과 무사태평한 얼굴, 나는 그가 썩 내키지 않았고 하찮아 보였다. 게다가 속으론 그를 경멸했지만, 얼굴엔 미소를 지었다.

"이렇게 해서 화가와 비평가가 한자리에서 만났군요."

"다 기분 좋아지라고 하는 소리죠. 몽테삭 부인이 나를 화가라고 소개한 것은 내가 그림을 샀기 때문입니다. 그리고 우리를 함께 붙여놓기 위해서이기도 하고요… 대수로운 일은 아닙니다… 놀랍지 않나요?"

"아…. 그렇군요…. 네…. 그러면 당신은 수집가이신가요?"

"그림을 예순네 점 정도 가지고 있죠."

"대단하군요."

"푸⋯ 늘 좋은 일만 있는 건 아닙니다."

"어떤 양식⋯ 어떤 유파의⋯"

"모든 양식."

"아, 네⋯"

"낭패를 본 작품들도 꽤 많습니다. 가격이 오르는 물건들이 있는 건 사실이죠. 그러나 본전도 못 찾은 물건도 많습니다. 5년 전 어느 갤러리에서 코르니에의 작품을 구입한 적이 있습니다. 당신도 그 작가에 대해선 알고 계시죠? <프로방스풍 실내> 전시회 수상작이죠. 3만 2천입니다. 선생. 완전히 당했습니다. 지금 이 그림이 얼마인 줄 아세요?"

"천 2백 정도⋯"

"그건 좀 심하군요⋯ 천 2백이라니!"

"이런!"

"6천!"

"제안을 받으셨나요?"

"염치없는 제안이었죠."

"유감스러운 일이네요⋯ 이익을 남겨야 할 텐데⋯"

"참말로 그걸 말이라고 하십니까?"

"음, 6천 프랑이라⋯ 드루오 경매에 작품을 내놔보시죠, 시험 삼아⋯"

"기다리는 편이 나을 것 같소이다. 조만간에 제값을 할 겁니다."

"그러길 바랍니다."

"천 2백이라니⋯! 불태워 버리는 게 낫죠. 자동차 한 대 값을 치르고산 그림인데…. 베르디에 씨는 자동차가 있나요?"

"아니요."

"차라리 없는 게 더 낫소. 나는 애초에 한 대 가지고 있었죠. 12마력에 아주 화려한 모델이었습니다. 결국 처분하고 말았지만."

"아!"

"운이 없었죠."

"아!"

"이해하시겠죠. 그 이후로 더는 가질 수가…."

'이 남자는 바보 얼간이에 별 볼 일 없는 속물이군. 이 남자를 질투한다는 건 어리석은 일이 될 거야….'

"인생에는 두 번 다시 일어나지 않는 일들이 있습니다. 예를 들면 그렇다는 거죠."

'무엇보다, 그녀에게 말을 거는 모든 사람을 의심해봐야 해….'

"생각만 해도 소름이 끼치는군요."

'그리고, 또…, 그만하자…. 그런 생각들을 떨쳐 버려야 해'

"벌써 2년이나 지났군요! 얼마나 세월이 빠른지…. 무슨 일이라도 있나요?"

"아닙니다, 아무것도."

사람들 무리 속에서 몽테삭 부인의 목덜미를 본 것 같아 잠시 일어섰다.

"잊을 수 없는 기억이 있습니다, 선생. 하지만 절대 말하지 않을 거예요. 절대. 내가 어떤 여자를 아주 짓뭉갰답니다. 젊고 아름다운 여자였죠!"

'몽테삭 부인은 실제로 몇 살일까? 적어도 스물여덟은 넘었을 테고 남

편은 마흔이 넘은…'

"뒷바퀴가 그녀의 척추를 부러뜨렸죠. 그녀를 바퀴에서 빼내려고 뼈를 부러트려야만 했답니다. 끔찍했죠. 사람들이 제게 욕설을 퍼부었습니다. 온 사방에 피… 피가 낭무했답니다."

'나는 이 바보에게 10분이나 할애하고 있다. 그녀를 찾아 자리를 떠야 해. 그녀를 다시 만나서 이야기를 나눠야만 해. 반드시'

"우아한 여인이었습니다. 상당한 미인이었죠. 아주 고급스러운 속옷을 입고 있더군요. 피부가 얼마나 하얗던지. 이해하시겠어요? 그녀의 옷을 벗겨야만 했답니다. 옷이 다 너덜너덜해졌으니…. 나는 그 모든 걸 다 보았답니다. 전부 다요."

"몽테삭 씨는 어떤 분인가요?" 나는 말을 끊으며 이렇게 물었다.

"몽테삭? 괜찮은 남잡니다. 바보는 아니고, 약간 방탕하죠."

"아하"

"정열적인 방탕아. 잘 모르셨나 보군요?"

"물론 알고 있지만 최근엔 좀…"

"제가 그의 사업에 6만 프랑을 투자하고 있죠. 그 이야기는 여기 이쪽 소파에서 나눌 수 있겠군요. 저기 보세요. 몽테삭이 자기 부인과 이야기를 나누고 있네요."

"아, 몽테삭 부인이군요…! 선생님, 제가 그분께 몇 마디 꼭 드려야 할 말이 있는데 실례지만…"

"물론이죠."

그에게서 풀려난 나는 조심스럽게 사람들을 헤치고 곧장 그녀에게 다가갔다.

"부인, 예센 씨를 소개해주셔서 감사하다는 말을 전하고 싶군요."

"매력적인 신사분이죠, 그렇지 않나요?"

"그 이상이죠."

그녀는 웃음을 터뜨렸다.

"분명 나를 원망하는 소리처럼 들리는군요!"

"아주 흥미로운 분이시더군요. 부인의 친구시라니."

"놀리시는군요?"

"아닙니다. 아주 진지합니다."

"당신에게 무슨 말을 하던가요? 그 매력적인 신사분께서는."

"사고를 당한 어떤 여자에 관한 이야기였습니다. 제가 알기론."

"설마⋯. 그 이야기를 믿지 않으시는군요?"

"약간은."

"의심은 좋지 않아요."

"저는 다른 생각을 하고 있었습니다."

"예센 씨는 남편의 투자자예요. 오늘 밤 같은 경우가 생기면 투자자로서 그를 초대하죠."

"바로 그거였군요."

"네? 무슨 뜻이죠?"

"그가 당신들의 친한 친구가 아니길 바라고 있었습니다. 그래요이 무례함을 용서해 주세요. 부인. 하지만 예센 씨의 분위기나 내가 그에 대해서 알고 있는 것으로 보나 당신과 어울리지 않는⋯."

"누가 저에 대해 말하던가요?"

"네, 서로 아는 친구입니다."

"다르낙?"

"맞습니다."

"무어라 하던가요?"

"몽테삭 부인은 숙녀분들 중에서 가장 매력적이고 섬세한 분이라고 하더군요."

나는 이 말을 아주 천천히 말하면서 그녀의 눈을 똑바로 바라보았다. 그녀의 이마가 붉게 물들었다.

"다르낙이 경솔했군요. 제가 혼을 좀 내줘야겠어요."

"제가 다르낙을 변호해야겠군요."

"쉽지 않을걸요."

"다르낙은 논외로 하고 저는 그 의견에 전적으로 동의합니다."

"이건 그러니까 여자의 환심을 사려는 말이군요. 친구를 구하기 위해 아무 말이나 하시다니."

"자, 그러면 이제 인정하시나요?"

"사양합니다."

"제가 굽히지 않는다면요?"

"오호…! 사람들 말로는 수줍음이 많은 분이라던데…"

"사실, 자기 생각을 밝히지 않는 사람은 우유부단한 사람, 다른 사람의 생각으로 자기 생각을 감추는 사람을 비겁한 사람이라 할 수 있습니다. 부인. 제가 성급하다고 하실 수 있겠지만 시간의 중요성도 있으니 말씀드립니다. 저는 부인께서 곧이곧대로 믿을 수도 있는 터무니없는 일을 결코 지나칠 수 없습니다. 진지하게 고려해보실만한…"

"무슨 말씀이신지…? 왜 그러시는 거죠? 분명하게 말씀해주세요."

"살롱의 농담으로만 생각하시고 웃어넘길 수도 있지만 거기엔 그 이상의 무언가가…"

"아!"

그녀의 이 '아!'라는 어조에서 멈추는 것이 현명하겠다고 생각했고, 위선적이지만 화제를 바꾸었다.

"부인, 후회하는 일이 하나 있습니다. 아주 크게 후회하는 일이죠."

"제게요?"

"그렇습니다. 부인… 일전에 다르낙의 집에서 부인을 마주친 적이 있었습니다. 기억하시는지요."

"물론이죠."

"그때는 제게 사정이 있어 마음이 편치 않은 때였습니다. 저의 태도가 상당히 무례하게 보일 정도로 미숙했습니다."

"제게요?"

"네, 단지 가벼운 수인사만 했었죠."

"기억이 안 나는군요."

"아! 다행입니다. 부인, 그 이후로 제가 당신을 만난다는 생각만으로 불안 속에 살았다고 생각해보세요. 당신은 제가 이 파티를 얼마나 두려워했는지 모르실 겁니다…. 무서웠죠. 무서워서…."

"무섭다니요…. 어린아이 같아요."

'어린아이'라는 말과 그 말을 할 때의 억양이 긴장을 풀어주었기에 좀 더 대담해졌다.

"그렇다면 부인께서는 정말로 사려 깊은 분이시군요."

"오! 이런 찬사를 듣다니!"

"진심으로 그렇게 생각하고 있습니다. 맹세합니다."

"베르디에 씨, 너무 성급하게 판단하지 마세요. 그리고 맹세하지도 마세요…. 시간을 두세요….”

“시간은 필요치 않습니다. 저는 당신이 선한 분이라 확신합니다.”

잠깐의 침묵이 이어졌다. 그러고 나서 나는 그녀를 향해 눈을 들었다. 나의 강렬한 시선이 그녀의 시선과 마주쳤다. 그녀가 부드러운 눈빛으로 덧붙였다.

“당신은 정말 어린 아이군요….” 이어서 약간 어색한 미소를 지으며 말했다.

“아주 작은, 어린아이예요….”

이야기의 화제는 적절했고 유쾌하게 대화를 유지할 수 있었다. 그녀가 약간 피곤해하는 인상을 받고서 이야기를 멈추었다. 고집을 피우는 것은 평판을 떨어뜨릴 수 있었다. 게다가 중요한 말은 이미 다했다. 나는 일어섰다. 일종의 승리감에 도취해 그녀를 향해 고마움과 매혹당한 추종자의 마음을 표했다.

“제가 당신을 바보처럼 붙들고 있었군요. 부인께선 할 일이 많으실 텐데도.”

“아니요, 전혀. 제가 바라는 바였습니다. 만약 부족하셨다면 수요일 아무 때라도 오세요. 친구들을 만나서 다 같이 수다를 떨어보죠.”

“이른 시간인가요, 아니면 늦게?”

“사람들과 어울리는 걸 좋아하신다면 늦은 시간에 오세요.”

“저는 이른 시간을 택하겠습니다.”

다시 한번 우리의 시선이 잠시 교차했다. 그리고서 별다른 인사 없이 헤어졌다. 나는 마음속으로 그녀를 꼭 끌어안았다. 사람들 틈으로 들어서자 잠시 후 나를 발견한 다르낙의 환한 얼굴이 보였다.

"마침내, 비밀에 휩싸인 당신을 만나게 되는군요."

"안녕하셨습니까, 그간 제가 좀 소홀했었습니다. 마음 아픈 비난을 피하고자 제가 먼저 사과드립니다. 진심으로 당신에게 용서를 구하겠습니다."

"그 이야기는 접어두기로 하죠. 그래, 어떻게 지내십니까?"

"보시다시피."

"조금 전 몽테삭 부인과 함께 있는 모습을 봤습니다만 이야기는 좀 나누셨습니까?"

"별 대수롭지 않은 이야기들이었죠."

"안타깝군요. 좋은 기회였을 텐데. 대단한 미인이죠?"

"그런가요?"

"그리고 목의 곡선은 순수한 아름다움에 속합니다."

"그 정도라니!"

"그렇게 생각지 않으세요?"

"아뇨, 물론 저도 그리 생각하고 있습니다…. 아, 사람들이 너무 많아 혼잡하군요."

"저쪽으로 가실까요?"

"그러죠."

"몽테삭 씨는 어땠습니까?"

"지금까지, 몇 번 만나지 못해서…."

"예측하기 어려운 사람이지만 무모한 사람은 아닙니다."

"부부 사이가 좋아 보이진 않던데요."

"그렇기는 하죠."

"부인을 속이고 있습니다."

"아, 좀 안쓰럽죠…"

"부인은 어떤 분인가요?"

"부인은 아주 매력적인 분입니다."

"부인을 무척 좋아하시는군요."

"당연하지요. 누구라도 그럴 겁니다."

나는 마음을 가다듬고 태연하게 어조로 물었다.

"혹시… 부인이 애인을 두고 있나요?"

"무슨 그런 말씀을. 당치 않은 소리죠."

"하긴 부인의 일이니… 어떻습니까? 조각 작업은?"

"아주 진창을 헤매고 있습니다."

"저와 같은 상황이네요."

특별한 것 없는 사소한 대화가 이어졌다. 단지 겉으로는 평범한 사교생활에 참여하고 있었고 또 복도의 거울에 비친 내 모습은 평온해 보였지만 그 안에서 나의 꿈은 불꽃을 품고 있었다. 나는 다르낙에게 세심하게 신경을 썼고 심지어 장황하게 말을 많이 했다. 그는 무척 즐거워했다. 어느 무리 속에 있던 멩구엘에게 "안녕하세요"라고 인사를 건넸다. 분명 예기치 못한 호감을 표현해서인지 그는 당황스러워했고 그가 늘 버릇처럼 들어 올리는 엄지손가락이 어정쩡하게 허공에 매달려 있었다.

우리는 이야기를 나누며 지나는 사람들과 악수도 하면서 살롱을 여러 바퀴 돌았다. 나는 끝없이 말을 이었다. 특히 두 번이나, 서슴없이 큰 소리로 웃고 있는 나 자신을 발견하고 깜짝 놀랐다. 그리고 다르낙이 소개해준 어떤 부인과 가볍게 인사를 나누기도 했다. 예센과 마주쳤을 때는 그에게 자리를 먼저 뜬 것에 대한 변명을 신랄한 표현으로 늘어놓아 그의 얼굴을 붉게 만들었다. 그가 내 뒤꽁무니를 따르며 우리를 뷔페로 데려가려 해서 나는 어쩔 수 없이 따랐지만 다르낙은 원치 않았다.

"이런!, 펄펄 기운이 나는 모양이군요. 이토록 사교적일 줄은 몰랐습니다…. 뜻밖이군요!"

"잠시 후에 다시 뵙도록 하죠."

그가 미소를 지어 보였다.

내가 이런 모습을 보이다니! 가장 쓸모없는 말들이 내 입술에서 쏟아져 나왔고 그 말에 스스로 도취했다. 마치 길을 가는 도중에도 선물을 보고 싶어 선물 꾸러미의 종이를 슬쩍 열고 슬그머니 훔쳐보는 아이처럼 야릇한 흥분을 느꼈다.

한 시간 후, 다음 날 모델의 방문 일정이 있던 다르낙이 먼저 자리를 떠났다. 나 역시 지체하지 않고 그를 따라 나왔고 홀로 침묵에 둘러싸인 집으로 가기 위해 서둘렀다. 단숨에 집에 도착했고 부드러운 전등 불빛 아래에서 갑작스레 이 공간이 초라하게 느껴졌다. 순식간에. 무엇 하나 바뀐 게 없었다. 저녁 시간을 주인 없이 저들끼리 보낸 물건들이 각기 제자리에서 사용 준비가 된 상태로 고요하게 놓여있었다.

벽난로의 불씨가 잿더미에서 죽어가고 있었다. 옅은 불빛이 화병의 곡선을 금빛으로 물들이고 있었고 여기저기 몇 권의 책이 널려 있었다. 책상 위에 이미 쓰기 시작한 원고와 펜, 그리고 수많은 메모가 보였다. 나는 내 노력과 신념의 증거들을 보았다. 그것들의 비통한 무용성이 불현듯 떠올랐고 심지어 내 삶의 무용성과 비참한 처지마저 느꼈다. 나는 내가 얼마나 무력한 존재인지 깨닫고는 두려움에 떨었다.

가혹한 상념은 다음날 밝은 햇살 아래 점차 빛을 잃었다. 그 전날의 파티가 꿈은 아니었다. 짧은 시간에 많은 경험을 했다. 그 우아함과 매력이 다시 떠올랐다. 하얀 어깨, 유연한 허리가 머리를 스쳤다. 그리고 깊은 눈과 정감 어린 미소….

'당신은 정말 어린 아이군요….'

이 말이 뇌리에 박히며, 내 열정은 힘을 얻고 다시 솟아났다. 나는 의지를 다졌다. 힘차게 넥타이를 고쳐매면서 새롭게 솟아난 의지를 한 번 더 확인했다.

언제라도, 슬럼프가 찾아들 때를 대비하여 시간과 일의 계획을 세웠고 단 일 분이라도 무의미한 시간을 보내지 않도록 주의했다. 그런 순간에 어떤 일이 일어날지는 충분히 알고 있었다. 나 자신과 정면으로 마주하는 것보다 더 두려운 것은 없었다. 나는 일정을 수립하고 그것을 엄격하게 지켜나갔다. 매일 잠깐씩 체력을 단련하기 위해 완력기와 아령을 사들였다. 첫 주에는 그 기구들을 열성적으로 사용했지만, 곧 시들해졌다. 결국 걸리적거리는 이 기구들을 처분하고 말았다.

그런 열정이 결코 비생산적이었던 것만은 아니었다. 나의 글 <12세기 프랑스 조각>이 열매를 맺고 있었다. 며칠 동안 주요한 논점들을 해결했고 이 작업에 상당한 흥미를 느꼈다. 그동안 불가피하게 제한적이었던 나의 관심 분야가 확장되고 있었다. 나는 단순히 칼럼을 쓰는 것보다는 오히려 한 권의 책을 고려해보기 시작했다. 조각 작품들을 한 권의 책으로 묶어 놓는다는 생각에 무척 무미가 당겼다. 자료 수집이 관건이었으나 그 일은 나의 심리적 육체적 균형을 유지하는 데 중요한 역할을 했다.

나는 트로카데로, 루브르 등 박물관들을 돌아다니거나 여행을 떠났고 편지를 쓰고 사진들을 수집했다. 내가 그런 활력에 온전히 자신을 내주는 사람은 아니지만 평온한 기분으로 두려움 없이 내 마음과 대화를 나눌 수 있었다.

그 와중에도 룩상부르그 공원에 자주 나갔다. 구석진 벤치를 발견했는데 그곳에서 몽테삭 저택의 창문을 내려다 볼 수 있었다. 일거리를 들고 그곳에 자주 가곤 했다. 하녀들이 지나가고 창의 커튼이 열리거나 덧문이 닫히는 걸 보았다. 때로 나의 과도한 상상력은 단 하나의 이름만을 떠오르는 어떤 그림자가 스치는 것을 지켜보았다. 그런 하찮은 행운도 내게는 충분했다. 그런 행운을 얻은 날은 유난히 기분이 좋았다. 나는 고독하고 숙연하게 소심한 사랑을 하고 있었으나 열망은 더 격렬해져만 갔다. 그 격정에 보답이 있으리라는 믿음조차 갖지 못한 나는 속수무책으로 열병을 앓았다.

수요일, 조금 이른 시간에 나는 몽테삭 부인을 방문할 준비를 마치고 그 부근을 산책하고 있었다. 그 자체로는 단순한 일, 단지 계단을 올라가기만 하면 될 일을 포기하고 말았다. 한결같은 우유부단함과 어리석다고 느끼던 모순투성이 잡념들로 혼란에 빠진 나는 너무 늦었다는 핑계를 대며 줄곧 머뭇거리다가 집으로 돌아왔다. 그리고 내 운명을 저주하며 자신에게 악담을 퍼부었다.

마음이 진정되자 반대로 내가 방문하지 않은 것이 오히려 잘된 일이라고 생각했다. 아마 누군가는 나를 신중한 사람이라 여길지도 모른다며 자신을 타이르기에 이르렀다. 그다음 주에는 도중에 포기하지 않고 결국 그 집을 방문했다.

심장이 터질 듯 날뛰었다. 나는 기척도 없이 아주 조용히 그 두려운 살롱으로 들어갔다. 세 명의 여인과 한 남자가 이미 몽테삭 부인과 이야기를 나누고 있어서 무척 불편했다. 그런 마음을 감추고 그들이 자리를 뜨도록 무언의 압박을 가했으나 헛수고였다.

결국 늦게 도착한 내가 그들에게 자리를 내주고 떠나야 할지 모른다고 생각했다. 하지만 운이 좋게도 사태가 그렇게까지 이어지지는 않았다.

나는 몽테삭 부인이 여유롭게 그들의 지루한 이야기에도 고개를 끄덕이며 대화를 이끌어가는 우아한 태도에 감탄했다. 물론 그녀가 그런 모습을 보이지 않았더라도 그녀에게서 풍기는 모든 것에 감탄했을 것이다. 나는 할 수 있는 한 가장 겸손한 태도로 조심스럽게, 될 수 있는 대로 사소한 이야기를 드문드문 던졌을 뿐이다. 우연히 연극에 관한 이야기도 나왔지만 시시한 내용이었다. 지루한 대화도 곧 끝나가고 있었다. 분명 남자의 이야기가 바닥을 드러내고 있었다. 극성스러운 혹평을 쏟아낸 두 여자는 침묵을 지키고 있었다. 조금 전 자리를 뜬 마담 Z와 그녀의 기괴한 모자에 대한 험담도 주의를 끌지 못했다. 침묵이 이어졌고 나 역시 잠자코 있었다. 새로운 방문자들이 올 것이라고 남자가 언뜻 내비쳤지만, 방문자는 오지 않았다.

마침내 모두가 떠나고 나서야 그녀에게 다가갈 수 있었다.

지난 2주 동안 이 방문을 간절히 고대했었지만 예기치 못한 상황으로 인해 첫 만남부터 모든 것이 엉망이 될 뻔했다. 반쯤 정신이 나간 상태로 열정에 사로잡힌 나는 내 감정과 비교할 만한 감정이 있다고는 생각할 수 없었다. 오직 그녀에게서 이 감정과 유사한 감정을 찾을 수 있으려나. 하지만 판단하기엔 일렀다. 나는 곧바로 희망을 접어야 했다. 마음 깊은 곳에서 건져낸 나의 말들이 아무런 반향도 없이 허공을 떠돌고 있었다.

어리석게도 나는 몽테삭 부인이 나와 함께했던 10여 분간의 대화를 인상적인 순간으로 간직할지도 모른다고 상상했다. 그녀가 별다른 주의를 기울이지 않은 채 내 질문에 건성으로 "아, 그렇군요!"라고 말할 때는 너무 실망스러웠다. 그녀와 그녀의 태도, 그녀의 대답 모두 곧장 나를 공포에 몰아넣었다.

나는 애써 미소를 지으며 신중하게 이런저런 주제로 시간을 끌었다. 문학이나, 파티의 분위기, 다르낙에 대해서도 이야기했고 눈치채지 않게 조심스레 그녀에 관한 이야기로 다시 돌아왔다. 내가 알고 있는 가장 상냥한 억양과 어조, 단어를 선택하면서 최대한 그녀를 즐겁게 하려고 노력했고 성공한 것처럼 보였다.

그러나 가능한 한 절제하려 했지만 내 눈은 내가 말하는 것 이상으로 많은 말을 하고 있었다. 매번 그녀의 눈과 마주칠 때 그녀가 시선을 피하거나 눈을 깜박거리며 어쩌면 나의 비위를 맞추려는 듯 어색한 태도를 보고 마음이 불편했다. 이 짧은 만남의 정확한 의미와 우리가 주고받았던 감정의 질이 다르다는 것은 나중에야 알게 되었다. 그 자리에서 그것을 알 수는 없었을 것이다.

나는 그 이유가 몹시 궁금했다. 단둘만의 대화에서 그런 일이 일어났다는 것이 이상했다. 나는 냉철함을 유지했고 내 절실하고 강렬한 욕망은 내 의지가 그것들을 통제할 수 있는 선에서만 표현되었다.

우리는 수많은 이야기를 나누었는데 다른 곳에서라면 무의미하고 따분한 이야기일 수도 있지만, 몽테삭 부인이 흥미를 유지할 수 있도록 그 이야기들의 의미를 세심하게 표현했다. 나는 선을 넘지 않았고 내 의도에 따라 대화를 유도하면서 그녀가 대화를 주도하고 있다는 인상을 느끼도록 주의를 기울였다. 나는 별 어려움 없이 단 한마디의 모호한 말도 쏟지 않으면서 심각하게 혹은 농담인 양 내가 하려던 말을 거의 모두 할 수 있었다.

나의 마음 외에 준비된 건 없었다. 나는 그녀에게 온전히 빠져있었다. 그뿐이었다. 어떤 마법의 힘이 이 모든 것을 계획된 것처럼 보이도록 했다. 미리 준비하지 못한 것이 후회스러웠지만 이 우연한 성과를 음미하지 못할 정도는 아니었다.

나는 필요한 만큼만 그곳에 머물렀다. 몽테삭 부인은 나를 붙잡지는 않았다. "다음에 또 뵙죠"라고 말할 때는 황홀함마저 느꼈다.

"수요일에." 그녀가 내게 말했다. 그러고 나서 덧붙였다. "반드시 오시리라 믿어요."

이 첫 번째 방문에서 이루어진 대화에 불만은 없었다. 그날 하루의 나머지는 이 일을 계속해서 곱씹으며 보냈다. 예상과는 달리 그 방문을 무사히 마쳤고, 이번만은 나의 음울한 기질도 나를 너그럽게 대해주었다. 나는 다시 일을 손에 잡았고 맹렬한 기세로 자료를 대조하면서 열다섯 페이지를 정리해냈다.

어느 날 저녁, 우편함에서 코트 도르의 소인이 붙은 편지를 발견했다. 나는 그 편지가 잔느의 편지일 거라 짐작하고 반가움과 호기심으로 그것을 펼쳤다. 다음과 같이 쓰여있었다.

선생님께

감히 몇 자 적어 보냅니다. 우선 주소를 보내드린다고 말씀드렸는데 이제야 알려드리는 것은 제 상태가 좋지 않았기 때문이었습니다. 지금은 많이 좋아졌습니다. 하지만 이곳 의사 선생님은 제게 될 수 있는 한 시골에 머물러야 한다고 말씀하시더군요. 그분의 의견에 따르기로 하였습니다.

이곳은 비가 거의 내리지 않았습니다. 저는 매일 밖에서 하루를 보냅니다. 시골 풍경은 정말 아름다워요. 저는 우유를 주로 마시고 있는데 틀림없이 살이 찔 거예요. 당신께 소식을 전할 수 있어서 무척 기쁩니다. 저를 위해 세심한 배려를 기울여주신 당신을 종종 생각하고 있습니다. 다르낙 씨도요. 그분을 보시게 되면 안부 전해주시길 바랍니다.

당신의 충실한 친구,

잔느 바르궤이.

<주소 : 마담 무트 댁, 베나리, (코트 도르)>

기분이 좋은 상태여서 마치 어린아이의 글 같은 그녀의 편지를 읽는 것이 무척이나 만족스러웠다. 그녀는 잘 지내고 있었다. 나의 우려를 덜어주는 그녀와의 거리가 또한 내게 평온을 가져왔다. 곧바로 즐거운 마음으로 답장을 쓰기 시작했다.

나중에 몽테삭 부인에게 편지를 쓸 때 사용했던 펜으로, 그녀를 몹시도 괴롭혔던 바로 그 펜으로 답장을 썼다. 어울리지 않는 감상적인 몇몇 단어들과 계절의 온화함을 뒤섞었다. 환상에 사로잡혀 사람과 사물을 혼동했다. 그리고 진정 그 누군가에게 닿아야 할 고백을 다른 이에게 전했다. 그제야 마음이 놓였고, 흡족해진 나는 저녁을 들기 위해 밖으로 나갔다가 극장에도 들렀다. 그날 저녁은 순조롭게 마무리되었다.

마음의 평온을 깨트릴만한 일말의 불안도 없이 여러 날이 흘렀다. 몽테삭 부인을 연이어 방문하는 것은 이 행복을 더욱 견고하게 해주었다. 우리는 거리낌 없이 감정적인 주제들도 다룰 수 있게 되었지만 나는 신중하게 처신했다. 나를 돋보이게 하려는 초라한 모습보다는 관심을 불러일으키려 애썼다. 효과적으로, 믿을만한 몇몇 방법들을 사용했다. 처음 봤을 때부터 이 사랑스러운 여인에게서 올곧은 성품과 정숙함이 돋보였다. 직접적인 유혹의 시도는 모두 비참한 실패를 맛봤을 것이다. 게다가 나는 그럴 만한 재주도 없었다. 반면에 형언할 수 없이 부드러운 그녀의 시선은 내가 그녀 마음에 가닿을 수 있는 곳이 어디인지 재빠르게 알려주었다. 바로, 선량함이었다.

그녀는 애초에 그런 사람이었다. 나는 처음부터 거기에 사로잡혔다. 게다가, 아이도 없고, 호탕하지만 외향적이고 바람기 많은 남편과 살면서, 한없이 부드러운 그녀의 마음이 머물 만한 곳은 아무 데도 없었다. 나는 곧바로 그것을 간파했고 내 삶의 몇몇 순간들을 그녀에게 털어놓기도 했다. 자애롭고 생기 넘치는 그녀의 주의 깊은 배려는 내가 말한 것 이상으로 나에게 용기를 주었다. 나는 그녀에게 숨김없이 모든 것을 이야기했다. 왜냐하면 그런 다정함과 섬세함은 내게는 아주 새로운 것이었고, 또 한편으로는 순수한 애정으로부터 너무도 동떨어진 삶을 살아왔기에 나는 억제할 수 없을 만큼 지나치게 마음속에 있는 모든 것을 털어놓았다. 심지어 내 이야기에 도취하여 꽤 많은 이야기를 꾸며낼 정도로 분별을 잃었다.

이 다정함이 당연하게도 나를 흥분상태로 이끄는 동안 그 다정함의 또 다른 결과를 예상하지는 못했다. 나는 자의 든 타의 든 고통을 감수하고 있었다. '정신적으로 지극히 섬세한 보상을 받고 있잖아!'라고 생각하면서도 집으로 돌아오는 길이나 다른 저녁 시간엔 아무런 낙이 없었다. 너무도 많은 매혹적인 이미지들이 나의 외로움을 파고들었고 백합꽃들이 더는 순결해 보이지 않았다.

한편, 삶은 삶대로 자신의 흐름을 이어가고 있었다. <12세기 프랑스 조각의 역사> 또한 마찬가지였다. 몽테삭은 그 주제에 열광했고 나는 내 글이 나중에 책으로 묶이길 기대하며 원고를 주기적으로 파르테논 잡지사로 보냈다. 이와 관련하여 나는 몇 통의 다양한 의견이 담긴 편지를 받았다. 내가 오류를 범했다는 사실을 지적하는 내용이 대부분이었지만 그 의견들을 간단히 무시했다. 그들의 의견에 개의치 않고 답장을 보내지 않자 여러 차례 강력한 의견을 담은 편지들이 이어졌다. 엄밀히 말해서 이는 기분 좋은 일은 아니지만 어떻든 그들이 나에게 관심을 두고 있다는 것만은 분명하게 느꼈다.

나는 다르낙과의 만남을 유지하고 있었다. 우리의 우정은 상황에 따라 다소 어려움을 겪고 있었다. 유익한 만남을 이어 가면서도 때때로 대화가 활기를 잃곤 했다. 나는 그에게 나의 비밀을 털어놓을지도 모른다는 두려움에 휩싸였고 단어 하나하나를 신중하게 고르다 보니 결국 대화 자체도 포기하기에 이르렀다. 우리는 이런 관계를 어색하게 느꼈고 종종 만난 지 5분 만에 각자 일을 핑계로 헤어지는 일도 잦았다.

봄이 왔고, 계절은 푸르름을 예고했다. 나는 내가 알지 못했던 파리 인근의 지역을 둘러보았고, 루앙, 콩피에뉴, 샹티이, 사르트르와

퐁텐블로를 여행했다. 보통 저녁에는 집으로 돌아왔지만, 간혹 밤을 보내는 일도 있었다. 새벽녘 창문을 열고 익숙하지 않은 풍경을 바라보며 폐부 깊숙이 공기를 들이마시는 것만큼 기분 좋은 일은 없었다.

어느 날 저녁 나는 생 제르맹 앙 레이 거리의 카페테라스를 거닐면서 이 화려한 공간에 매료되어 눈을 뗄 수 없었다. 이미 기울어진 해가 아름답게 배치된 풍경에 어둠을 드리우자 각각의 사물들이 그 형태를 잃어가는 모습을 바라보고 있었다.

곧이어 노을이 지고 회색빛 밤이 찾아들었다. 맨 먼저 지평선이 사라지고 어둠에 잠긴 파리의 둥근 지붕들이 멀리서 빛을 발했다. 카페 말리 옆으로 센강이 은빛으로 흘렀다. 르 베시네, 르 페크 등 이 곳저곳의 숲이 점차 어두워지더니 불시에 짙은 어둠에 휩싸였고 새소리도 별안간 멈추었다.

한기가 감돌았고 돌바닥의 냉기가 그대로 느껴졌다. 파리에서 저녁을 먹을 계획이었지만 여전히 머뭇거리며 파리로 돌아가야 할 이유를 하나씩 하나씩 걷어냈다. 나는 마을 쪽으로 몇 걸음을 옮겼다. 피로에 지치거나 하릴없는 사람들이 거리를 지나고 있었고 또 어떤 이들은 기차를 타려고 뛰고 있었다. 이제 뭘 해야 하지…? 별다른 의지 없이 여전히 망설이고 있을 때 내 뒤에서 발소리를 들었다. 무의식적으로 그쪽을 보았다. 어떤 여인과 동행하고 있는 몽테삭 부인을 발견했다. 순간 내 온몸의 피가 한 바퀴를 돌았다.

"아, 당신이군요. 이런 일이 있다니 놀랍군요…! 아하, 이 시간에 혼자서 이곳에 어쩐 일이신지요?"

"저는 늘 혼자죠. 제가 이곳에 왜 왔는지는, 엄밀히 말해서, 그것을 저 자신에게 묻는 중입니다."

"파리로 돌아가시나요?"

"당신께서 원하신다면."

"어째서 제가 원한다면 일지…"

"저 스스로는 그 어떤 결정도 할 수가 없군요. 저를 도와주세요."

"당치않은 말씀, 저는 이제 떠납니다."

"그렇다면, 저 또한."

"원하실 대로."

"부인, 여기서 만나게 된 믿을 수 없는 행운을 제가 거머쥐었으니 그 행운을 모두 쓸 수 있도록 부인과의 동행을 허락해주시길 바랍니다."

"급할수록 돌아가란 말은 이 경우엔 틀린 말인가 보군요."

여태 말없이 서 있던 다른 여인이 입을 열었다.

이 여자는 웬 참견일까? 나는 그녀가 훼방꾼임을 곧바로 감지하고 무심하게 빤히 쳐다보았다. 그녀는 사십 대 정도로 보였고 약간 강한 인상으로 어디서나 흔하게 볼 수 있는 여인이었다. 그녀의 푸른색 비단 드레스가 가슴과 허리를 바싹 조였고 겨드랑이가 초승달 모양으로 땀에 젖어 있었다. 녹색 체리 위에 앵무새-분명 어느 가문의 문장으로 보이는-문양이 있는 모자가 그녀의 포동포동하고 웃는 얼굴을 장식하고 있었다. 몽테삭 부인이 이 여인을 소개하려 했을 때 이미 나는 몇 마디 대꾸할 말을 준비하고 있었다.

"자크 베르디에 씨… 이분은 제 언니입니다."

나의 앙심은 곧바로 예의를 갖춘 정중한 인사로 돌변했다.

"이분이 바로 네가 자주 이야기했던 자크 베르디에 씨? 이렇게 만나게 되어 무척 반갑군요."

아, 매혹적이고 진솔한 여인이여, 당신에게 기쁨의 입맞춤을 하고 싶군.

'네가 자주 이야기했던 자크 베르디에…'

몽테삭 부인이 나에 대해 이야기했다니! 이 간단한 문장이 주는 행복이라니! 내 가슴은 환희로 고동쳤다. 나는 이 따스한 말에 적절한 보상을 하고 싶었다. 불행히도 나의 열정이 길을 잃고 자연과 하늘, 대지, 모자와 체리, 그리고 앵무새들을 뒤섞어 어수선한 찬사를 늘어놓았을 뿐이었다. 적어도 고마운 마음을 표현하기 위해서라도 곧장 그녀가 들고 있는 작은 가방을 억지로라도 내게 맡기도록 했다. 거절과 요청이 이 삼 분간 이어졌다. 그사이 우리는 자연스레 동행하게 되었다. 나는 들뜬 마음에 말을 많아졌다.

이 고귀한 부인은 자기 집과 아주 가까운 역에서 우리와 헤어졌다. 나는 정중하고 신중하게, 그리고 약간의 거리를 두고 그녀와 포옹했다. 그러나 분명 나에 관해 소곤거리는 말을 들을 수 있게 귀를 기울이는 것은 잊지 않았다.

"꽤 괜찮은 사람으로 보이는데…"

그러고 나서 그녀는 떠났고 우리만 남았다.

"당신의 언니는 참 우아한 분이군요."

나는 그녀에게 호감을 얻으려 말을 이었다.

"시간 좀 봐주실래요? 늦을까 염려되네요."

"일곱 시 십 분입니다. 기차는 아홉 시까지 있습니다. 아직 시간이 있죠. 기차표는 가지고 계시죠?"

"네… 한데 당신은 돌아가기로 했나요?"

"기쁜 마음으로요."

"자, 그럼 갈까요."

사람들이 분주히 움직였다. 우리는 그들을 뒤따랐다. 플랫폼에 도착해서 기차에 올라 무턱대고 객실 하나를 열었다. 텅 비어있었다.

"여기 괜찮으시겠어요?"

"어머 이런!"

"반쪽만 청소가 되었네요. 분명 실수일 겁니다."

"이 회사가 늘 이런⋯."

"정말 불쾌하네요!"

"대중은 관대하고요⋯!"

"대중은 바보예요!"

"하는 수 없죠, 선택의 여지가 없으니 주어진 것에 만족해야겠죠."

"어쩔 수 없군요."

별 악의 없이 이런 말들을 주고받으며 그럭저럭 자리를 잡았다. 그런 이야기를 몇 마디를 더 나누었지만, 우리 두 사람 중 누구의 에너지도 끌어내지는 못했다. 우리 둘 다 마음에 동요가 일었고 그것을 숨기는 데는 서툴렀다.

나는 내 나이 또래의 남자들이 으레 그렇듯 우스꽝스러울 만큼 몹시 흥분해 있었지만 이렇게 마주 보고 앉는 순간, 1분 전까지만 해도 감히 상상할 수 없었던 일이 현실이 되자 나는 용기를 잃고 신중해졌다. 어떤 결과를 낳을까? 내 운명은 어디로 향하는 걸까? 목적지에 도착했을 때 우리는 서로에게 어떤 존재가 될 것인가? 좋은 추억으로 남을 기차 여행의 즐거움을 갉아먹는 잡념들이 머릿속을 스쳤다. 나는 알 수 없는 어두운 예감에 사로잡혀 불안했다.

기차가 갑작스레 움직이며 출발하기 시작하자 하마터면 서로 부딪힐 뻔했다. 이때가 바로 그녀를 웃게 할 수 있는 기회였고, 나는 그 기회를 부여잡고 무리하게 이어갔다. 몽테삭 부인이 희미한 미소로 반응해 주었지만, 곧바로 침묵이 다시 내려앉았다. 우리는 철로 위에서 앞뒤로 흔들렸고, 기차는 터널 속으로 돌진해 들어갔다. 불쾌한 검은 연기가 칸막이 객실로 밀려왔다. 우리는 동시에 커튼 쪽으로 다가가서 함께 커튼의 줄을 잡아당겼다. 쉽사리 닫히지 않아서 힘을 주어야만 했다. 줄을 잡은 네 개의 손이 서로 스쳤다. 그리고 내 숨결 아래 아주 가까이서 목덜미의 곱슬곱슬한 머리칼이 흔들리는 것을 느꼈다.

 "이제 됐군요!"

 "다행히도!"

 나는 창문이 제대로 잠겼는지 확인하기 위해 허리를 숙이며 덧붙였다.

 그러나 기차가 심하게 덜컹거리면서 그녀 쪽으로 고꾸라지고 말았다. 제대로 일어설 수도 없었다. 내 입술이 그녀의 귀 바로 아래, 부드럽고 아름다운 목에 닿았다. 중심을 잃으면서 꾸역꾸역 두 번이나 기대고 말았다.

 당혹스러운 시선이 내 위에 오래 머물렀다. 내가 그 참에 모종의 동작을 취하려 하자 그녀가 이내 중단시켰다.

 "앉으세요."

 그러나 여전히 그 상태 그대로 머물러있었기에 그녀가 내 어깨에 손을 얹었다.

 "거기에서… 더 이상 움직이지 마세요."

수치스러운 나는 희생자의 얼굴을 하고 있었다. 내 눈은 비굴하게 그녀의 눈에서 미소를 구하고 있었다.

"당신이 저를 혼미하게 만드는군요, 용서해 주세요!"

"참 안타깝군요! 우리가 좋은 관계를 유지할 수는 없는 걸까요?"

"자연은 왜 우리 같은 남자들이 오히려 힘으로 사랑을 밀어붙이기를 바라는 걸까요?"

"자연이 좋은 구실이군요."

다시 애원하며, 그녀에게 가까이 다가서려 했다. 장갑을 낀 하얀 손가락이 나를 제지했다. 애달픈 모습이 아마도 측은한 마음을 불러 일으켰는지도 모른다. 그녀가 덧붙였다.

"저는 당신이 현명한 사람이라고 믿고 있어요…"

그 어조에서 한층 누그러진 그녀의 태도를 느꼈다. 나는 내가 보여줄 수 있는 만큼 최대한 우스꽝스럽게 말했다.

"저 역시 제가 현명한 사람이라고 믿고 있습니다…!"

내가 예상했던 것 이상으로 이 코미디는 성공적이었다. 그녀가 웃음을 터뜨렸다.

"언제나 재밌는 분이에요. 당신은."

그렇게까지 웃음을 터뜨릴 줄은 몰랐지만 어떻든 태연하게 잠자코 있었다. 이 짧은 소강상태를 틈타 내 눈앞에 서성거리며 방심하고 있는 손을 내 입술로 끌어당길 방법을 궁리했다.

"이런…! 이런…! 또 시작인가요?"

"무슨 말씀이신지, 여긴 공공장소입니다."

"당신은 참 무모하군요!"

어떤 여인이 자신에게 수작을 거는 남자에게 '당신은 참 무모하군요!'라고 말할 때 그녀가 반은 승낙했음을 경험을 통해 알고 있었다. 이런 생각으로 나는 내가 하려던 일을 감행할 수 있다고 여겼다. 열렬하게 그녀를 원하고 있었기에 산란해진 마음으로 그렇게 믿었다. 그러나 바로 그 순간에 이런 단어들이 저절로 흘러나오고야 말았다.

"당신은 너무나 아름다워요…!"

아름다운 그녀의 얼굴이 갑자기 붉어지며 굳어졌다. 그녀가 나를 노려보며 말했다.

"말 그대로 무모하군요!"

이번에는 완전히 다른 톤이었다. 나는 곧바로 이해했고 입을 다물고 가만히 있었다.

기차가 굉음을 내며 들판을 한가운데를 가로질러 가고 있었다. 우리는 별다른 주의 없이 몇 개의 역을 지나 파리에 가까워지고 있었다. 무안함을 감추기 위해 창밖으로 스치는 풍경에 관심 있는 척 창에 코를 박고 있었다.

"지금 몇 시죠?"

"일곱 시 사십오 분입니다."

"바로 앞선 열차를 탔어야 했었어요. 이 열차는 제시간에 도착하지 못할 거에요."

이 말들이 내 처량한 마음 위로 떨어졌다. 단어 하나하나가 상처를 냈다. 슬픔이 내 속눈썹에 맺히는 것을 느꼈다.

"지금 어디쯤 왔죠?"

"아스니에 근처인 거 같군요."

"고마워요."

관자놀이에 피가 몰렸다. 그녀가 무슨 말인가 더 해주기를 바랐지만 돌아온 침묵이 나를 가두었다. 고작 몇 분이 한없이 긴 시간처럼 흘렀다.

기차가 철로 위에서 튀어 올랐다. 어긋난 바닥과 바퀴, 삐걱거리는 차축에서 울리는 끔찍한 소음에 짜증이 났지만 견디는 수밖에 없었다. 곧이어 소음은 규칙적이고 지속적인 리듬으로 변했는데 그 즉시 내 귀에는 이런 빈정거림으로 들렸다.

'네가 망쳤어⋯! 네가 망쳤어⋯! 네가 망쳤어⋯!'

상황은 악화하고 있었다.

그녀는 미동도 없이 팔걸이에 팔꿈치를 올리고 턱에 검지를 대고 생각에 잠겨있었다. 화가 난 것처럼 보이지는 않았다. 오히려 옅은 미소가 그 입술에 번지기 시작했다. 순간 나는 그녀의 매혹적인 자태에 얼이 빠져버렸다. 들려오는 주변의 소음도 다르게 들렸다.

'그래, 나는 그녀를 사랑해⋯! 그래, 나는 그녀를 사랑해⋯! 그래, 나는 그녀를 사랑해⋯!'

"아직 토라져 있나요?"

"토라진 게 아닙니다." 내가 대꾸했다. 이런 바보

"이쪽으로 오세요." 내가 다가섰다.

"화내지 마세요, 저를 보세요⋯. 저를 비난하고 계시는군요."

"나는 당신을 비난하지 않아요."

"당신을 사랑할 수 있게 해주세요."

그녀는 시선을 아래로 살짝 떨어뜨리며 가볍게 머리를 흔들었다.

"안 돼요."

"왜 안 되는 거죠?"

"안 되는 거니까요."

"그러니까 왜 안 되는지, 말해주세요."

"당연히."

"네?"

"그뿐이에요."

"절대로?"

"절대."

"슬픈 일이로군요!"

"그건 아니죠."

"당신은 어찌 그리도 당신 자신에 대해 확신하는 거죠?"

"그게 없다면 우리는 어디로 가야 할까요?"

"당신은 저를 절망에 빠뜨리고 있어요."

"이성적으로 행동하세요. 친구. 그런 심술궂은 얼굴 하지 말고 차분히 이야기 나눠요."

"지금 당신에게 무슨 말을 할 수 있겠습니까?"

"마음을 내려놓아요. 당신은 할 수 있어요. 곧 그렇게 될 거예요."

나는 두 눈을 들었고 분명 그녀는 거기에서 무언의 원망을 알아채고 말을 바꾸었다.

"당신답게 행동하세요."

"저 말인가요…! 저는 지금 막 저 자신이 되었습니다. 아주 솔직하게, 맹세코."

"아…!"

"이 순간 제가 다른 사람이었다면 저는 거짓을 말했을 겁니다."

당황한 그녀는 입을 다물었다. 마침 기차가 역으로 들어서자 그녀는 일어설 채비를 하면서 이 난처한 상황을 모면했다.

"최대한 빨리 마차를 불러주세요. 너무 늦었군요."

열차에서 내리며 그녀가 말했다.

"물론이죠."

"좋은 친구로 헤어집시다."

자그마한 손이 내 앞으로 다가왔다. 나는 그 손을 잡고 입을 맞추었다.

"수요일 뵈어요."

"수요일."

마차 한 대가 서성였고 나는 마부에게 신호를 보냈다. 몽테삭 부인이 마차에 올라 마지막으로 내게 다정하게 작별 인사를 건넸다. 내가 초췌한 얼굴로 그녀를 향해 다가설 때는 벌써 마부가 말의 고삐를 모아 쥐고 내려쳤다.

"너무…. 너무나…. 괴롭습니다!"

눈앞이 뿌옇게 흐려졌다. 뒤돌아보는 그녀의 모습이 어른거렸다. 마차는 떠났고 나는 홀로 남겨졌다.

이것이 바로 나였다.

출발하는 사람들과 도착하는 사람들로 혼잡한 곳에서 이 파탄을 믿을 수 없어 무기력하게, 사람들에게 떠밀리며 방황하고 있었다. 너무도 아름다운 꿈…! 그 찬란한 빛이 꺼졌다. 단 한 마디에…! '절대…!' 정말 그런 것일까, 아니면 내가 과장하는 것일까? 아마도 내가 잘못 이해했을지도 몰라, 잘못 본 거야…! 무력해진 나는 사실들을 다시 뒤돌아보고, 그것들을 모으고, 내 욕망에 따라 그들을 배치하고 재구성하려고 했으나 허사였다. 피할 수 없는 숙명이 되어 버린 이 '절대'라는 한 마디가 가차 없이 무자비하게 달려들었다.

"이봐! 빌어먹을 굼벵이 같으니라고!"

누군가 고함쳤다. 짐수레 한 대가 나를 스치고 지나갔다. 나는 가까스로 옆으로 비켜섰다.

"걸을 때는 땅을 보라고 이 짐승 같은 놈아!"

지저분한 콧수염에 코가 벌건 노인이 옆에서 고래고래 소리를 쳤다. 마차를 피하면서 내가 그의 발을 밟았기 때문이었다.

나는 몇 마디 변명을 중얼거렸다. 맞은 편에 카페가 보였고 테이블은 비어있었다. 나는 그곳을 은신처로 삼았다.

"손님, 저녁 식사는 안 하시나요?"

급사가 넌지시 물었다.

'저녁 식사라… 이제 막…' 하지만 아무 말도 하지 않았다. 무슨 소용이 있으랴.

"맥주 한 잔."

이 피난처에서 나는 잠시 중단했던 생각에 다시 빠져들었다. 세세하게 들춰보고 다시 환기해봐도 소용없었다. 그저 가슴이 미어지는 단어들만 떠오를 뿐이었다. '절대…' 하지만 그녀는 또 이렇게 말하지 않았나. '당신을 비난하지는 않아요… 제발… 그렇다면…'

희미한 웃음이 내 얼굴에 스쳤는지도 모른다. 가까운 테이블에 어떤 여자가 나의 표정을 오해한 듯 교태를 부리고 있었다. 나는 얼굴을 옆으로 돌렸지만, 그녀가 내 쪽으로 다가왔다.

"한 잔 사줄 수 있나요?"

가슴을 흔들고 엉덩이를 살짝 내게 스치며 그녀가 말했다.

"네?"

"맥주 한잔."

"아니요."

"무례하군요!"

나는 그녀를 쫓아버리려 했으나 부정한 생각이 떠올랐다. '어떻든, 나를 원하지 않는다고 하니!'

"앉아요."

근처에서 어슬렁거리고 있던 종업원이 재빠르게 다가왔다.

"아메르 피콘."

여자가 주문했다. 그러고 나서 맥주는 내게 좋지 않다고 말하며 테이블에 있던 맥주를 단숨에 다 비워버렸다. 잔을 놓으면서 그녀가 말했다.

"자, 무슨 일인지 이야기해봐요. 귀여운 친구. 아주 심각한 일인 거 같은데…. 골칫거리라도 있나요?"

나는 어깨를 살짝 들어 올렸다.

"그러면 어디 아픈 데라도 있어요?"

"전혀."

"걱정한다고 바뀌는 건 없어요."

"맞는 말이요."

"다 지나갈 일이죠."

"물론."

"한 잔 마셔요."

"아니요."

"제집으로 갈까요…."

"아니."

"가자고요, 다 잘 될 거예요."

"아니…. 그건 아니에요."

"당신, 어디 아파요?"

"별로 그러고 싶지 않을 뿐입니다."

"이봐요, 귀여운 친구, 사랑에 빠진 것처럼 보이네."

나는 대답하지 않았다.

"아하 바로 그거군. 여자가 당신을 원하지 않는 거죠, 그렇죠?"

"아니라니까! 그만 해요…!"

"꽤 잘생긴 남자인데…. 고백은 해봤고?"

"아니. 그만."

"그녀가 당신을 원하지 않는다는 걸 어떻게 알죠? 당신에게 직접 말했나요?"

"아니요."

나는 나도 모르게 큰 소리를 내고 말았는데 그녀가 이렇게 깐죽거렸기 때문이다.

"고백도 안 했고…. 그녀에게 묻지도 않았고…. 그런데 당신은 그녀가 당신을 원하지 않는다는 걸 알고 있다니…"

"그만해!"

이런 이야기를 나눈다는 것이 수치스럽고 짜증이 난 내가 소리쳤다.

"난 말이에요, 당신도 알다시피, 나와는 상관없는 일이에요…! 이렇게 말하는 것은 내가 언제나 사람들을 친절하게 대하기 때문이라고요."

"그래, 알았어. 이제 충분해, 그렇지 않아?"

　"좋아요, 좋아…! 화내지 말고…! 어떻든, 당신에게 조언을 하나 해 주지. 그걸 따를지 말지는 알아서 결정하고…. 자, 이 여자라는 인간들 말이야. 우리가 잘 알고 있잖아? 안 그래? 질질 짜고 듣기 좋은 소리를 늘어놓는 대신에 여자의 엉덩이를 한 대 때려주란 말이야. 그리고 어떻게 됐는지 내게 알려주고…!"

　"이런 거지 같은 년!"

　나는 고함을 쳤다. 테이블 위에 2프랑을 던져 놓고 자리를 박차고 나왔다.

　"그래, 꺼져, 요셉!"

　그녀가 내 구두 뒤꿈치에 대고 소리 질렀다.

　그날 저녁의 나머지 시간이 어땠는지는 짐작할 수 있을 것이다. 세 시간 동안이나 아무 목적도 없이 도시를 헤맸고, 결국 피곤함에 지쳐 집으로 들어갔다. 자리에 누웠지만 잠은 오지 않았고 아침이 되어서야 선잠이 들었을 뿐이다. 몇 분 만에 가장 달콤한 희망이 지독한 환멸로 바뀌었다. 그날 그런 황당한 일을 당하고선 나는 무엇으로도 지울 수 없는 원한을 품게 되었다. 심지어 그런 마음이 약해지려 할 때는 그 감정에 다시 원기를 불러일으키며 일종의 희열을 느꼈다. 한편, 나는 가슴에 불을 품고 일에 매달렸다. 그 불은 일에 큰 도움을 주었지만, 그 일 자체에서 당겨진 불은 아니었다. 사랑을 잊기 위해, 가능하다면 이 사랑을 죽이기 위해, 이 사랑의 감정이 견고한 뿌리를 내리기 전에 선술집의 취객처럼 도서관에 나를 가두었다. 그리고 여행을 떠났다. 나는 런던으로 가서 5일간 머물렀다. 그리고 계속해서 디종, 릴, 렌느, 브뤼셀, 암스테르담으로 여행을 다녔지만, 위기는 극에 달했다. 또한 다르낙을 비롯해서 약간 소원해진 지인들을 만나보고 싶었으나 별생각 없이 의무적으로 무엇이라도 하려는 마음이었다. 하지만 이런저런 생각을 하다 보니 모든 게 피곤하게만 느껴져서 의자가 꺾였다.

나는 몽테삭 부인의 집에 다시는 발을 들여놓지 않겠다고 다짐한 후, 수요일 몽테삭 부인의 집을 찾는 대신 다른 곳으로 향했다. 그곳은 릴이었다. 나는 여섯 시간이나 그곳에 머물렀는데 그때만큼 불행한 적은 없었다. 그다음 수요일은 런던으로 떠났다. 왕복 승선권을 낼 때는 돈을 쥔 손가락이 떨렸다. 칼레에서 길을 되돌아올 뻔했지만 자존심이 허락지 않았고 결국 배를 탔다.

잔느에게서 두 번째 편지를 받았다. 정신이 산만했던 와중이라 내용을 이해할 수 없어서 무슨 의미인지를 파악하기 위해 편지를 여러 번 다시 읽어보고 생각을 집중해야만 했다.

내가 보냈던 답장에 마음이 들뜬 이 가엾은 소녀는 과하다는 생각도 할 겨를 없이 네 페이지의 고백으로 답했다. 화들짝 놀란 나는 짜증이 났다. 엎친 데 덮친 격이라더니. 그렇게밖에는 달리 말할 수 없었다, 애석하지만 곧바로 내 기분을 담은 짧은 편지를 그녀에게 보냈다.

예상했던 대로, 3일 후, 차가운 어조로 유감을 담은 몇 줄의 편지를 그녀로부터 받았다. 그녀는 자신의 고통과 불행 그리고 죽음에 관해 쓰고 있었다.

이 예기치 않은 압박을 느끼기에는 그 순간의 내 고통이 너무나 컸다. 이 이야기는 이미 끝난 것 아닌가. 왜 그런 기억을 다시 떠올려야 하는 거지? 나는 내가 할 수 있는 최대한의 다정한 말을 얹어서 캔디와 간단한 액세서리들을 보내면서 마음의 짐을 덜었다. 나는 그녀에게 파리는 아무런 도움도 되지 않으니 파리로 돌아온다는 것은 어리석은 일이라 단언하면서 시골에서 좀 더 머무를 것을 분명하게 촉구했다. 이 부분에서는 내가 가진 최대한의 설득력을 발휘했다. 반면, 그녀를 향한 강박적인 감정이 다시금 나를 휘감기 시작했다. 나는 병원에서의 그 끔찍한 시간을 회상하면서, 그 야윈 얼굴과 열기로 가득한 두 눈, 발작적인 기침, 그리고 쏟아지는 피를 다시 보았다. 갑자기 무시무시한 비명이 나를 관통했다. '누군가 내게 예언했었지, 갈색 머리가 나를 죽일 거라고…!' 무릎이 꺾였다… 만약 그게 사실이라면?

나는 내가 보낸 편지의 단어들을 다시 떠올려보려고 시도했지만, 이 고통의 제국에서 제대로 기억해내지 못했고 단어들이 칼춤을 추고 있었다. 뭔가를 강요하는 어조로 말한 것이 못내 마음에 걸려서 재빨리 종이 한 장을 집어서 무턱대고 되는 대로 다정하고 부드러운 말들로 새로운 편지를 썼고 봉투에 담아 우체국으로 달려갔다.

다음 날, 또 하나의 예기치 않은 일이 일어났다. 관리인이 보랏빛에 향기가 나는 편지를 내게 건네주었다. 편지를 열어보는 내 가슴이 마구 뛰었다.

친구에게,

왜 나에게 고통을 주면서 오시지 않는 것입니까. 당신은 제게 약속하지 않았나요. 당신도 알다시피 수요일은 세 번밖에 없습니다.

다정한 당신의 친구, 마담 몽테삭.

나는 계단을 뛰어올라 책상 앞으로 달려갔다. 온 신경을 집중해서 편지를 다시 읽었다.

'친구에게,
왜 나에게 고통을 주면서 오지 않는 것입니까…'

그녀가 고통을 느꼈다니… '그렇다면, 이건…' 나는 감히 그 생각을 멈추고 다시 편지를 읽었다.

'당신은 제게 약속하지 않았나요. 당신도 알다시피 수요일은 세 번밖에 없습니다…' 멍청이, 나는 날짜를 보기 위해 시계를 꺼냈다….

'다정한 당신의 친구…'

'당신의 친구…' 감미로운 단어들이었고 거기서 오랫동안 그 달콤함을 맛보았다.

나는 그 후 며칠을 어떻게 보냈는지 모르겠다. 초조하게 안절부절 못했고, 그러다 보니 내 얼굴 한가운데 뾰루지가 올라와 넋이 나갈 뻔했다. 연고를 발랐지만, 뾰루지가 커지는 것에 지쳐서 그것을 가리려고 애쓰는 수밖에 없었다. 이 뾰루지가 너무도 커서, 나는 내 운명이 이 작은 상처에 달려있다고까지 생각했다.

드디어 때가 왔다.

나는 얼마간 비용을 들여 멋을 부렸고 화려한 장미 다발을 들었다. 이거야말로 내가 원하던 것이었다! 다섯 시에 그녀의 집 초인종을 눌렀다. 누군가가 나를 안내했고 십여 명의 사람이 거드름을 피우고 있는 살롱으로 들어갔다. 하마터면 거기서 들고 있던 꽃다발을 내려놓을 뻔했다.

　"오셨군요, 다정한 친구! 오, 어쩜 이리도 예쁜 장미를! 저를 위한 꽃인가요?"

　"네, 바로 당신을 위한 꽃이죠, 부인," 신경이 날카로워진 내가 대답했다.

　"고마워요! 제게는 너무 과분하군요. 몇 주 동안이나 무슨 일이 있었나요?"

　"별다른 일은 없었습니다."

　"이렇게 뵙게 되어서 무척 반가워요."

　"저 역시도 그렇습니다, 부인."

　"여기 계신 분들은 아시겠죠. 따로 소개해드릴 필요는 없겠군요. 자, 저기 바로 예셴 씨가 당신을 부르고 있군요."

　나는 그를 곧장 때려눕히고 싶었다…! 그러나 화를 삼켜야 했다. 그리하여 큼지막한 얼굴로 만족스럽게 웃으며 나를 향해 의자를 두드리는 이 얼간이 쪽으로 향했다.

　자리에 앉기도 전에 그가 입을 열었다.

　"팔아치웠습니다."

　"네? 무슨?"

　"코르니에 말입니다. 4만!"

　"어떤 바보가…, 아, 죄송합니다, 수집가인가요?"

"어떤 미국인입니다."

"아! 다행이네요, 다시 볼 일은 없을 테니."

"그 반대죠, 복제품을 만든다더군요. 수천 장을 찍어낼 거라는데. 기가 막힐 일입니다!"

"저야말로 금시초문입니다."

"처음엔 5만을 요구했지만, 생각을 좀 해봤죠. 진정한 수집가는 수집품들을 가지고만 있어선 안 됩니다. 늘 새것으로 바꿔야 하죠. 너무 애착을 갖지 말고…. 그렇게 해서 내가 가지고 있던 위대한 에네의 작품을 루아베 소품 두 점, 루이 16세의 거울, 자개로 만든 담뱃갑, 코로의 데생 한 점과 바꾸었습니다… 한데 코로의 데생이 위작이었습니다. 그래서 다른 수집가에게 3천에 주었습니다. 저는 제가 판매한 에네의 작품만큼 아름다운 또 다른 에네 작품을 가지고 있죠. 게다가 공작석으로 만든 황제의 촛대가 2개… 아! 선생…! 예술…! 예술이 삶의 전부입니다, 전부!"

마치 오래전부터 알고 있는 친구처럼 나를 대하는 이 짜증스러운 인간의 우쭐대는 이야기와 악취 나는 입 냄새를 조바심 속에서 견뎌야 했다. 나는 어수룩하게 그가 입을 열도록 놔두었고 그는 계속해서 또 다른 물건들을 내게 늘어놓고 있었다. 그의 입을 닫게 할 한마디를 할 때가 된 것 같았다.

"그때 그 숙녀분 이후로는 아무도 죽이지 않으셨죠?"

자기만족으로 뻣뻣하게 으스대던 그의 태도가 마치 실이 끊어진 양 맥없이 풀렸고 갑자기 그의 입술에 비난과 곤혹스러움의 표정이 걸렸다.

"오! 선생…! 오! 선생…! 무슨 말씀인지…!"

통통한 여인이 거실로 들어섰다. 나는 그녀의 머리 위에서 이전보다 더 웅크린 자세의 앵무새를 알아보았다. 나는 벌떡 일어나 그녀에게 아주 정중하게 고개를 숙이며 미소로 인사를 건넸다. 그녀는 나를 보지 못하고 굵은 두 팔을 크게 벌리며 사람들 쪽으로 향했다.

'안녕하세요, 부인…. 안녕하세요, 부인…!'

자리를 잡고 나서야 그녀는 나를 알아보았고 내게 다정하고 다소 곳한 답례를 보냈는데 멀리서 모자에 달린 버찌 장식이 흔들리고 있는 모습이 웃음을 자아냈다.

"젊은 부인이 오셨군요, 선생…! 그리고 쾌 미인이군요…! 그리고 피부가…!"

얀센이 다시 말을 이으며 자기 이야기를 다시 이어갈 준비를 하고 있었다.

"한데 저기 저 남자분은 누구죠?"

몽테삭 부인의 옆에 바싹 붙어서 있는 것처럼 보이는 어느 젊은 남자를 가리키며 물었다.

"람벨 씨죠. 모르셨나요?"

"도자기에 관해서 쓰고 있는 람벨 말인가요?"

"바로 그 사람입니다."

"여기엔 무슨 일로?"

"이 집안과 아주 가까운 친구죠."

"아!"

뭔가 마음에 걸렸다. 그 인물을 뚫어지게 바라보는 내 눈이 점차 어두워지는 것을 느꼈다.

"사람들 말로는 저자가 부인의 환심을 사려고 기를 쓴다고 하는

데 다 하는 이야기죠…. 사람들의 입이야 워낙 가벼우니…. 저기, 아르벨리에 부인도 마찬가지죠…. 파란 깃털을 꽂은 작은 금발 여인 말입니다. 제가 관리하는 손님이죠, 깃털을 포함해서 그 밖의 것들도 제가 모두…."

나의 관심은 오직 두 사람에게 쏠려 있어서 다른 사람은 눈에 들어오지 않았다. 나는 그들의 입술 움직임을 따라가며 내게 닿지 않는 소리의 이야기를 읽어내려 노력했는데, 나 스스로 거기에 가장 가공할만한 의미를 부여하고 말았다.

"그건 손해 보는 일은 아니죠!" 뭔가 암시를 가득 담은 듯 눈썹을 위아래로 움직이며 예셴이 내 귀에 속삭였다. "재밌는 시간을 보내고 있군요, 저 람벨이라는 작자!"

람벨은 스스로 만족스러워하며 혼자서 의뭉스럽게 고상한 미소를 지으며 부인의 곁을 벗어나고 있었다.

"즐거운 시간이었습니다." 몽테삭 부인이 그에게 말했다.

그녀에게 즐거운 시간이었다니…!

바로 그 순간 계피색 드레스로 잘 단장한 네 명의 딸을 거느린 어느 부인이 작별 인사를 위해 일어섰다. 나는 몽테삭 부인의 옆자리가 빌 것이라는 기대를 품었지만 마침 세 명의 다른 여인들과 한 명의 남자가 새로 들어와 실내에 작은 소란이 다시 일었다. 나는 어수선한 틈을 타서 몽테삭 부인 쪽으로 향했다.

"작별 인사를 허락해주시기를 바랍니다. 부인."

"벌써…! 이제 막 오시지 않았나요?"

"인사를 전하기 위해 기다렸습니다, 부인. 아주 급한 약속이 있습니다."

"안타깝군요! 단 몇 분도 안 되나요…? 당신의 친구인 다르낙 씨가 오실 거 같은데요."

"어려울 거 같습니다. 부인… 게다가 부인께서는 너무 분주하시고 또 사람들에 둘러싸여 있으니… 폐를 끼칠까 염려스럽군요."

"아… 그렇군요. 그럼 다음 기회에 뵙죠."

예의를 갖춰 고개 숙여 인사를 하고 문으로 향했다. 지나는 길에 앵무새 부인이 그녀의 커다란 가슴이 불룩해질 정도로 아주 힘차고 다정한 악수를 내게 건넸다. 이어서 예센 씨가 귓속말로 나를 초대한다며 자기 집 주소를 알려주었다.

"프랑스와 프르미에 가 23번지… 어느 날이라도 좋습니다. 한 시쯤이면… 우정의 커틀릿을!"

"기억해 두겠습니다."

그에게서 벗어나려고 그렇게 대답했다. 나는 여전히 그가 웃고 있는 현관문 앞의 깔개 위에 서 있었다.

집으로 돌아오자마자, 나는 다음과 같은 편지를 썼다.

부인,

더할 나위 없는 다정함으로 저를 초대해주셔서 무척 감사하게 여기고 있습니다. 하지만 제가 그곳에서 당신을 보기가 어려운 이상 당신의 호의에 더는 폐를 끼치지 않는 게 좋을 것 같습니다. 당신의 친구들에 관해서라면, 물론 그 수가 상당하지만, 그들 또한 기꺼이 다른 곳에서 볼 수 있도록 하겠습니다….

존경과 경의를 담아서.

자크 베르디에.

재차 읽어보았고 만족스러웠다. 우체통으로 달려갈 준비가 되었을 때 어떤 불안감이 들었다. 성급하게 일을 처리해서 실수를 저지를까 두려웠다. 신중하게 따져 본 후 편지를 보내기로 했다. 시간은 얼마든지 있었다. 책상 위에 편지를 놓고 그것을 큰 위안으로 삼으며 모자를 솔로 닦았다. 곧이어 바깥 공기를 마시러 내려갔고 대로를 거닐었다. 대로를 배회하다 갑자기 찾아든 원망과 울분으로 몹시 의기소침해졌다. 에피타이저와 술을 곁들인 저녁 식사는 그날 저녁 이미 심각해진 내 상태를 더욱 악화시켰다. 몹시 혐오스러운 생각들이 하나하나씩 차례로 나를 엄습했고, 나는 그것을 즐기고 만끽했으며 오직 그 생각에서 벗어나지 못했다. 질투에 눈이 멀어 이 람벨이라는 작자가 그녀의 연인이라 확신한 나는 그녀가 이 배신에 대해 쓰라린 대가를 치르길 바랐다. 카페에서 영수증 위에 편지를 다시 썼다. 내가 온전히 기억하고 있고, 또 적절하다고 생각하는 서두는 바꾸지 않았다.

부인,
더할 나위 없는 다정함으로 저를 초대해주셔서 무척 감사하게 여기고 있습니다. 하지만 제가 그곳에서 당신을 보기가 어려운 이상 당신의 호의에 더는 폐를 끼치지 않는 게 좋을 것 같습니다. 당신의 친구들에 관해서라면, 물론 그 수가 상당하지만, 그들 또한 기꺼이 다른 곳에서 볼 수 있도록 하겠습니다.
람벨 씨는 아주 좋은 분입니다. 그분이 당신 마음에 들었다니 다행입니다.

존경과 경의를 담아서.
자크 베르디에.

단조롭고 투박했지만, 마음에 들었다.

게다가 그 효과를 늦추지 않기 위해 이 쪽지를 심부름꾼에게 들려 보냈다. 이 무례한 행위가 나의 고통을 덜어주었다. 몇 시간 동안 나는 지독하게 취해서 통제 불능이 되었다. 나도 모르게 어딘가에 부딪혀, 그 통증으로 화가 났다. 나는 충동을 억제할 수 없었다. 나의 충동은 복수하고, 고통을 두 배로 늘리고, 고통을 주기 위해 악행을 가하는 것이었다. 나는 아주 늦은 시간까지 이런 기분에 취해있었다. 자정에 집으로 돌아왔을 때 문 아래 파란색 쪽지가 놓여있었다. 다음과 같은 메모였다.

다정한 친구에게,

오늘 오후, 당신은 저를 매우 슬프게 했습니다. 까닭 없이. 왜죠…? 하지만 가장 마음 아픈 것은 당신이 그토록 당신 자신을 괴롭히고 있다는 생각이 드는 것입니다. 내일 목요일, 3시에 오데옹 상점가에서 나를 기다려주세요. 구매할 물건이 있는데 함께 하면서 이야기를 나누죠….
당신의 친구
M.M.

여러 번 읽었고 또 자리에 앉아서도 다시 읽어보았다. 윗부분에 줄무늬와 귀족적인 필체의 편지가 내 손가락 끝에서 떨고 있었다. 너무나 분명한 단어들이 연이어 지극히 모순적인 의미를 담고 뒤엉켜 있었다. 어떤 말을 믿어야 하나‥? 나는 정신을 집중하려 했지만 잘되지 않았다.

마침내 서서히 이 문장들의 슬픔이 내게 전해졌다. 나는 거기에서 제대로 풀리지 못한 원망과 비난, 고통까지 느꼈다. 상처받은 우정의 비통한 호소가 도움을 요청하는 것인지 자기방어를 하는 것인지조차 알 수 없었다.

뒤죽박죽 서류가 쌓여 있는 우중충하고 너저분한 책상 위에 두 팔꿈치를 괴고서 이 얇고, 멋들어진, 그리고 신선한 색깔을 지닌 편지에 몰입했다. 너무도 강렬한 고통이 그 속에서 흘러나왔다. 주체할 수 없는 감정이 그녀의 펜을 이끌었다. 나는 그 격정을 헤아릴 수 있었다. 그리고 이 고통이 내 책임이라니. 바로 나라니‥! 대체 어떤 악마가 내게 악행을 저지르도록 하는 것일까, 언제나 그렇듯‥!

나는 안락의자에 주저앉아 이런 운명을 어떻게 이해해야 할지 도무지 알 수 없었다. 허공을 맴돌던 두 눈이 책상 위에 놓인 편지를 발견했다. 내가 쓴 편지였다‥! 나는 곧바로 다른 편지를 보았고 동시에 두 개의 편지를 바라보면서 내가 쓴 편지가 또 다른 편지의 시선을 더럽히고 있었다‥!

한 시, 나는 나도 모르게 가구를 두드리며 집 안을 돌아다녔다. 그러고 나선 지쳐서 자려고 했다. 나는 조끼와 재킷을 벗었지만, 불면의 밤이 두려웠다. 외출할 생각으로 옷을 다시 입었다. 머리에 모자를 쓰고서는 망설였다. 결국, 나는 문을 거칠게 닫고 나왔다. 그 소리가 폭음처럼 어둠 속으로 울려 퍼졌다.

별다른 생각 없이 생제르맹 대로로 접어들어 콩코르드 광장까지 내려갔다. 소나기가 내린 포석 위로 물기가 말라가고 있었고, 물이

고인 웅덩이들이 빛나고 있었다. 온화한 날씨였다. 보도를 찍는 내 지팡이의 건조한 소리를 들으며 센강에 이르러 다리 위에 올라섰다. 마차 한 대 보이지 않았다. 육중한 아치들은 지친 듯 잔잔해진 강물에 둥그런 그림자를 띄웠다.

잠시 멈춰 섰다. 난간에 팔꿈치를 기댔다. 불빛이 일렁이는 부드러운 강물 속으로 시선을 담갔다. 물고기 한 마리가 튀어 올랐다가 물속으로 사라지자 잔물결이 반짝였고 이내 잠잠해졌다. 나는 화가 치밀었다.

'또 하나가 거기로 뛰어들지도 몰라!'

그러나 거기엔 나뿐이었다.

끔찍한 생각은 무기력한 한숨 속으로 사라졌고 다시 걷기 시작했다. 오벨리스크에서 어두운 동굴 같은 샹젤리제로 갈 것인지 아니면 화덕처럼 달구어져 빛을 발하는 르와얄로 갈 것인지 선택해야 했다. 나는 모종의 갈증을 해소하려 르와얄로 들어섰다.

인적없는 가로등 아래 여자들이 서성였고 열 걸음 정도 떨어진 거리에서 말을 걸었다. 나는 그곳을 빠져나왔고, 사람들은 그쪽을 향했다. 길을 건넜지만, 상황은 더 나빠졌다. 짜증이 난 나는 어느 술집 앞에 앉았다. 이미 종업원들이 의자들을 걷어 한구석에 쌓아두고 있었는데 누군가 내게 의자 하나를 내줬다. 나는 샤르트뢰즈 한 잔을 주문했다. 홀로 어찌할 바를 모르고 그날 하루의 가래침과 모래가 뒤섞인 입속으로 털어 넣었다.

쓰레기로 뒤덮인 보도 위로 낯선 형체들이 지나고 있었다. 덥수룩하고 칙칙한 넝마주이들이 땅에 코를 박고 먹이를 찾듯 이빨을 드러낸 채 등불을 바닥에 비추며 걷고 있었다. 마치 크고 굼뜬 멧돼지처럼 휑한 몰골의 걸인들, 축 늘어진 가난뱅이들, 정체를 알 수 없는 족속들이 실처럼 뽑혀 나오고 있었다. 그들의 눈은 카페의 휘황찬란한 아이스크림 앞에서 불타오르고 있었다. 그리고 초라한 외출복을 입은 사람들이 마지막 합승 마차를 놓쳐 난감한 표정으로 종종걸음을 걷고 있었다. 불량배들, 수상한 소년들, 그리고 이따금 잠잠해질 때면 전단과 과일 껍질 속을 뒤지고 있는 쥐들이 보였다.

이 불결한 곳에 딱 맞추어 경관들이 느릿느릿 별 상관없이 걷고 있었다. 카페 주인이 출입문에서 하품을 내쉬는 사이 계산대의 여자가 큰 소리로 마지막 손님에게 자질구레한 이야기를 늘어놓고 있었다. 비가 몇 방울 떨어졌고 어린 소녀가 교태를 부리며 다가와서 시든 꽃다발을 내밀 때, 건너편에서는 고풍스러운 4륜 마차의 마부가 바퀴에 대고 느긋하게 오줌을 누고 있었다. 나는 소녀를 돌려보냈다. 주변에 서성거리던 종업원이 헛기침을 두 번 했고 나는 그것을 이해하고 곧바로 자리에서 일어섰다.

새벽 두 시, 어디로 갈까?

무심코 콩코르드로 내려갔고 더 조용하고 텅 빈 쿠르 라 렌느로 접어들었다. 바람이 불었다. 가스등의 불꽃이 젖은 바닥을 밝히며 불안하게 흔들리고 있었다. 가까이 보이는 커다란 나무 아래 내가 익히 알고 있는 벤치가 있었지만, 거기에 앉을 수 없었다. 속옷을 약간 드러낸 두 형체가 그곳에서 부드럽게 움직이고 있었다. 좀 더 멀리 다른 사람들이 보였다. 서로 끌어안은 커플, 조금 지친 듯 떨어져 앉은 커플도 있었다. 나는 이 어둠 속에서 불안하게 나를 쫓고 있는 그들의 시선을 느꼈으나 그 눈빛에 악의는 없었다.

모두 둘이라니…! 나, 나는 퇴짜를 맞았고 너무도 외로웠다. 지금의 이 공포로부터 도망쳐서 요새 같은 과거의 공동으로 숨고 싶었다. 순진하고 허망한 노력이었다. 과거로 거슬러 오를수록 고통만이 솟구쳤다. 나는 내 유년 시절을 떠올리며 신선한 자극을 바랐지만, 기억은 흐릿했고 일관성없는 편린들, 지리멸렬하고 별것 없는 조각들이 마치 짝이 없는 체스의 말들처럼 잘 들어맞지 않았다. 눈물이 입술로 흘렀다. 새하얀 달이 나무들 사이로 얼굴을 내비쳤다. 나는 알마 교차로에 있었다.

'세시에 오데옹 상점 거리에서'

그녀 앞에 어떻게 나타날까, 그녀에게 무슨 말을 하지? 나는 비겁하게 결론을 내렸다. '뭐 어쨌든, 모순적인 행동이지만 그녀가 이해할 거야…. 그런 편지는 너무 성급했어. 그녀에게 용서를 구할 거야…. 내가 잘…'

하지만 생각을 이어갈 수 없었다. 너무 뻔뻔하게 자신을 속이고 있었다. 내 속에서 날카로운 고함이 이 미적지근한 두려움보다 더 크게 울렸다. 나는 타고난 대로 고통을 유포하는 악한이었고 빌어먹을 놈이었다. 나의 호의는 모독이고 우정은 모욕이며 나와의 접촉은 거의 죽음의 순간이다.

자신에게 매질을 가하면서 걸음걸이가 빨라졌다. 강한 돌풍에도 불구하고 몇 시간 동안이나 무작정 수 킬로미터를 내달렸다. 시간이 꽤 지나서 샹젤리제에 도착했고 이른 아침의 한기 속에서 진흙투성이로 무기력하게 거리를 따라 내려갔다.

갑자기, 기이한 일은 언제나 벌어지듯, 비틀거리며 걷는 어떤 남자와 부딪혔다.

"오페라, 서어…? 오페라가 어디죠?"

그가 서투르게 말했다.

나는 그가 품위 있는 영국인이라는 것을 알아보았다. 단정한 차림에 위스키 냄새를 풍겼다.

"여기서 직진한 다음에 왼쪽으로 가면 됩니다."

그는 오던 길로 돌아가려 했고, 너무 취해서 멈출 수도, 대화를 이어갈 수도 없었다. 다시 그를 돌려세웠다. 그의 어깨를 잡고 그에게 길을 알려주려고 시도했으나 그만 내 품에 쓰러지고 말았다. 그럭저럭 그를 일으켜 세웠다. 길 안내는 포기하고 그를 거기에 세워둔 채 가던 길을 계속 걸었다. 그는 반대 방향으로, 강독을 따라 그의 길로 접어들었다.

이 일은 금세 머릿속에서 지워졌다. 기진맥진한 상태로 아침 6시에 대문의 줄을 잡아당겨 관리인에게 문을 열어달라고 했다. 관리인의 차가운 시선을 견뎌야 했다. 침대 위로 곧장 쓰러졌으나 새들과 태양, 그리고 아래층에서 일을 시작한 열쇠 수리공 때문에 눈을 감을 수 없었다.

25분 전부터 나는 책의 같은 문장을 파악하지 못하면서도 반복적으로 읽고 있었다. 그때 메디치 거리에서 몽테삭 부인이 다가오는 것을 보았다. 나는 책을 덮고 내 운명을 기다렸다.

"안녕하세요." 그녀가 손을 내밀며 말했다.

그녀의 손에 들려 있던 종이가 내 손에 전달되는 것을 느꼈다.

"편지를 가져왔어요. 당신이 직접 없앨 수 있도록요."

"오…! 만약 당신이 상황을 이해하신다면…!" 나는 얼굴이 달아오르기 시작했다.

"그에 대해서는 더 말하지 않기로 해요. 아셨죠. 저는 말쉐르브 대로로 갈 생각인데 어떠세요?"

"저도 그쪽으로."

"그럼 잘 됐군요."

우리는 오데옹 거리로 내려갔다. 광장은 공사 중이어서 혼잡했다. 그곳을 빠져나가기 위해선 부서진 건물 잔해와 긴 구덩이를 피해 가야 했으므로 우리는 잠시 침묵해야만 했다. 아무리 고통스럽더라도 이 침묵을 깨트리고 싶지 않았다. 나는 순교자였고, 우리가 가는 이 길이 어디로 향하는지 두렵지 않았다. 마침내, 우리는 목적지에 도착했다. 무슨 말을 해야 할지도 모르면서, 다시 한번, 그녀에게 애원하려던 찰라 몽테삭 부인이 다시 말을 끊었다.

"그에 대해서는 더 말하지 않기로 하지 않았나요?"

"저는 너무 불행합니다."

"이해해요. 하지만, 어차피 여기 우리 둘만 있으니, 이 기회에 문제를 분명하고 확실하게 짚고 넘어갈까요?"

그녀는 거리낌 없이 정확한 어조로 말했다. 그것이 나를 당황케 했다. 나는 동의할 수밖에 없었고 이미 약자가 되었다.

"기꺼이."

"나는 당신을 무척 좋아합니다. 그리고 당신을 내 친구로 맞을 준비가 되어있어요, 그것도 가장 친한 친구로 말이죠. 하지만 우리의 관계와 그 호감의 의미가 어떤 것이고 그 한계는 어디인지 명확히 해두는 것이 시급한 일처럼 보이는군요."

"저는…"

"당신이 나를 무척 좋아한다는 건 알고 있습니다. 당신이 그렇게 말했으니까요."

"당신을 미친 듯이 사랑합니다. 맹세코."

"알아요. 그런 고백에 스스로 만족할 수는 있겠지만 당신이 실수하고 있다는 걸 알아두세요. 당신은 제 평판을 심히 위태롭게 만들고 있어요."

"제가요!"

"물론이죠. 어떻게! 약혼자처럼 꽃다발을 안고 제집 거실에 나타날 수 있죠? 물론 그 꽃 때문에 당신을 비난하는 것은 아니에요. 그 꽃이 저를 기쁘게 한 건 맞지만 저는 그곳에 혼자 있었던 게 아니었어요. 당신은 마치 수모를 당한 사람처럼 내 친구들을 사나운 시선으로 바라봤어요."

"용서해 주세요…."

"당신은 저를 몹시 불편하게 만들었어요!"

비난의 시선이 분명했고, 나는 약간 움찔했다.

"그런 뜻은 아니었습니다, 부인. 당신이 말씀하시는 그런 상황이 아니었습니다."

"아! 그렇게 생각하세요?"

"거기에서 그 많은 사람을 마주하는 것이 불편했습니다. 제게 어울리지 않은 일이죠. 제가 바라던 친구들이 아니었습니다."

"당신의 불편한 심기를 원망하는 게 아니에요. 제가 원망하는 것은 당신이 그것을 잘 추스르지 못했다는 것입니다."

"그 감정이 수치스럽다고 생각하지는 않습니다."

"이런! 맞아요…! 당신의 감정을 비난하는 것이 아니에요…!"

"그럼 뭐죠?"

"흥분하지 마세요!"

"당신에게는 쉬운 일이겠죠."

"저는 결혼한 여자예요. 그리고 정직한 여자입니다. 나는 내 남편을 사랑하고 남편도 저를 사랑해요. 당신과 나의 감정을 비교하지는 않겠어요."

"다행이네요."

"드물지만, 서로 사랑하는 부부도 존재합니다. 그래야만 하고요. 당신이 그 점을 알아주셨으면 해요."

최후 판결이 예리한 우박처럼 내 마음에 떨어져 얼어붙었다. 나는 잠시 마음을 추스르며 자존감을 되찾았다.

"당신이 원하는 대로 하죠, 부인!"

"기분 나쁘게 생각지 마세요, 이런 말을 하는 것은 나를 위한 것이라기보다는 당신을 위한 것입니다… 어차피 우리가 이렇게 솔직하게 터놓고 이야기 중이니 말하죠. 어제 당신이 보여준 행동에서 나를 가장 괴롭혔던 것은 불편함보다는 어떤 알 수 없는 불안… 공포, 바로 그거였어요… 좋은 우정… 아주 좋은 우정을 대책 없이 망치고 있는 당신을 보는 것이죠… 만약 제가 이제 다시는 당신을 초대할 수 없다고 선언하면 어떠시겠어요?"

"오! 그건…"

"그러니 이제 저를 도와주세요. 우리의 관계를 망치는 대신에… 한데 지금 어디로 가는 거죠?"

대화에 열중한 나머지 우리는 생 쉴피스 근처의 골목길에서 길을 잃었다. 나는 길을 바로잡았고 보나파르트 거리로 들어섰다.

"두근거리는 마음으로 당신의 집에 도착해서 고작 예셴 씨에 붙들려 있는 제 모습이 재밌다고 생각하신다면."

그녀는 웃음을 터트렸다.

"가엾어라! 그런 일이⋯."

그녀는 손가락 두 개를 나에게 내밀었고, 마침 지나는 화물 마차가 우리를 가리는 틈을 이용해 손가락을 내 입술로 가져왔다.

"이제, 당신에게 할 이야기는 다 했으니, 에셀 가의 찻집 한 군데를 아는데, 나쁘진 않아요. 당신이 저를 그곳으로 안내할 수 있게 허락하죠. 그런데 종이는?"

"어떤 종이 말인가요?"

"파란색⋯. 그 유명한 편지⋯."

"아⋯! 여기⋯."

그녀와의 언쟁 중에 계속 굴리고 있어서 둥근 공처럼 되어버린 편지를 그녀에게 보여주었다.

"버리세요."

"센강에 버리겠습니다."

우리는 곧 강에 도착했다. 다리 중간쯤에서 물결에 떠다니는 밀짚 행주를 발견했다.

"잘 보세요."

이렇게 말하며 꽤 오래 조준하다가 둥글게 말린 종이공을 던졌지만, 목표에 한 참 못 미쳤다. 종이는 물결 아래로 사라졌다. 그녀는 나의 실패를 놀리며 크게 웃었다.

이것으로 우리는 지금까지의 대화 주제에서 벗어나기로 암묵적으로 합의했다. 그녀는 그녀가 하고 싶었던 이야기를 모두 다 했고 나는 나대로 당연히 불편함을 느꼈기 때문이었다. 이제 우리는 서로 다정하게 이런저런 이야기를 주고받으며 에셀 가로 빠르게 접어들었다. 시원한 카페에 앉아 갈증 난 영국 아가씨들 사이에서 차를 마셨고 찜찜한 기분도 모두 사라졌다. 몽테삭 부인은 시계를 보고서 할 일이 있다는 것을 기억해냈다. 그녀는 마차를 불렀고 내게 세상에서 가장 친절한 작별 인사를 건네서 나는 마치 특별한 배려처럼 그것을 받아들였다.

오페라 거리 모퉁이로 그녀가 탄 마차가 사라지는 것을 보았다. 인도에 혼자 남아 재빠르게 돌이켜보니 내 연애가 그리 나쁜 처지에 놓인 것은 아니라는 것을 알게 되었다. 그것을 상기하는 즐거움으로 천천히 그녀와 같은 방향으로 걸으며 단어들을 되새기고 그녀의 향기가 아직 남아 있는 내 장갑의 냄새를 맡아 보았다. 최악의 날이 되리라 생각했던 날의 끝에 기쁨이 솟구쳐 올랐다. 즐거움에 들떠 나는 몇 가지 물건을 사들였다. 넥타이, 그리고 손잡이가 흑단 나무로 멋지게 장식된 작은 권총인데 완전 새것이어서 지나칠 수 없었다.

뒤이어 대로를 느긋하고 상쾌한 마음으로 걷거나 상점의 진열대를 멍하게 바라보곤 했다. 나는 행복했고 콧노래를 불렀다. 되살아난 내 눈빛이 나의 기쁨을 과도하게 드러냈는지도 모른다. 몇몇 여인들이 내게 미소를 지어 보였다. 어쩌면 누군가에게 답례했는지도 모르겠다.

결국 지쳐서 어느 카페의 테라스에 앉았다. 내 눈앞으로 오가는 행인들의 거무스름한 행렬이 이어지고 있었다. 간혹 그 안에서 드레스나 강렬한 색깔의 모자, 커다란 웃음소리가 빛을 발했다. 익명의 머리들, 지친 머리들, 여기저기 외국인과 여인들. 나는 민트 음료를 무사태평하게 홀짝이고 있었다. 서로 팔짱을 끼고 있는 두 여자가 갑자기 나타났다. 나는 그중 한 명이 생제르맹의 그 지독한 밤에 만났던 여자라는 것을 알아챘다. 그녀는 바로 내 앞을 지나고 있었다. 그녀가 나를 알아본 것 같았다. 모른 척하며 내 앞에 놓인 잔에 코를 박았지만, 그녀는 팔꿈치로 자기 동료의 옆구리를 찌르고 나를 가리키며 이내 목청을 돋웠다.

"어머! 요셉! 어떻게 지내? 이봐! 요셉!"

나는 손에 들고 있던 신문으로 얼굴을 가렸다. 이미 몇몇 손님들이 무슨 일이 있는지 둘러보고 있었다. 다행히 그들은 행인들의 행렬에 떠밀려 멀어졌다. 돌발적인 상황은 짧게 끝났다. 관심을 보인 사람은 아무도 없었다. 나 말고는 누구도 이해하지 못했지만,

'요셉…!' 이라니.

흥분이 가라앉자, 그 순간엔 제대로 이해할 수 없었던, 몽테삭 부인과의 만남을 다시 되돌아보니 완전히 다르게 보였다. 내가 생각했던 것만큼 상황이 유리한 것은 아니었다. 그토록 만족스러웠던 지난 두 시간을 돌이켜보면서 오히려 침착했어야 했다는 걸 깨달았다. 이런 비참한 결말이 기다리고 있었다니. 마지막에 보여준 친절, 마치 칠판 지우개로 칠판을 한 번 지우는 것 같은 그 너그러움에서 나는 단 하나의 명백한 교훈을 얻었다. 내 역할이란 그저 감탄사나 연발하는 데 국한되었다는 것.

그 점에 관해서 깊이 생각해보았지만 무너진 내 자존심을 다시 북돋을 수 있는 것은 아무것도 없었다. 6개월간의 열정-나는 그야말로 최선을 다했다-은 나를 정확하게 처음 시작할 때의 그 출발점에 서게 했다. 더 씁쓸하고 미망에서 깨어난 채. 그것이 전부였다.

무엇을 생각하고 무엇을 믿어야 할까?

'요셉…!'

나는 괜스레 우울해졌다. 두 번째로 불면의 밤을 보내게 될 것 같은 두려움에 안정제를 복용했다. 그런데도 새벽이 오기까지는 오랜 시간이 걸렸다.

'요셉…!'

몇 주간 다르낙을 보지 못했다. 어느 날 아침 나는 그의 아틀리에에 들려보기로 했다. 하지만 문은 잠겨있었다. 관리인은 그가 툴루즈에 있고 아마 여름 내내 그곳에 있을 것이라고 내게 알려주었다.

매우 신사적인 이 남자에 대한 진심 어린 우정이, 언젠가 이야기했듯, 그를 자주 만날 수 없게 하는 일종의 불편함과 뒤섞여 반은 실망스러웠고 반은 만족스러웠다. 명함을 문 앞에 놔두었고 집으로 돌아가는 대로 그에게 편지를 쓰기로 마음먹었다. 편지로 이야기하는 것이 더 수월했고 단어들이 입술에 붙어 더듬거릴 위험도 없었다. 그렇게 해서 그에게 두 장의 긴 편지를 썼다. 그의 부재로 인해 내가 느낀 슬픔을 강조하며 할 수 있는 한 그가 만족할 만한 이야기들로 채웠다.

나는 매년 몇 주 동안 바닷가에서 보내곤 했었다. 이번엔 예외적으로 파르테논에 연재하고 있는 <12세기 프랑스 조각의 역사>의 소재를 찾기 위해 파리에 남기로 정했다. 짐작하다시피 내게는 또 하나의 이유가 있었다. 그 어떤 경우에도 몽테삭 부인이 있는 파리를 떠나고 싶지 않았다. 반면에 나는 그녀가 곧 떠난다는 사실을 알지 못했다.

나는 지금, 이 이야기의 핵심과 관련 없는 다른 시기의 일들을 언급하지 않는 것과 마찬가지로 내 삶에서 보잘것없는 일들로 채워진 이 시기의 일들은 침묵 속에 놓는다. 누구나 그렇듯 나 역시 커다란 사건과 더불어 매일 매일 수많은 사소한 일을 겪는다. 때때로 신들린 듯 열정에 사로잡히거나 혹은 미망에서 깨어난 채 절망스러운 시간을 보낸다. 사람들과 만나거나 여행을 다녔고 짧은 연애도 했다. 이런 것들은 두 줄만으로도 충분하고 그런 이야기를 계속하는 것은 주제에서 벗어나는 일이다.

나는 <12세기 프랑스 조각의 역사> 작업이 궤도에 올랐다고 말했지만, 이 작업을 진전시킬수록 더 광대한 영역이 나타났다. 어떤 날들은 매우 낙담한 채 보냈다. 몇몇 사람들이 익명으로 전해준 조언에 따라 나는 좀 더 신중해졌고 나의 주장들을 재검토했다. 사람들이 나를 볼 수 있는 곳은 오직 트로카데로나 도서관들 뿐이었다. 이 작업이 내 최고의 구명밧줄이었다.

어느 오후, 그 이틀 전 급하게 마무리한 아퉁 중앙문의 박공과 관련한 자료들을 살펴보던 중 초인종이 울렸다. 나는 파르테논 잡지사로부터 고대하던 교정쇄가 왔다고 생각하고 문을 열었다. 커다란 꽃다발을 팔에 안고 문 앞에 서 있는 잔느를 발견하고는 몹시 놀랐다.

나는 이 상황이 만족스럽지는 않았으나 기쁨으로 가득한 그녀의 모습을 보고 나 역시 기쁜 표정을 지어야 했고 어쩔 수 없이 그녀를 안으로 들게 했다.

밝은 곳에서 보니 어두운 현관에서는 보이지 않았던 그녀의 모습이 드러났다. 거칠고 투박한 모습이었으며 듣기에 괴로운 억양을 쓰고 있었다. 잔느는 말 그대로 알아볼 수 없을 만큼 야위었고, 움푹 팬

두 눈에 창백한 얼굴이었다. 단지 눈동자만 광채를 발하고 있었다. 나는 시체가 움직이고 있는 것을 보는 듯했다. 말로 표현할 수 없는 어떤 불안감이 내 목을 조르고 있었으나 이 가엾은 얼굴 위로 떠다니는 행복을 망치고 싶지 않아, 나 역시 감정을 억누르고 그녀에 미소를 지었다.

"아, 당신이군요, 잔느… 깜짝 놀랐어요!"

그녀는 대답하지 않고 꽃다발을 놓은 후에 두 팔을 벌리고 내게로 다가왔다. 나는 그녀가 손을 잡을 거라 예상하고 한 발짝 앞으로 다가섰지만, 그녀는 내 앞으로 다가오더니 목을 끌어안고 입을 맞추었다. 내가 뒤로 물러서기도 전에 그녀의 혀가 내 입으로 들어오는 것과 그녀의 타액을 느꼈다. 불쾌한 느낌이 들어 뒤로 물러섰다. 나는 거의 완력으로 그녀에게서 떨어져 나왔다.

우리는 잠시 그 상태로 있었다. 그녀는 움직이지 않았지만 두 손은 나를 껴안을 태세였고 두 눈은 내 안에서 욕망을 찾는 것처럼 보였다. 나는 방어 자세를 취했다. 이 모든 일이 순식간에 일어나서 정신을 차릴 수 없었다.

몹시 놀랐지만, 그에 더해 끔찍한 혐오감에 사로잡혔다. 나는 그녀의 입술 흔적이 남아 있는 내 입술을 닦아냈다. 아마도 내가 그 혐오감을 적나라하게 표현한 듯했다. 흥분에 휩싸였던 그녀의 표정이 순식간에 차갑게 변했다.

그녀의 눈은 빛을 잃었고 두 손을 얼굴에 묻고 울음을 터트렸다.

나는 곧 상황을 깨닫고 그녀에게 달려가서 내 품에 그녀를 안았다.

그녀의 빈약한 등을 더듬는 내 손가락이 몹시 떨렸다. 그녀는 내게서 벗어나려 했지만 그럴 수 없었다. 나는 그녀를 더욱 힘주어 안았다. 그녀를 달래며 최대한 부드럽게 말했다. 그녀의 가슴이 내 가슴에 닿는 걸 느꼈다. 나는 그녀의 심장이 뛰는 소리를 들을 수 있었다.

"사랑스러운 잔느…. 당신의 마음을 아프게 했군요, 용서해주세요…. 너무 갑작스러운 일이라…. 제 말은, 두려웠다는 것입니다. 보세요, 예쁜 아가씨, 진정해요…. 자…. 인제 그만…. 그만…."

"죽고 싶어요."

"그런 말은 하지 마세요!"

"아, 그래요! 당장 죽겠어요…!"

"바보 같은 소리!"

나는 그녀의 새하얀 목덜미에 한 번, 두 번, 그리고 또 한 번 키스했다. 나는 그녀가 온몸으로 반응하며 내게 자신을 내맡기는 것을 느꼈다.

"그런 소리를 하는 것을 보니…. 당신은 이제 다 나았나 보군요! … 그리고 아름다워요…! 당신이 얼마나 아름다운지 내게 좀 보여주세요. 사랑스러운 잔느."

나는 그녀의 머리를 감싸며 내 쪽으로 돌렸다. 아! 흉측스러운 몰골이라니…! 나는 감정을 드러내지 않도록 억눌렀다.

"진정 당신은 저를 그리 생각하는 거죠?"

그녀가 구걸하듯 말했다. 그 순간 그녀의 눈빛에서 아주 기이한 표정이 떠올랐고 그로 인해 그녀는 다른 모습을 띠었다. 그녀의 시선은 순수한 아름다움을 발산하고 있었다.

"그래요, 잔느, 아름다워요…! 그 어느 때 보다 아름다워요…. 완벽하게 아름다워요!"

그리고 이제는 내가 그녀에게 입맞춤했다. 긴장이 풀린 그녀는 내게 몸을 내맡겼다.

　그때부터 나는 일종의 무의식 상태에 빠졌다. 아주 막연한 의지들이 내 머릿속에서 다투고 있었고 그중 하나가 나머지 모두를 제쳤다. 한 번 더 이 눈물을 마르게 하자, 어리석은 범죄자, 내가 유발한 그 눈물을 무슨 대가를 치르더라도 닦아 주자…! 오! 그녀의 뺨에 약간의 홍조가 다시 피어오르는 것을 보기 위해 뭐든지 하겠어…! 힘겹게, 어쩔 수 없이 나는 본능의 법칙에 굴복하고 말았고 남자로서 해야 할 일을 했다.

　"사랑스러운 잔느…! 울지 말아요, 제발 부탁이에요!" 그녀의 이마에 키스하며 말했다. "나는 당신을 너무나 사랑합니다. 잔느…! 너무나 슬픕니다… 잔느, 내 고통이 보이나요…. 제발…."

　그녀의 커다란 모자가 걸리적거려서 모자의 핀을 뽑아 소파 위로 던졌다. 너무나 자연스럽게, 진심으로 내 얼굴은 비통한 표정을 지었다. 내 얼굴에 시선을 고정한 그녀도 더는 보이지 않았으며 비통함 속에 섞여 들어간 나는 그것을 내뿜고 그것을 쓰다듬으며 먹어치웠다! 그녀는 한숨을 내쉬며 초점 잃은 눈으로 나를 지켜보다가 중얼거렸다.

　"오! 자크…! 자크…. 자크…."

　다시 한번 그녀의 입술을 내 입술로 덮었다. 이미 내 손은 블라우스 사이를 헤집고 있었다. 그 순간 비명이 내게서 터져 나왔다. 혐오와 공포의 비명. 부드러운 그 무엇을 예상했으나 나의 손가락은 울퉁불퉁 말라붙어버린, 무엇인지 알 수 없는 어떤 것을 느꼈다! 나는 화들짝 놀라서 그녀에게서 뒷걸음질 쳤다.

　가엾은 소녀는 균형을 잃고 바닥에 쓰러질 뻔했다. 그 때문에 그녀의 반쯤 열린 블라우스에서 우스꽝스럽고 도톰한 작은 쿠션 같은 것이 떨어져서 내 쪽으로 굴러왔다. 나는 마치 역겨운 동물을 쫓아내듯 그것을 밀어냈고 혐오로 가득 찬 내 눈빛을 느꼈다. 어안이 벙벙해진 잔느는 처음엔 그 상황을 이해하지 못했다. 급기야 그녀의 커다란 눈이 동그랗게 팽창하더니 이내 사색이 되었다. 그녀가 바닥에 쓰러지려 하자 그녀를 부축하기 위해 재빨리 달려갔다. 하지만 내 손길에 감전이라도 된 듯 거칠게 내게서 물러났다. 그녀는 한 손에 자기 모자를 들고, 다른 손으로 그 흉물스러운 물건을 주워서 문으로 향했다. 나는 꿈적도 하지 않고 그녀를 곁눈질로 바라보았다. 그녀가 문턱을 넘는 순간에야 소리 내어 그녀를 부를 수 있었다.

"잔느… 왜 그래요…?"

그녀는 아무 대답도 없이 나갔다. 나는 그녀를 붙잡기 위해 달려나갔다.

"잔느…! 제발… 한 마디라도…! 나의 사랑 잔느, 제발…!"

결국, 그녀를 다시 데려올 수는 없었다. 그녀는 묵묵히 자신의 길을 나섰다. 나는 복도에서 그녀의 애처로운 등이 들썩이며 흐느껴 우는 것을 보았다. 이어서 난간을 부여잡은 그녀가 계단 아래로 사라졌다.

나는 집으로 다시 들어와 그녀가 없는 차가운 공간 속에 홀로 남아 책상 앞에 앉았고 <12세기 프랑스 조각의 역사>의 마지막 페이지 위에서 마치 아이처럼 울었다.

이 참담했던 장면은 며칠 동안 나를 말로 다 할 수 없는 고통 속으로 몰아넣었다. 먼저 아무 일도 할 수 없었다. 오랫동안 읽을 수도 쓸 수도 없었고 그 어떤 것에도 집중할 수 없었다. 스스로 자제하려 했으나 헛된 일이었다. 나의 의지는 액체가 되어 바구니의 물처럼 흘렀다. 텍스트들은 스스로 사라졌고 교회의 성모 상들 위로 슬픈 잔느의 모습이 겹쳤다. 집에 있는 성모 그림들도 떼 내야 했다.

물론, 그날 저녁 곧바로 그녀에게 편지를 썼으나 그 어떤 답장도 받지 못했다. 나는 계속 편지를 썼고, 애원했다. 또한 절망에 빠져 그녀의 반대를 무릅쓰고 그녀의 집에 찾아가 용서를 구하기도 했으나 거절당했다. 문 앞에서 나를 가로막는 건물 관리인의 태도로 보아, 그가 어떤 요청을 받은 것으로 보였고, 어떠한 설명도 듣지 못하고 불안한 마음으로 마차에 다시 올라야만 했다.

정말 고통스러웠기에 이 고문이 나를 완전히 짓눌렀다. 억지로라도 꾹 참고 일을 다시 시작해보려고 했으나 너무 지친 마음에 무기력하게 일에 임했고 고통은 다시 찾아왔다. 나의 몸이 스스로 이 충격의 여파를 견디고 있었고 나는 나 자신을 방치했다. 나는 예의도 잊은 채 지저분한 용모와 더러운 차림으로 다른 이들을 만났다.

집 안 사물들의 역할과 용도도 바뀌었다. 마음의 고통이 흘러넘쳐 사물들로 옮겨갔기에 그 끔찍한 장면을 떠올리지 않고는 그 어떤 것도 만질 수 없었다. 몇 년 동안 내 눈을 즐겁게 했던 자질구레한 장식품과 기념품들을 참을 수 없게 되었다. 그들이 다 지켜보지 않았던가! 나는 그것들을 감추고 몇몇은 치워버렸다. 대신 채워 넣은 물건들도 내게는 낯설게 느껴졌다.

그동안 책 상위엔 서류들과 먼지와 잡동사니가 쌓여갔다. 나는 그저 방치할 뿐이었다. 유일하게, 문진처럼 사용했던 작은 권총만이 이 난잡함 속에서 뭔가 새롭고 유혹적인 빛을 발하고 있었다.

나는 이런 상황을 몽테삭 부인에게 알리고 싶지 않았다. 그러나 누가 그녀보다 더 공감할 수 있을까? 그녀는 잔느의 이야기를 대략적으로만 알고 있었다. 나는 잔느에 대해서 여러 번 이야기 했지만, 그 이야기는 나를 돋보이게끔 조심스레 변형되었었다. 그것이 내게 몇 가지 작은 이득들을 가져다주었다. 나는 동정심이 많은 사람이 되었고, 허세를 부리며 그 이야기를 대화의 주제로 삼고 심지어 즐겼으며 이내 수치심도 없이 그 이야기를 이용하기까지 했다.

나는 그 비극적인 날은 침묵 속에 놓고 그 밖의 일들을 몽테삭 부인에게 이야기했다. 잔느와 그녀의 고통에 대해서 침울한 어조로 말하고 나자 결국 스스로 혼란스러워졌고 잔느의 고통보다는 오히려 나 자신의 고통에 대해 더 많이 생각하게 되었다. 우리는 가엾은 소녀에게 연민을 느꼈고, 그녀의 오랜 고통, 내가 과장되게 표현한 그 고통은 몽테삭 부인의 마음속에 은연중 나에 대한 존중이 자라나도록 했다. 어떤 순간은 내가 위로받고 있다는 느낌도 들었다.

확실히, 나는 이 모든 일에 그 어떤 속임수도 쓰지 않았지만 불가피한 그 무엇이 나를 밀어붙였다. 이것이 바로 강자의 힘을 키우기 위해 약자가 고통받고 죽어가는 삶의 교훈 아니었던가?

그런 순간에는 가혹한 현실감이 모두 다 사라져서 견딜 만했으나 밤이 되어 고독에 둘러싸인 내 집에서의 사정은 달랐다. 고통스러운 얼굴이 불길하게 내 밤에 들러붙었다.

몸이 쇠약해지면서 나의 말도 침울한 톤으로 바뀌었다. 이를 우려하던 몽테삭 부인은 나를 부드럽게 꾸짖었고 되는대로 걸친 옷차림 또한 나무랐다. 그녀의 입술에서 단어들이 마치 부드러운 애무처럼 내게 흘러내렸다. 가련한 잔느의 고통마저도 여전히 나의 쾌락을 위해 사용되었다.

내가 그런 상태를 계속 이어가자, 병에 걸렸다고 생각한 그녀는 저녁 시간에 자기 집으로 올 것을 고집했다. 레스토랑을 이용하는 내가 제대로 된 식사를 하지 못하고 있다는 이유로 저녁 식사에 나를 초대했다. 곧이어 나는 나만의 식기 한 벌을 갖게 되었다. 그리고 몽테삭은 내가 자기 부인 곁에 있는 것을 편안하게 느꼈고, 매일 밤 급한 용무가 있다며 서둘러 식사를 마치고 외출하기에 바빴다.

이 시간이야말로 내 인생에서 가장 행복한 시간이자 내 삶의 정점이었다. 그 순간을 되새기면 마음이 따뜻해진다. 아늑한 조명 아래 눈빛을 교환하며 서로를 더 잘 이해할 수 있었다. 물론 우리의 관계는 순수한 우정의 관계를 유지했지만, 우리를 매우 친밀하게 엮어주는 일종의 온기가 있었다. 나는 그 어느 때보다도 더 사랑에 빠졌지만, 그 불꽃은 조용히 타올랐다. 내가 나만의 사랑을 앞으로 밀고 나간 것은 결코 격정이 아니었다. 기질적으로 나는 침묵 속에 감정을 숨기는 데 더 익숙했고 최소한의 직접적인 표현조차 모든 것을 엉망으로 만들기에 충분했다. 나는 이 위험을 피하는 지혜를 얻었다.

한편, 동정심과 모성애라는 여성의 거역할 수 없는 운명에 따라 몽테삭 부인은 완전히 마음을 열어 나의 고통을 자신의 고통으로 여겼다. 나 역시 그녀에게 그 어떤 것도 감추지 않게 되었다. 심지어 현실만으로는 충분치 않은 듯 실재하지 않은 것까지 사실인 양 그녀에게 말하기도 했다. 그저 친구였던 나는 이제 '가엾은 친구'가 되었다. 이런 호칭은 매우 확고한 의지조차 허물 수 있고, 이 호칭이 암시하는 분위기가 이성을 위협한다는 사실을 알고 있다. 우리는 곧바로 그것을 깨달았다. 그리고 그것은 그녀에게서 작은 애정 표현과 호의를 얻어내기 위해서도 이용되었다. 아! 물론 아주 대수롭지 않은…!

잔느와 그녀의 힘겨운 고통이 그렇게 우리 둘의 대화를 주재했다. 물론 마법적인 순간에는 완화되었지만, 양심의 가책이 나를 언제나 짓눌렀다. 기이한 현상이지만 잔느를 생각하면서 비로소 나는 가장 설득력 있는 어휘와 따뜻한 어조를 찾을 수 있었다. 그런 일을 악용하는 내가 정도에서 벗어난 것일까? 그런 식으로 키스를 훔치는 것은 악취미일까? 사실 이 키스들은 손가락 위를 스치는 정도의 순수하고 의례적인 키스일 뿐이었다. 물론 자주 그랬지만 그게 전부다.

몇 주가 흘렀다. 휴가철이 다가오고 있었다. 그로 인해 떠나는 문제가 우리의 대화를 날카롭게 만들었다. 나는 이 순간이 두려웠다. 그럴 수밖에 없었다. 파리에 나 홀로 남아서 무엇을 한단 말인가? 몽테삭 가족은 바다로 떠나면서 내게 함께 가자는 언질 같은 것은 주지 않았다. 게다가 나는 일에 매여 있었다. 나는 이런 기분을 숨기지 않았고 가만히 있을 수도 없어서 그녀에게 구구절절 불평을 늘어놓았다. 몽테삭 부인은 사려 깊은 말로 제동을 걸었다. 떨어져 있는 시간은 그리 길지 않을 것이니 조금만 참으라고 나를 타일렀다.

"길어야 6주예요."

나는 그 기간이 끔찍하게 길다고 생각했다.

"당신에겐 일이 있어요. 누가 알아요? 당신이 책을 마무리 지을 수도 있잖아요. 내가 돌아올 때쯤 깜짝 선물이 될 수도 있죠!"

"당신이 떠나고 나면 아무 일도 할 수 없을 것 같아 두려워요."

"설마 그럴 리가…. 그러면 제게 편지를 쓰세요. 그리고 당신이 플랑 레 듄으로 오는 걸 방해할 사람은 아무도 없어요. 아주 빠른 급행 열차도 있고요. 당신이 토요일에 온다면….”

"남편들처럼요.”

"바로 그거죠…. 기분 상하는 일인가요?”

"그 반대입니다.”

"당신의 거처를 마련해야겠군요. 물론 비좁겠지만. 일요일 저녁에 돌아가는 겁니다.”

"속이 시원하겠군요!”

"그다음 토요일에 당신을 맞기 위해선… 제가 충분히 마음을 쓰고 있다고 생각지는 않으세요?”

"훌륭해요.”

"잘 됐어요! 누구보다 행운 씨가 기뻐할 거예요.”

"누구죠, 행운 씨는?”

"제 남편요.”

"행운이라 불리다니, 그걸 몰랐군요.”

"당신은 바보예요.”

"만약 그 이상이라면.”

"더 나쁜 것도 있나요?”

"저는 사랑에 빠져있어요, 당신도 그걸 잘 알고 있고요.”

"이런…! 복잡해지고 있어요.”

"놀리지 마세요. 부탁입니다.”

"그렇다고 사과할 수는 없군요…. 그건 경솔한 짓이에요.”

"당신에겐 마음의 그늘이라곤 없군요.”

"우리가 여기 이렇게 있잖아요.”

"말해주세요?"

"무슨?"

"우리가 헤어지는…. 그러니까 그게 언제죠?"

"목요일 저녁."

"당신에게 키스할 수 있게 해주세요."

"자, 여기."

"아니, 손이 아니라."

"오호…!"

"당신을 볼 수 없으면 정말 괴로울 거예요."

"저는 달로 가는 게 아니에요."

"자비를 베푸세요…! 자, 당신도 원한다는 걸 알아요."

"그러면, 빨리."

그녀는 머리를 숙였고 묵직하게 땋아 내린 머리가 내 이마를 스쳤다. 어리숙하고 당황한 나는 무턱대고 관자놀이 근처의 머릿결에 키스하고 말았다. 내가 다시 시도하려 하자 그녀는 손가락으로 나를 제지했다.

"인제 그만! 충분해요."

흥분에 휩싸인 우리 두 사람 모두 몸을 일으켰다. 우리의 심장이 일제히 뛰었다. 잠시 나를 안정시켰다고 생각한 그녀가 이렇게 말했다.

"당신이 제 시간을 뺏고 있어요."

"무슨.."

"준비할 것들이 수도 없이 많은데…. 자 이제 가셔야 해요."

"당신을 사랑합니다."

의도치 않은 고백이 튀어나왔다. 나도 알 수 없는 목소리로…. 이런 끈질김은 어디에서 나오는 걸까?

"나는 미친 듯이 당신을 사랑해요…! 영원히…!"

쾌활하던 그녀의 태도가 갑자기 변하더니 딱하다는 표정을 지으며 말했다.

"제발…!"

그러나 그녀의 연민과 인내심이 한계를 드러내는 이 탄식은 오히려 내가 그녀에게 분명하게 한 발짝 더 다가서도록 만들었다.

"당신을 사랑해요, 당신을 사랑해요… 당신을 사랑합니다."

내가 다가서자 그녀는 소스라치며 벽으로 물러섰다. 허둥거리는 그녀의 두 손은 마치 방어하듯 허공을 가로질렀다. 나는 계속 앞으로 다가섰다. 구석에 몰린 그녀는 점점 죄어들었고, 이미 희생자였다. 테이블 위의 램프가 부드러운 빛을 발하고 있었다. 오직 우리 두 사람의 거친 숨소리를 빼고는 아무 소리도 들리지 않았다.

"아! 아파요!" 그녀가 한숨을 쉬었다.

내 입술은 그녀의 목을 더듬었다. 그녀는 가까스로 내게서 벗어났다. 낮에 그토록 달콤했던 얼굴에 이제는 눈물이 번져 반짝이고 있었다. 전의를 상실한 내가 외쳤다.

"아… 이건 제가 원했던 게 아니에요…!"

"가세요…! 어서 가요…!"

"용서해 주세요! 무뢰한처럼 굴었군요."

"알았으니 인제 그만 가세요…. 어서요!"

그녀의 손끝에서 손수건이 떨고 있었다. 그녀가 문을 가리켰다. 나는 도둑처럼 황급히 도망쳐 나왔다.

그날의 끝에 나를 엄습했던 생각들, 여느 때와 다름없이 내 안에서 서로 날뛰는 생각 중에서 하나의 생각이-물론, 전적으로 나의 편의에 따라-결국 나머지를 지배했고, 나는 그것을 위안으로 삼았다.

내가 용기를 냈다는 것.

의기양양하게 느낀 이 대담한 행동이 그리 큰 성과를 거두지는 못했다는 것은 인정해야 했다. 그 행동은 의도치 않게 우발적이었다. 그러나 결국 결과가 모든 것을 말해준다. 나의 승리는 소박하지만 확실한 것처럼 보였다. 승리의 함성만이 내 귓가에 울려 퍼졌고 늦은 밤까지 개선장군의 발걸음으로 아스팔트를 내디뎠다.

영광에 심취한 나머지 어리석은 짓도 빼놓지 않았다. 두 시간 동안이나 온갖 기괴한 상상을 뒤섞었다. 내 눈에는 그 어떤 우월함도 내 영광에 미치지 못했다. 나에게 드물게 찾아오는 이런 확신은 내 인격이나 의무에 대해서 그때까지는 생각해보지 못했던 어떤 관념을 불러일으켰다. 대지와 세상은 무척 인색했고 사람들은-나를 제외한-모두 궁색했다. 이 불공평을 참을 수 없었던 나는 내가 만끽하고 있는 이 행복을 조금이나마 다른 이들에게 전할 수 있는 일에 착수했다. 마음으로도, 나의 능력으로도 수월한 일이었다. 나는 가난한 이들에게 내가 할 수 있는 만큼 최대한의 온정을 쏟아붓는 사치를 부렸다. 잔느의 이미지가 치명적으로 끼어들었지만, 그 빛이 더 발하기 전에 거기서 재빨리 벗어났다. 이미 다 지나간 일 아니던가!

이틀 후 몽테삭 부인을 다시 만났다. 단지 그녀에게 꽃을 건네고 즐거운 여행을 기원하는 짧은 만남이었다. 방충제 냄새가 온 집안에 진동했다. 사람들이 분주하게 돌아다녔다. 방해가 되지 않도록 지극히 상냥한 어투로 작별 인사를 고하고 그 집을 나섰다. 그 후에 나는 내 일을 다시 붙잡았고 라옹 대성당의 현관 조각에 대해 다섯 페이지의 서정적인 글을 썼다.

여기서, 그다지 중요한 대목은 아니지만, 밝혀두어야 할 이야기가 있다.

승리의 환희에서 선행으로 이어진 멋진 도약은 이미 언급했다. 나무랄 데 없는 생각이었지만, 실제로는 보잘것없는 것이었다. 그런데도 나의 주변 사람들에게 약간의 도움이 되었기에 완전히 무용지물이 되지는 않았다. 소소한 베풂으로 사람들을 즐겁게 했고 그런 내 모습을 숨기면서 더 큰 기쁨을 누렸다. 그러나 여기에 곤혹스러웠던 상황이 없었다면 이 이야기는 하지 않았을 것이다.

내 집의 건물 관리인 아주머니는 이미 나이 들어 병약한 상태지만 관리인으로서는 아주 뛰어난 분이다. 그녀는 허름한 관리실에 기거하며 날이 갈수록 쇠약해졌다. 계단을 오르내리는 그녀의 모습이 안타까웠다. 게다가 선량하고 늘 친절한 그녀는 자신의 수고를 결코 흥정의 대상으로 삼지도 않았다. 나는 기회가 닿을 때마다 할 수 있는 한 그녀에게 정성을 쏟았다.

어느 날, 관리실에 그녀가 보이지 않아 걱정스러운 마음으로 그 안으로 들어갔다. 그녀가 누워있었다. 사정을 파악해보니 의사가 자기들의 소임에 따라 극도로 쇠약해진 그녀에게 아무것도 거부하지 말고 편안한 마음으로 지낼 것을 주문했다는 사실을 알게 되었다.

도리없이, 이 선량한 관리인은 아주 서서히 죽음을 향해 가고 있었다. 나는 여섯 병의 질 좋은 보르도 와인과 냉동 닭, 그리고 얼마간의 간식거리를 그녀 앞으로 배달시켰다. 보낸 사람은 기록하지 않았다. 그리고 나서 그녀가 놀라는 것을 보고 싶어서 다음 날 그녀를 보러 갔다. 마치 아무것도 모르는 것처럼.

즐거워하리라는 기대와 다르게 화가 난 그녀를 발견했다. 내가 이유를 묻기도 전에 그녀가 먼저 말을 꺼냈다.

"선생님, 믿을 수가 없군요… 누군가 제게 익명으로 상자 하나를 보냈답니다!"

"음…. 그 상자 안에 뭐가 들었나요?"

"닭 한 마리와 포도주 여섯 병이 들었더군요."

"오호! 당신이 맛있게 드시면 되겠군요."

"생각해보세요! 거기에 독이 들었다고밖에는 달리 생각할 수 없어요."

어쩌다 그런 터무니 없는 생각에 웃음을 터트리는 대신 마른 입술을 굳게 다물어 버린 걸까? 당황한 나는 반박도, 그렇다고 사실을 말하지도 못했다. 무슨 말인지도 모를 말을 중얼거렸는데 심지어 그녀의 생각에 동의를 표했던 것도 같다. '독이 들었다'는 소리의 울림과 그에 딸려온 기억 때문인지, 아니면 이 우발적인 사건이 오히려 나의 해악을 확인시켜주고 있다는 것 때문인지, 알 수 없었다. 어쨌든 나는 이 불쌍한 부인에게 사실을 말하지 않고 집으로 들어와 슬픔에 휩싸였다. 그러나 이것은 시작에 불과했다. 더 심각한 사건들이 다가오고 있었다.

플랑 레 뒨에 도착한 몽테삭 부인으로부터 이제 막 유행하기 시작한 그림엽서 한 장을 받았다. 단 두 문장이었지만 길게 늘여 쓴 필체가 단조로운 이미지보다 훨씬 더 눈에 띄었다. 나는 같은 방식으로 답장을 보냈고 이 서신 교환에 재미를 들여서 여름 내내 그것을 이어갔다. 그렇게 해서 그녀가 하루를 어떻게 보내는지 알게 되었으며 멀리서 그녀의 고민과 즐거움을 함께 나눌 수 있었다. 덕분에 몇 주가 별 어려움 없이 흘러갔다. <12세기 프랑스 조각의 역사>가 순조롭게 마무리 단계에 접어들었기에 낙관적인 기운으로 미래를 예측하던 그 순간, 내 일상에 천둥과 번개가 일었다.

어느 날, 나의 고향인 로르모의 소인이 찍힌 편지를 받았는데 봉투 위에 적힌 글씨로는 아무것도 유추할 수 없어서 무심하게 그것을 열어보았다. 편지는 내가 아버지를 보살펴 달라고 부탁했던 고모로부터 온 것이었다. 최근에 아버지가 별다른 기미도 없이 갑작스레 뇌졸중으로 쓰러져 요양병원에 이송되었다는 내용이었다. 이런 사태에 놀란 고모는 내가 서둘러 오기를 바랐다. 더 자세한 이야기는 없었지만, 전보처럼 간략한 메시지여서 사정을 더 물어볼 필요도 없이 그날 밤 출발했다.

내가 로르모에 도착했을 때는 비가 내리고 있었다. 역에는 아무도 없었다. 혼자서 비에 젖은 채 집 초인종을 눌렀다. 나이 든 고모는 눈물로 나를 맞았고 울먹이는 소리로 그간의 상황을 내게 알려주었다. 매일같이 산책을 나섰던 아버지는 어느 날 의식을 잃고 바닥에 쓰러졌다. 행인들이 아버지를 발견하고 집으로 데려왔고, 이런저런 노력에도 불구하고, 새벽이 되어서야 아버지는 의식을 되찾았다. 처음 며칠 동안은 그런 일이 다시 일어날 것이라고는 생각하지 않았다. 하지만 심각한 증상이 곧바로 나타났다. 시시각각으로 지능이 저하되었고 급기야 완전히 의식을 놓았다. 고모가 또다시 울음을 터뜨리며 그 이후의 벌어진 여러 일들을 이야기해 주었고, 결국, 아버지는 5일 전에 메리올의 요양원으로 보내졌다.

좀 더 일찍 내게 통보해주지 않은 것이 당혹스러웠지만 그 이유를 듣는 것은 불가능해 보였다. 곧장 메리올로 가서 황급히 의사를 찾았다. 의사에게 안내된 나는 차마 입이 떨어지지 않는 질문을 던졌다. 답은 즉각적이고 분명하게 돌아왔다. 아버지가 완전히 정신을 놓았다는 것이다.

우선 나는 그것을 인정할 수 없었다. 내가 그 말의 의미를 이해하기까지는 약간의 시간이 필요했다. 나는 망연자실했고 의사의 거듭된 주장은 의심의 여지가 없었다. 의사에게 환자를 직접 만나게 해달라고 부탁했다. 처음엔 쉽사리 승낙하지 않았지만 결국 그가 받아들였다.

석회가 발라진 긴 복도를 따라 여러 갈래 복도가 시작되는 곳에 이르자 경비 한 명이 졸다가 우리를 발견하고 일어섰다. 의사가 그를 향해 말했다.

"114번."

경비가 우리와 합류했고 모퉁이를 돌아 두 번째 복도로 들어섰다. 좌우로 똑같은 문들이 이어졌다. 무의식적으로 벽 위에 검게 새겨진 숫자에 주의를 기울였다.

'110...111...112...'

"아침에 그 환자는 어떻던가?" 의사가 경비에게 물었다.

"허...! 뭐 그저 그렇죠."

우리는 어떤 문 앞에 섰다. 열쇠가 돌아갔고 독방의 분홍색 타일과 창문의 채광창이 갑자기 내 시선을 사로잡았다. 심장이 멎었다. 어두운 구석에서, 우리 쪽으로 다가오는 어떤 형체가 드러났다.

"당신을 찾아온 사람이에요. 알아보시겠어요?" 의사가 말했다.

아버지의 얼굴이 드러나자 다리가 후들거렸다.

"아버지…"

"신사분들…. 신사분들…. 순서대로 처리하겠습니다…. 부인들 먼저…."

이 불쌍한 남자는 나를 보더니 곧바로 지나치면서 알아들을 수 없는 말들을 중얼거렸다.

"저예요…. 자크…."

"쉬…! 조용…!"

"자크예요…! 당신이 사랑하는 자크…. 당신 아들 자크예요…! 날 알잖아요? 그렇죠?"

두 팔을 벌리고 고통에 찬 영혼을 향해 다가섰다. 하지만 애원해도 소용없었다. 다정했던 두 눈은 차가웠고 얼굴은 굳어 있었다.

"밀지 마세요…. 밀지 마세요…. 아직 시간은 충분합니다…. 차례차례…. 신사분들은 부인들을 먼저…."

"어떻게 이런 일이, 세상에…! 아빠…!"

"소용없어요."

의사가 내 귀에 대고 작은 소리로 말했다.

"그냥 놔두세요, 제 말을 들으세요."

"아버지를 안아보고 싶군요, 그것만이라도."

"그러면 어서 서둘러요."

나는 이 가엾은 남자를 붙잡고 그의 불타는 이마 위에 입을 맞추었다.

"오! 아빠…! 아빠…! 어떻게 이럴 수가…."

그리고 재차 그의 이마와 뺨 그리고 다듬지 않은 거친 수염에 입을 맞추었고 그는 움직이지 않았다. 그는 마치 이 모든 것을 즐기는 것처럼 보였고 기꺼이 받아들였다. 나는 아버지가 의식이 돌아올 것이라고 믿으며 계속했다. 의사가 나를 거칠게 떼어냈다.

"그만…! 그만 해요!"

깜짝 놀란 나는 행동을 멈추었다. 곧바로 의사와 경비원이 나를 밖으로 밀어냈다. 아버지를 다시 부여잡은 나를 단번에 밀어낼 수는 없었다. 나는 밖으로 뛰쳐나왔다. 거의 미쳐버릴 것 같았다. 닫힌 문 뒤에서 짧은 다툼 소리가 들렸다. 경비원의 언성이 높아졌다가 곧 잠잠해졌다.

"용기를 내세요, 선생, 용기를…! 끔찍한 일이지만 당신도 당신의 삶을 살아야 해요. 그리고 그 나이에는 이런 일이 흔하게 일어나는…."

나는 고작 그런 통상적인 해명을 들으며, 나를 뒤쫓느라 숨이 찬 의사를 아랑곳하지 않고 내 길을 걸었다. 또다시 그 무참한 장면을 다시 떠올릴까 두려워 고개를 숙이고 감히 눈조차 들지 못했다.

아! 구석에서 형체가 어렴풋이 떠올랐다…! 이 눈…! 이 입술…!

"이쪽으로…! 이봐요!"

내가 돌아보지도 않자 의사가 나를 떼밀면서 그의 진료실로 데리고 들어갔다. 나는 의자에 털썩 주저앉고 말았다.

격한 충격에 휩싸여 정신이 혼미했다. 어떤 감정이든 그것을 드러내는 것은 불가능했다. 결국 의사의 의학적 설명에 아무런 대꾸도 하지 못했다. 그러나 이 침묵을 일종의 수긍으로 이해한 의사가 수많은 사례와 인용을 쏟아냈다. 참을 수 없어서 불쑥 끼어들었다.

"솔직하게 말씀해주세요. 회복될 가능성이 있습니까?"

"전혀."

"당신이 보기에 치매가 확실한가요…? 전적으로?"

"그 이상이죠."

"이 상태가 계속 유지되나요?"

그가 양어깨를 들어 올리며 회의적인 몸짓을 보였다.

"이런 식으로 몇 년을 끌고 가는 걸 보기는 했는데…. 지금 같은 경우는 몇 달을 넘기긴 어려울 것으로 보이지만…. 그래도 1877년엔…. 제 기억이 맞다면…."

이야기를 더 듣고 있을 수 없어서 모자를 집었다. 게다가 그 공간이 나를 공포로 몰아넣었다. 이 녹색 양탄자, 이 볼품없는 가구들, 사방 벽을 도배한 벽보, 특히 언제나 기괴하고 감정 없는 목소리로 쉴 새 없이 지껄여대는 이 공무원이 여지없이 나를 밖으로 밀었다. 한 시간이나 바깥을 배회하다 다시 사무실로 들어갔다. 그 시간은 마치 수년을 거기에서 살았던 것처럼 느껴졌다.

당장 처리해야 할 문제는 짧게 마무리되었다. 나는 보호자로서 필요한 절차를 이행했고, 비용도 미리 지불했다. 그러고 나서 아버지의 치료를 위해 필요한 조치가 마련된 것을 확인하고 마침내 그 소름 끼치는 문턱을 넘어 밖으로 나왔다.

비가 그쳤다. 짙은 구름으로 뒤덮인 하늘에 벌써 드문드문 새파란 틈새가 열리고 있었다. 중천에서 떨어진 빛이 사물에 생생한 광채와 윤곽을 부여했다. 대기는 부드러웠다. 젖은 흙과 초록의 호두나무, 건초더미의 강렬한 향을 가슴 깊숙이 들이마시며 마을로 향하는 오솔길로 접어들었다.

소나기와 짐수레가 길을 파헤쳐 놓았다. 길 가장자리를 채운 두 개의 바퀴 자국은 흙탕물로 넘쳐났고 나는 첫걸음부터 진창 속에 빠졌다. 하지만 오히려 행복했다. 진창에서 빠져나오려 허우적대는 단 1분 동안이나마 이 악몽에서 벗어날 수 있었기 때문이다. 그럭저럭 마른 땅을 골라 2킬로미터를 걸었다. 아무 생각도 하지 않았다. 심지어 세차게 뛰는 심장 속으로 불안하지만 기이한 평온이 들어서고 있었다. 무슨 일을 마무리하거나 시작할 때처럼 숨을 크게 들이마시고 내뱉자 곧 마음이 한결 가벼워졌다. 나의 과거를 고스란히 간직하고 있는 이 늙고 가엾은 남자가 갑자기 나를 알아보지 못했다. 운명이 우리를 연결하던 매듭을 단번에 잘라냈고 나는 이제 영원히 혼자가 되었다는 것을 느꼈다.

그런 생각을 하는 것이 부끄러웠지만 내가 할 수 있는 게 얼마나 적은지 곧 인정할 수밖에 없었다. 이런 생각을 하는 자신을 아무리 비난하고, 심지어 내 어린 시절의 가장 달콤한 기억을 애틋하게 현재와 연결하려 애를 써도, 114번 문이 묘석보다 더 돌이킬 수 없게 우리를 갈라놓고 있다는 사실엔 아무런 변화가 없었다.

그 어떤 전조도 없이 창졸간 벌어진 일이라는 것만이 내가 이 일을 견딜 수 있게 해주었다. 그 점에서 나는 다량의 독을 섭취한 사람들과 유사했는데 그런 경우 위가 독을 토해내면서 목숨을 건질 수 있지만, 그보다 적은 양으로 중독된 사람들이라면 살아남지 못했을 것이다. 나는 기껏해야 약간의 피로감과 커다란 충격에 수반되는 심리적 통증을 느꼈다. 사실상 슬픔보다는 놀라움이 더 컸고 그마저도 곧 진정되었다.

아마도 화려한 지평선, 광활하게 펼쳐진 하늘, 굽이치는 들판과 그 수확물, 울창한 숲, 사방에서 뿜겨져 나오는 알 수 없는 생기가 내게 도움을 주었다. 나는 정복하거나 이용하거나 자신을 방어할 필요도 없었다. 그렇지만, 로르모에서 나의 발목을 붙잡는 것은 더 없었다. 열차에서 두 번째 밤을 보내야 한다는 번거로움이 없었다면 나는 그날 밤 곧장 떠났을지도 모른다. 결국 하룻밤을 지내기로 마음먹고 고모에게 알리기 위해 집으로 향했다. 폐를 끼치는 것이 아닌지 약간 염려스러웠지만, 그녀가 분주하게 주방을 오가는 것을 지켜만 보았다. 그날 하루의 남은 시간은 마을을 둘러보는 데 썼다. 나는 빠르게 한 바퀴를 돌았다. 여기저기에서 오랜 추억이 떠올랐다. 내가 감탄하면서 그림이 그려지는 광경을 직접 보았던 <장화 신은 고양이> 간판은 이제 갈라지고 퇴색되어 거의 알아볼 수 없는 지경이 되었다. 우리의 애국심에 불을 지핀 중앙분수대와 세 개의 조각상은 가장 유명한 기념물이었으나 그것들은 이제 초라하게 보였고 별다른 인상을 주지 못했다. 푸른 탑, 마르테 다리, 부르주아들이 느긋하게 거닐던 바비에 광장도 마찬가지였다. 북쪽으로 향하는 거리 모퉁이에서 인도를 다 차지하고 걸어오는 거구의 남자와 마주 지나쳤다. 그가 돌아섰다. 나는 그의 얼굴에서 어렴풋이 아주 오래된 무언가를 떠올랐다.

"앗, 베르디에! 어떻게 지냈니… 내가 누군지 기억 안 나?"

"어…. 기억나지…."

"그런 거 같지 않은데…. 나야, 마그닌."

"당연히."

"우리가 만난 지 꽤 됐지! 아직도 파리에 있는 거야?"

"여전히."

나는 붉은 콧수염을 솔처럼 다듬고 유쾌하게 웃고 있는 이 거구의 사내를 바라보았다. 바로 마그닌이었다. 중학교의 그 꼬맹이 마그닌…! 이렇게 변하다니…! 그는 땀을 닦기 위해 모자를 들어 올렸고 그 사이로 머리숱이 없는 이마가 보였다. 그의 손수건이 이제 막 땀으로 젖었다.

"이런, 너를 만난 줄이야!"

'이렇게 변하다니, 시골살이가 사람을 이렇게 만들 수 있는 걸까! 나는 그런 생각을 하고 있었다… 마그닌은 못생긴 꾀죄죄한 아이도, 멍청한 아이도 아니었다. 그런데 지금은 이렇게 추레하고 지저분한 곰이 되었다니!'

"넌 아주 몰라보게 변했구나."

그가 내 생각을 간파하기라도 한 듯 말했다.

"그 정도야?"

"당연하지…! 나이를 안 먹을 수는 없으니!…결혼은 했어?"

"아니. 넌?"

"아이가 둘이야. 여기 얼마나 있을 거니?"

"내일 떠나."

"이런! 아쉽네… 그래, 그러면 또 보자. 만나서 무척 반가웠어."

"그래, 또 보자."

그가 내게 투박한 손을 내밀었다. 나도 손을 내밀었고, 우리는 무덤덤하게 서로의 축축한 손을 맞잡았다. 이어서 알파카 털로 짠 저고리가 들썩거리는 거대한 등이 태양 아래 멀어지는 것을 보았다. 이 우연한 만남으로 약간 멍해진 상태에서 다시 걷기 시작했다. 나 역시 다른 사람들처럼 늙어간다는 사실이 조금 서글펐다.

새로 생긴 전동열차가 요란한 소리를 내는 뒤 페르와 대로를 지나 라빌 오뜨로 이어지는 백 년이 넘는 계단을 통해 시내 중심가로 향했다. 옛날에 나는 이 계단을 단숨에 뛰어올랐었다. 그날은 숨을 쉬기 위해 두 번 정도 쉬어야 했다. 쉬면서 눈으로 도시의 어처구니없는 변화를 실감했다. 예전엔 그토록 멋지고 아기자기한 집들이 하나하나 사라지고 시멘트로 똑같이 지어진 건물들로 채워졌다. 지나치게 밝은 외관들은 졸부들의 노골적인 거만함을 드러내고 있었다. 충치에 시달리는 어금니는 놔두고 멀쩡한 앞니에 금을 씌운다는 말이 있다. 사방에 석고 장식뿐이었다. 청동색만 입힌 장식용 자기들과 모조품들, 과거의 매력을 간직한 흔적들이 사라지고 있다는 것을 느꼈다.

어떻든, 나는 의지보다는 기억에 떠밀려, 뮈소의 집 앞을 지났다. 예전 모습 그대로였다. 하지만 이 과거의 흔적에서 나는 아무것도 떠올리지 못했다. 나는 이미 많은 일을 겪어냈다. 두 시간 동안이나 골목들을 떠돌았고 기나긴 하루는 여전히 그 끝을 알 수 없었다. 집으로 발길을 돌렸고, 내 방에 틀어박혀 있다가 저녁 식사 후에 곧바로 잠들었다.

다음 날 새벽 나는 파리로 출발했다. 로르모는 나를 다시 보지 못했다.

관리인에게서 몇 통의 편지를 건네받았는데 그중에는 몽테삭 부인의 카드가 들어있었다. 그리고 <12세기 프랑스 조각의 역사>의 출판을 제안하는 당발 출판사의 편지를 기쁜 마음으로 읽었다. 이 소식들은 여전히 심한 충격에서 벗어나지 못한 마음을 진정시키기에 충분했다. 나는 몽테삭 부인에게 답장을 쓰기 시작했고 3일 동안 편지를 쓰지 못할 수밖에 없었던 비통한 이유를 알렸다. 나는 그녀로부터 자애로운 질책이 담긴 답장을 받았다. 그 후에 당발 출판사를 방문했다. 그는 나를 추켜세우더니 계약 조건을 내게 설명했다. 그가 제시한 조건이 무척 마음에 들어 그 자리에서 즉시 서명했다. 다음 달까지 원고를 건네기로 했다. 그는 내게서 원고를 받는 즉시 1,500프랑을 지급하기로 했다. 그리고 추가로 상당한 인세를 받기로 했다.

나는 이 일을 마치기 위해 그 전보다 열 배가 넘는 열정을 쏟아부었고 거기에 몰두했다. 메리올의 비극적인 흔적은 점차 내 뇌리에서 지워져 갔다. 나는 당연히 매일 매일 아버지에 대해 생각했다. 하지만 그것은 아주 먼 과거의 이미지, 쇠약한 노인의 초상이 결코 망가뜨릴 수 없는 마법 같은 순간만을 떠올렸다.

이처럼 몇 주가 아주 바쁘게 흘렀다. 3일마다 플랑 레 돈에서 오는 엽서가 내게는 위안이자 즐거움이었다. 나는 그녀의 서명에 입을 맞추곤 했다. 사실 나는 가까이에 있는 몽테삭 부인보다는 나와 멀리 떨어져 있는 몽테삭 부인은 더 열렬히 사랑하고 있었다. 내 사랑의 성격 또한 우리가 마지막 대화를 나누었던 날 이후로 크게 달라졌다는 것을 말해두어야겠다. 그 사랑은 침착한 형태를 띠었다. 나는 이제 울부짖지 않았다. 나는 자신에 차 있었다. 심지어 확신했다. 그 어떤 사랑의 징표에 기대는 것이 아니라 내가 온전히 그녀를 갈망하고 원했기 때문이다. 나는 인내하며 비교적 고요한 상태에서 나의 시간을 기다렸다.

잔느에 대한 기억이 모든 환상을 깼고 소름이 돋았다. 그녀는 어떻게 될까? 불안함 속에서도 가장 낙관적인 상황을 그려보곤 했다. 그러나 이런 꼼수에 익숙하지 않은 나는 제아무리 여러 논거를 들이대고 그것들을 억지로 꿰맞춰도 언제나 회한을 피할 수 없었고, 불안은 사정없이 나에게 파고들었다. 그러나 앞서 내게 주어졌던 몇 가지 기쁜 소식과 내가 몰두하는 일이 아주 빠르게 불안감을 덮었다. 무정함인지 아니면 자연스러운 현상인지, 괴로운 기억은 재빨리 희미해졌고 부드러운 얼굴과 예쁜 눈조차도 점점 묘연해졌다.

아직도 지방에 있는 다르낙의 근황에 대해선 아무것도 모르고 있었지만 내가 편지를 써야 할 차례였기에 불평할 자격이 없었다. 그와는 너무나 많은 것이 엮여 있어서 더 오랫동안 소원해질 수는 없었다. 네 페이지에 걸쳐 로르모에 다녀온 이야기를 전했다. 완곡한 표현으로 그에게 모두 털어놓을 수 있었다. 또한, 그가 관심을 둘만한 주제들도 다루었지만, 절제하지 못했고, 문학에 관해서도 과하게 쏟아냈다. 물론 편지를 보내고 나서야 그것을 깨달았다.

그는 편지를 받자마자 내게 답장을 보냈다.

친애하는 친구에게

당신의 편지에 무척 놀랐고 심한 충격을 받았습니다. 그동안 당신 아버지의 건강 상태로 보아 그 어떤 것도 이번 일을 예견하지 못했다니, 무슨 일이 있었던 것일까요? 무척 힘든 시간을 겪었을 당신을 생각하니 참으로 안타깝습니다. 분명, 죽음이 그런 정신의 쇠퇴보다 더 나을지도 모르겠습니다만 이런 말을 하면서 여전히 당신의 친구라 할 수 있는지 망설여지는군요. 당신의 슬픔을 함께 느끼고 있습니다. 당신이 잘 알고 있으리라 생각합니다. 당신의 편지가 몹시 가슴 아픈 만큼 제가 거기에 없다는 것이 괴롭지만 파리에서 당신과 손을 마주 잡을 날이 어서 오기를 바랍니다.

가엾은 잔느가 죽었다는 소식은 들으셨나요? 이 또한 비통하기 그지없는 소식입니다. 어찌 이리 안타까운 죽음이 있을까요. 그녀가 얼마나 따듯한 마음을 지녔는지는 제가 말하지 않아도 당신이 더 잘 알고 있으리라 봅니다. 당신이 그 누구보다 더 그녀를 우정으로 보살폈다는 것을 알고 있습니다. 그 누구도 그에 필적할만한 것은 보여주지 못했습니다. 그리고 그녀 역시 당신에게 그만큼의 우정을 느꼈다는 것을 알고 있습니다. 이보다 가슴 아픈 이야기가 또 있을까요! 무엇보다 내가 그녀의 장례식에 참석할 수 없었던 것이 마음에 남습니다. 당신이라도 그 자리에 있었더라면. 이 불운한 소녀는 많은 사람을 사귀지도 못했습니다. 아마도 당신이 유일할지도 모르겠군요. 이제는 우리가 꿋꿋하게 견뎌내야만 합니다.

당신이 열심히 일하고 있다는 것을 알고 있습니다. 저 역시 어느 호텔의 발코니에 들어갈 두 개의 여인상을 조각하고 있습니다. 손이 많이 가는 일이지만 제게 꼭 필요한 일이었습니다. 아직도 한 달 정도 더 소요될 것 같습니다. 그 후에 파리로 돌아갈 생각입니다.

언제나 변함없는 당신의 친구,

다르낙.

잔느가 죽었다니! 분명히 그렇게 쓰여있었다. 내 눈이 거짓말을 할 리는 없겠지! 죽었다! 그 끔찍한 단어가 바로 거기에 글자 그대로 종이 한복판에, 그토록 선명하고 명백하게, 그리고 단호하게 자리 잡고 있었다. 그 밖의 나머지는 모두 안개처럼 보였다. 죽었다··! 환하게 웃던 다정한 잔느가 죽었다‥! 그녀의 미소도‥. 그녀의 머리칼도‥. 그녀의 향기도‥. 모두 죽었다‥! 결코 다시는 그녀를 볼 수 없다니! 세상에 존재하지 않는 잔느!

내가 얼마나 깊은 수렁으로 빠져들었는지 당신들이 상상할 수 있을까. 얼이 빠진 채 그 참담한 문장을 열 번이나 다시 읽었다. 그 의미를 받아들이려는 헛된 희망으로 나도 모르게 음절 하나하나를 더듬었다. 나는 사실을 인정하고 싶지 않았으며 그 확연함에 저항하고 있었다. '가엾은 잔느가 죽었다는 소식은 들으셨나요?' 흰 종이 위에 검게 쓰인 글자를 내 마음이 아무리 부인하더라도 그 청천벽력 같은 활자가 매번 심장에 깊게 파고들었다. 잔느가 죽었다‥! 그리고 그 소식이 전하는 공포만으로는 충분치 않은 듯, 불시에, 우연한 편지로, 그것도 거의 추신으로 알아야 했다니!

혼란에 휩싸인 나는 서둘러 마음을 가다듬고 당장 내 앞에 놓인 일들을 떠올렸다. 여느 때라면 일이 확실한 방편이 될 수도 있겠으나 지금은 그마저도 불가능했다. 이것저것 마음을 써야 할 일도, 심지어 몽테삭 부인의 얼굴조차도 내게 아무런 도움이 되지 못했다. 번번이 최악의 상태로 접어들었다.

그 와중에 어느 날은 잔느의 집 관리인을 찾아서 그녀가 어디에 묻혔는지 물어볼 용기를 냈다. 몽파르나스 묘지라는 것을 알아내고 그곳으로 향했다. 하지만 입구에서 알 수 없는 수치심에 사로잡혀 감히 묘지 관리인에게 정확한 장소를 물어볼 엄두가 나지 않았다. 그렇게 45분 동안 불안한 마음으로 그녀의 묘지를 찾아 무덤들 사이를 헤맸다.

몹시 더운 날씨였다. 멀리서 희미하게 들리는 천둥소리는 비바람을 예고했다. 피나무 속에서 새들이 마치 서로 싸우듯 요란하게 지저귀고 있었다. 무더위와 시끄러운 새소리, 이중의 피로감에 짓눌려 걷다가 길가의 무덤에 부딪히곤 했다. 내 눈은 밋밋한 묘비명과 순진한 헌사와 우스꽝스러운 조각상들을 바라보고 있었다.

간혹 묘지를 정리하느라 분주한 검은 상복을 입은 어머니 혹은 부인들이 보였다. 그 손놀림은 정확하게 망자의 자리에 국한되었다. 다른 쪽에선 이웃들이 서로 돕거나 조언을 주고받거나 물뿌리개를 건네고 있었다. 두 명의 노부인이 슬픔에 젖어 먼지를 쓸어내거나 마른 월계수를 옮겨 담기 위해 손을 덜덜 떨며 그들에게 남아 있는 온 힘을 모으고 있었다.

그런 세세한 장면들이 아주 선명하게 드러나고 있었지만, 아무 생각도 들지 않았다. 나는 계속해서 무턱대고 걸었다. 모퉁이를 돌자 어느 공터의 가장자리에 닿았다. 이곳은 최근에 묻힌 사람들의 묘역이었다. 나는 깜짝 놀라며 멈춰 섰다.

잔느가 여기 누워있다, 마음이 먼저 그렇게 말하고 있었다. 하지만 이 묘지 중에서 어디에 그녀가 있을까? 작은 회색 봉분들이 줄지어 놓여있었다. 모두 같은 모양이었다. 그날의 꽃과 선명한 에델바이스 화관, 하얀 종이로 감싼 화병이 상품 진열대와 닮아 보였다. 어떤 이들의 묘 앞에는 나중에 화단이 될 초록의 새싹들이 돋고 있었다. 흔적을 찾으며 몇 걸음을 떼었다. 묵직한 발목으로 버티고 서서 무릎 사이에 치마를 접어 넣고 새싹에 물을 조금씩 뿌리고 있는 어느 뚱뚱한 부인을 피해 가야만 했다. <우설 통조림>, 도구를 보관하는 통조림통 옆면에 쓰인 문구를 읽었다. 그녀가 나를 향해 땀에 젖은 얼굴을 들어 올렸다. 우스꽝스럽고 고집스러우면서도 고통스러운 얼굴이었다.

　나는 부서진 콘크리트에서 비져나온 낡은 철사에 발이 걸려 쩔쩔매다가 부서진 화분 조각을 밟고 말았다. <나의 남편에게> 장식적인 글씨체 위로 생뚱맞은 노란색의 양철 왕관 그림이 놓여있었다. 이게 어디에 있었을까…? 나는 주변을 둘러보았다. 왼쪽에도, 오른쪽에도 아무것도 없었다. 난감해진 마음에 거칠게 돌아섰는데 그로 인해 잠시 공간감을 잃고 크게 한 바퀴를 돌았다. 자세를 바로잡으려 했으나 헛수고였고 너무 늦었다. 이미 나는 데이지꽃을 뭉개고 있었다. 피해를 줄여보려고 시도했지만, 오히려 가장자리의 제비꽃을 망치기만 할 뿐이었다. 결국 시네라리아 가지를 부러뜨렸다. 발이 엉키면서 앞으로 꼬꾸라졌으나 다행스럽게 손으로 땅을 짚을 수는 있었다. 거의 무릎을 꿇고 있었다. 그때 하얀색 바탕에 검은색 구슬로 장식된 글자들을 읽었다.

<잔느 바르궤이, 열아홉 살>

　나는 황급히 몸을 일으켜 세우려 했다. 역시나 어설픈 동작으로 주변의 화초를 모조리 짓밟아 버렸고 그 자그마한 화단에서는 아무것도 살아남지 못했다. 곧바로 모자를 집어 들었다. 상황을 깨닫고 마음이 가라앉길 바라며 모자를 돌려가면서 먼지를 계속해서 쓸어냈다. 그러나 내가 무엇을 하든 그 묘비명은 의심의 여지 없이 존재하고 있었다. 가엾은 잔느가 여기 잠들어 있다. 이 황폐한 땅 아래, 그것도 내가 무참히 밟아 버린 이 작은 묘지 아래.

　정신이 몽롱해진 나는 그저 멍하게 내가 초래한 이 죽음 위에 꼼짝없이 서 있었다. 나는 거기 적힌 네 개의 단어를 철자 하나하나 되뇌었다. 마치 착오가 있기라도 한 듯, 사실이 아니길 바랐고 심지어 비현실적인 신의 장난이 아닐까 생각하기에 이르렀다. 다행히도 경비원처럼 보이는 사람이 근처에 나타나면서 정신이 돌아오기 시작했다. 나는 갑작스러운 소동이나 소란스러운 일이 생길까 두려웠다. 재빠르게 상황을 정리하려고 애썼다. 손톱에 낀 흙을 긁어내고 신발에 묻은 흙을 닦아냈다. 짓밟힌 작은 꽃들을 다시 일으켜 세우면서 비통한 시네라리아를 본래대로 바로잡으려 했으나 불가능했다. 가지를 꺾어서 줄기 옆에 나란히 놓을 수밖에 없었다.

　나는 뿌리가 뽑혀버린 꽃들에서 두세 송이를 주워 주머니에 넣었다. 그런 식으로 자신을 추스르고 나서 해야 할 일을 찾지 못해 출구로 향했다. 그 와중에 어쩔 수 없는 상념에 젖을 수밖에 없었다. 그 몇 분 동안, 이 가슴 아픈 이야기를 온전히 되살려냈고 고통의 순간들을 다시 느꼈다. 원고를 팔에 끼고 다르낙의 집으로 들어갔을 때, 창문에서 또렷하게 떠오르는 잔느의 눈부신 모습과 윤기가 흐르는 짙은 머릿결을 다시 보았다. 일이 끝나자 민첩하게, 미소를 머금은 눈으로 감사를 표하는 그녀를 다시 본다. 그리고 갑자기 내가 끼어들고, 추락, 외침, 살이 타는 냄새, 그리고 그늘 속 붉은 소파에 누운 창백한 육체! 이어서 병원, 불안에 떤 밤들, 섬뜩하고 치명적인 방문⋯!

'누가 제게 그러더군요, 갈색 머리 남자가 널 죽일 거라고!' 피폐해진 나는 눈을 들어 자연에 위로를 구했다. 하늘은 새파랗고, 바람 한 점 없이 열기로 가득 찬 대기 속에서 멀리 지붕들과 벽들 위로 보이는 공장의 굴뚝들이 마치 흡연자처럼 연기를 뿜어냈고 그 연기는 곧바로 대기 속으로 사라졌다. 대로 위로 전차가 코너를 돌아 사라졌다. 묘원을 나서면서 편백 나무 그들 아래 시선이 닿았다. 두 팔로 시클라멘 화분을 감싸고 인도에 서 있는 잔느 어머니를 알아보았다. 오래전 잔느의 침대 머리맡을 지키고 있던 그 모습이었다. 가난한 과부의 옹색한 상복을 입은 그녀는 나를 알아보지 못하고 내 앞으로 지나갔다. 나는 그녀가 묘원으로 들어갈 때까지 뒤따랐다. 여윈 등에 어깨뼈가 도드라졌다. 그녀의 옆 모습은 나이에도 불구하고 잔느의 옆모습을 떠오르게 했다. 여전히 사랑스러운 딸에게 깜짝 선물을 해주려는, 어머니의 기쁨에 들뜬 눈빛으로 울퉁불퉁한 길을 조심스레 따라가고 있었다. 불쌍한 어머니와 서글픈 미소, 아⋯! 제가 먼저 다녀갑니다⋯.

저녁은 최악으로 치달았다. 곧 닥칠 것만 같았던 폭풍우는 오지 않았고 들끓는 대기를 식힐만한 것은 아무것도 없었다. 밤늦도록 나는 술집을 전전했고 마침내 이런 상황에 대한 초라한 궤변을 늘어놓기에 이르렀다. 이 상황에 맞서 싸우려고 드는 것은 아니었다. 절대! 나는 이 불운의 악순환을 너무나 잘 알고 있었다. 나는 이해하고 싶었고 그 이유를 알고 싶었다. 그렇다. 왜, 왜냐고? 어떤 사나운 운명이 내 삶을 지배하는 것인지, 이 모든 살육과 피의 법칙은 어디에서 오는 것인지, 내가 어떤 질병에 걸린 것인지, 아니면 내가 그 어떤 사악한 유전의 운반체인지.

유전! 이 단어가 나를 붙들었다. 그리고 곧바로 메리올의 음습한 형체가 부조처럼 떠올랐다. 이마에 땀이 흘렀다. 나는 결코 아버지를 그런 식으로 떠올린 적이 없었기 때문이다. 그 자리에 얼어붙은 채 소름 돋는 망상에 사로잡혔다. 그 순간, 사람들 사이에 불행을 심는 나의 광기와 독방의 자물쇠 아래 꺼져가는 광기가 같은 곳에서

도장이 찍힌 분동이라는 확신을 떨쳐낼 수 없었다.

그러한 유산의 짐을 최초로 짊어진 조상이 누구인지 찾아볼 엄두는 나지 않았다. 하지만 현재의 수탁자이자 재앙의 전파자인 나는 불가해한 법칙에 귀속된 형태로 자신을 달구고 있었다. 이후로 나의 자손들에게 물려 질 것이고 나의 성을 딴 사람들은 영속적으로 자신의 임무를 수행할 것이다. 이 얼마나 단순하고 명백한가! 나는 이 발견을 분명히 각인하기 위해서라도 많은 술을 마셔야만 했다. 더 나아가 그것을 잊기 위해서도!

이런 종류의 방황은 내게 일상적이었다. 내 삶이 그것으로 짜였다고 말할 수도 있다. 하지만 이번엔 그 정도를 넘어섰다. 내가 가지고 있는 평소의 해법 중 그 어느 것도 효과가 없었다. 그런데도 나는 가용한 모든 방법을 동원했다. 몽테삭 부인의 다정한 말과 그녀가 돌아온다는 기별은 잠시나마 나에게 위안이 되었으나 벌써 그 싱싱한 꽃이 시드는 것을 느꼈다. 내가 그려보았던 기쁨에 좀이 쓸고 있었다. 악몽에 시달린 나는 최악의 상황만을 떠올리고 있었다. 나는 그녀를 만나는 것이 두려웠다. 나의 애정이, 이번에는 그녀를 죽일지도 모른다는 두려움으로.

그러나 너무나 보고 싶은 마음에 그녀가 도착한 그날 저녁에 그녀의 집 초인종을 눌렀다. 짐들이 어수선하게 널려 있는 가운데도 그녀는 나를 다정하게 맞아주었다. 그녀가 나를 바라볼 때 내 안에 평화와 행복이 충만하게 흘러넘쳤다. 그 집에 머문 시간은 아주 짧았으나 마음을 진정시키기에는 충분했다. 너무 과하게 긴장이 풀렸는지 그녀가 나를 부드럽게 계단 쪽으로 밀어낼 때까지 중구난방으로 떠들어댔다. 나는 집으로 돌아왔다. 내 손은 여전히 그녀의 온기를 간직하고 있었고 그녀의 향기가 사라질까 두려워 숨도 쉬지 못했다.

나는 그녀를 얼마 후에 다시 만났고 내 불행에 대해 자세히 이야기할 수 있었다. 그녀는 내가 전해준 이야기에 눈물을 글썽거렸다. 나는 그 이야기를 극단적으로 밀고 나가는 것도 개의치 않았다. 나의 심정과 절망, 외로움의 공포를 격렬하게 표현했다. 로로모에서 겪은 일과 공동묘지에서 보냈던 험난한 오후에 관해 이야기했다. 감정에 사로잡히고 북받쳐 이번에는 내가 손수건을 꺼내 들어야 했다.

몽테삭 부인은 함께 슬퍼하며 위로를 아끼지 않았다. 말 그대로 나는 그녀의 애정을 가로챘다. 그러나 내가 아무리 과도하게 그녀의 애정을 남용하더라도 그녀는 여전히 거기에 답할 준비가 되어있었다. 그렇게 장시간 우리는 서로의 심중을 털어놓을 수 있었다. 아니, 그녀가 내게 동정을 표할 틈을 주지 않고 주로 내 이야기만 쏟아냈다고도 할 수 있을 것이다. 그렇게 이야기를 나누다 보니 어느덧 저녁이 되었다. 나는 일어설 채비를 했지만 몽테삭 부인이 저녁 식사에 초대했기에 흔쾌히 응했다. 우리는 램프 아래에서 저녁을 마쳤다. 그녀의 남편은 언제나 더할 나위 없는 기분으로 내 재능에 대해 과도한 찬사를 늘어놓음으로써 잠시나마 나의 회한을 잠재울 수 있게 했다.

삶은 살금살금 빠르게 회복되었다. 한편으로는 당발과 자주 만났는데 <프랑스 조각의 역사>에서 12세기 부분을 마무리하는 문제를 의논했고 특별히 문제가 될 만한 일은 없었다. 오랜 시간 공을 들여야 하는 일이라 머릿속이 분주해졌다. 내 불행에 관한 생각보다는 일 생각을, 과거보다는 미래를 더 생각하게 되었다. 모든 일이 순조롭게 이루어지지는 않았다. 나는 자주 우울했고 의욕 저하를 느끼며 주저앉는 순간도 있었지만, 그 역시 점점 드물어졌다. 나의 운명에 연연해하지 말라고 나를 부추기는 이기주의가 수많은 이유와 더불어 솟아나는 것에 아주 놀랐다.

　내가 서슴없이 고백할 수 있는 것들은 방금 위에서 말한 것들이지만 몽테삭 부인이 세심하게 주의를 기울인 우리 관계의 플라토닉한 면에 괴로움을 느끼기 시작했다. 나는 혈기 왕성한 남자였다. 여전히 순수하고 사소한 육체적 접촉들은 내 피를 뜨겁게 덥힐 뿐이었다. 말할 것도 없이, 나는 그 욕망과 싸웠지만 현명함은 나의 강점이 아니었기에 플라토닉한 사랑은 멀게만 느껴졌다.

　우리는 일주일에 두 번 만났다. 내게는 축복과 같은 날이었다. 그 사이 나는 몸이 달아올랐고 매번 이번에는 꼭 사랑의 결실을 얻겠다는 확고한 의지를 다지며 그녀의 집에 들어섰다. 물론, 앉자마자 내 계획을 실행에 옮겼지만 포기하기까지는 채 5분도 걸리지 않았다. 그녀는 작은 손짓만으로도 나의 호언장담을 잠재울 수 있었다. 그러면 수탉은 애원하게 되는 것이다. 기껏해야, 절박한 목소리로 외쳐야 할 고백을 중얼거릴 뿐이었다. 나의 참담함 심정에 연민을 느낀 그녀는 내게 미안함을 표하거나 간혹 따뜻한 손에 입을 맞출 수 있게 해주었다. 이런 자잘한 표현들에 만족한 나는 아주 자랑스럽게 집으로 돌아왔다. 나는 내 탁자 위에서만 자신감을 되찾았고 내가 해야 했던 말을 발견했다. 나는 그 말을 나의 연인보다는 관대한 나 자신에게 들려주기 위해 그곳을 떠나왔다는 것을 단번에 확인할 수 있었다.

이전에 반쯤 성공했기에 직접적인 설득으로 새로운 시도를 할 수 있다고 생각한 것은 사실이다. 시간이 늘어지며 따분해진 대화는 실패의 전조처럼 보였다. 나는 멀리 가지도 못했고, 그런 시도를 감행했던 나 자신을 무척 원망했다. 그녀가 아주 냉담하게 반응해서 아주 민망한 표정으로 의자에 다시 앉아야만 했기 때문이다. 나는 다시 시도하지 않고 침묵했다. 물론 이런저런 마음의 동요가 있었지만 결국 허울뿐인 잠정적 연인의 역할을 받아들여야만 했다. 마음을 다스릴 수 없어 그저 한숨만 내쉬는 것으로 만족하며 내 연애를 운에 맡기는 수밖에 없었다. 나중엔, 분을 못 이겨 상황을 좀 더 긍정적인 관점에서 바라보고 또 전후 사정을 뒤바꿔보려고 애썼다. 아무리 좋은 의도로 그 순간을 아름답게 꾸미려 했지만 기진맥진해졌고 자신감을 회복할 만한 것은 아무것도 떠오르지 않았다. 결국, 이 새로운 시도는 도약의 전기를 마련해주지 못했다.

거기서, 나는 여전히 과거를 이용했다. 이 불운을 합리화하기 위해서는 과거로 뛰어들어 줄줄이 끄집어내기만 하면 되었다. 비달, 위베르탱, 뮈소, 잔느, 그리고 내 아버지가 딱 필요한 순간에 발굴되어 나에게 도움을 주었다. 그들 덕분에 기만적인 가면을 쓰고 용의주도하게 내 실패를 덮을 수 있었고, 어쩔 수 없는, 불가피한 체념이라 서둘러 판단하면서 자존심을 유지했다.

나는 이 부분을, 일이 벌어진 후, 나중에 죽음을 결심한 전날 썼다. 내가 보고 느낀 사실 그대로 쓰고 있지만 너무 고통스러운 나머지 나와는 무관한 다른 것들을 섞었을 수도 있다. 최선을 다했을지라도 진실이 전부 진실이 되는 것은 아니다. 정확하고 단순하게 말하자면, 나는 아주 불쌍한 청년이었다

원인이 어디에 있든 나는 온몸으로 고통을 받았고 사소한 위안은 아무런 도움이 되지 않았다. 질투는 나에게 주어진 권리라도 되는 듯 내 마음 언저리에 의심 많은 감시인을 세워두었다. 누구라도 그걸 알 수 있었다…! 그녀가 누군가의 이름을 말하는 것을 듣고 숨이 막혀 자리를 박차고 나온 적 몇 번이던가. 나의 의심은 그 누구도 피하지 못했다. 어느 날인가 한번은, 옆에 없다는 것을 너무나도 안타까워했던 바로 그 다르낙이었다. 온종일 그를 미워했었다. 그리고 나의 증오는 또 다른 사람에게로, 연이어, 종잡을 수 없이 이 사람에서 저 사람으로, 아무 상관도 없는 사람들에게로 옮겨 다녔다. 사소한 일조차 터무니없는 망상으로 치달았다. 심지어 예센을 의심하기도 했다. 느끼한 예센…. 단지 복도에서 마주쳤을 뿐인데…!

나는 그녀에게 이렇게 말했다.

"왜 나를 사랑하려 하지 않는 거죠? 내가 당신에게 충실하지 않았던가요? 내 감정이 그것을 증명하지 않았습니까? 당신을 알게 된 그 밤부터 당신을 사랑한 내 감정이 보잘것없는 것이라 말할 수 있나요? 그래요, 의심스러울 수도 있죠. 간혹 저의 태도가 당신을 언짢게 한 적도 있지만 그것이 내 사랑의 증표라는 것을 이해하지 못할 정도로 당신은 너무나 과민하게 반응했습니다. 게다가, 저 또한 몹시 고통스러웠다는 걸 모르시나요? 제 삶에는…. 온통 슬픔과 가혹함만이 있습니다. 유일하게 당신만이 그 안에서 다정하고 온화한 존재로 남아 있습니다. 이렇게 내 모든 희망을 포기해야 하는 것일까요? 최악의 불운을 안겨주는 사람이 당신이란 말입니까?"

이 가엾은 부인은 그녀가 할 수 있는 만큼 최선을 다해 답했고 나를 달래려고 애썼다. 나 역시 차분하게 마을을 가라앉히려고 했으나 서로가 서툴렀던 것인지 어떤 어색함이 우리의 대화를 중간중간 가로채면서 서로의 말을 제대로 이해하지 못하게 만들었다. 다시 한번 열렬하게 고백하려 했지만, 그녀가 화를 낼까 두려워 포기했다. 그녀로서는 나에게 상처를 줄지도 모른다는 두려움 못지않게 정숙한 여인의 올곧은 의지로 자신을 방어하고 있었고 나는 용기를 거의 잃어버렸다. 그렇게 우리는 서로 마주 바라보고 있었지만, 마음은 이 기이한 사랑의 영역에서 정처 없이 허공을 헤매고 있었다. 우리는 마치 어설픈 공격을 후회하는 두 명의 초보 펜싱 선수들 같았다. 나는 공격에 서툴렀고 그녀는 반격에 서툴렀다.

그러나 모든 것은 상대적이기에 나는 작은 것에 만족했다. 더 욕심을 내지 않았고 잃지 않는 것만으로도 충분했다. 물론 나는 그 어떤 희망도 포기하지 않고 굳건한 후보자로 남았지만, 선택의 날이 언제가 될지 너무 멀고 의심스러워 그것을 더는 기대하지 않았다. 그렇게 하루하루 작은 성과에 만족했고 내가 얻은 아주 작은 것에도 행복해했다. 게다가 나는 사랑을 받지 못하는 아이처럼 내 흔적을 아주 열심히 남겼고 내 주변을 엉망으로 만들었다. 그렇게 해서 내 주변 사람들에게 해를 끼치지 않은 것만으로도 다행이었다. 다른 모든 것이 그렇듯 나는 내 운명을 감내하며 내 길을 가고 있었다. 모든 사람이 그렇지 않은가, 자신을 짓누를 필요가 있을까?

계절이 바뀌었다. 내 삶은 나름의 양식을 갖추고 있었다. 나는 완전히 그에 따라 움직였다. 두 부분으로 나눌 수 있었는데 하나는 정해진 날에 그녀를 방문하는 것이었고, 다른 하나는 겨울에 출간된 내 책에 관련된 일을 하는 것이었다. 서점에 진열된 나의 책을 보는 것은 무척 감격스러운 일이었다. 나에게 제공된 열권의 증정본 중에서 가장 깨끗한 한 권을 골라 그녀에게 전달하기 위해 달려갔다. 그녀는 마치 아주 귀중한 물건처럼 그 책을 조심스럽게 받았지만, 그녀의 열띤 환호와 반짝이는 시선에서 그녀가 일종의 자부심을 느끼고 있다고 생각했으며 이런 것들이 나에게는 일종의 또 다른 보상이었다.

"당신은 이미 제 인생의 절반을 소유하고 있습니다. 여기 나머지 반을 가지고 왔습니다. 이제 당신은 모든 것을 가지고 계십니다."

내가 그녀에게 말하자 그녀는 농담으로 응수했다.

"오! 계단을 올라오면서 준비한 말 같군요."

나는 책을 펼쳤다. 그리고 그녀에게 표제의 뒷면에 놓인 증거를 보여주었다.

"보세요."

"뭐죠?"

"이 작은 그림."

"포도송이 같군요."

"등나무예요."

"아!"

"첫날 밤 보았던 당신의 등나무죠. 기억나세요? 제가 직접 그렸습니다."

"다시 보여주세요."

"하나하나 따로 찍었습니다 열 한 번이나."

"아주 훌륭하군요."

"내 작품 속에 당신의 어떤 부분을 넣고 싶었습니다. 당신의 이름을 밝힐 수 없어서 이 꽃을 선택했죠"

그녀는 커다란 눈을 들어 열정에 찬 고백을 간파한 듯 부드럽고 흐뭇한 시선으로 나를 바라보았다.

"제 책에서 '아름다움'이라는 단어를 쓸 땐, 언제나 당신의 얼굴이 떠올랐습니다, 페이지마다, 보세요…"

책장을 넘기며 문장 중간중간에 그런 부분이 얼마나 많은지 그녀에게 보여주었다.

"여기…. 여기…. 그리고 여기도…"

"그러면 여긴 어때요?"

그녀는 약간 놀리듯 손가락으로 한 부분을 가리켰다.

내가 그 부분을 읽었다.

당시의 몇몇 작품들에서 발견할 수 있는 기괴하고 엄밀히 말해 너저분한 특징….

"이 부분도 저를 생각하면서 쓰신 건가요?"

"그 부분은 내가 당신의 집에서 돌아온 밤마다 슬픔에 잠겨서 쓴 것입니다."

"복수인가요?"

"아니요. 그저 나의 고통에 대해 생각했습니다. 이런 글…"

나는 계속해서 읽어나갔다.

당시의 몇몇 작품들에서 발견할 수 있는 *기괴하고 엄밀히 말해 너저분한 특징*을 현재의 비평적 기준으로는 올바르게 평가할 수 없다. 우리가 고려해야만 하는 시간과 공간의 요소들이 있다. 20세기는 이 중세적 영혼들의 심오한 원동력을 명확하게 규명하기엔 역부족이다. 상징에 대한 믿음으로 익명의 작가는 자신의 내밀한 의미를 그와 같이 표현할 수밖에 없었는지도 모른다. 또, 우리를 놀라게 하거나 당황하게 만드는 표현들로 오늘날 <영혼의 상태>라 불리는 것을 교회 재단에 새겨넣어야 한다고 믿었는지도 모른다.

　"무슨 의미인지 아실겁니다, <영혼의 상태>."
　"오, 당신을 당해낼 도리가 없군요!"
　그녀는 웃음을 터트리며 책을 덮었다. 저녁이 되자 예상대로 셋이서 저녁을 먹었다. 몽테삭 씨는 디저트로 포도주를 마시며 열 시가 되도록 두서없는 이야기들을 큰 소리로 떠들더니 시계 종소리에 깜짝 놀라 일어섰다. 늦었다는 푸념을 늘어놓으며 서둘러 외투를 찾아 입고 그가 사업이라고 부르는 그 유명한 밤 모임으로 달려갔다.
　피곤해 보이는 몽테삭 부인이 휴식을 취하도록 하는 게 좋을 것 같다고 생각하고 곧바로 나 역시 그 집을 나섰다. 집에서 혼자 외롭게 책장을 넘기는 것도 나쁘진 않았다. 그러다 보니 꽤 늦게까지 책을 읽었다.
　일에 매달리느라 지극히 무미건조한 시기가 이어졌다. 그에 대해서는 간단하게 언급만 하고 지나갈 것이다. 더구나 이야기를 서둘러야 할 때가 되었다. 당발은 내게 <프랑스 조각의 역사>를 의뢰했고, 우리는 일 년 안에 마무리 짓는 계약을 맺었다. 쓸데없이 시간을 낭비하지 않기 위해 기본적인 자료들을 모으기 시작했다. 그 어느 때보다 더 자주 도서관을 드나들며 더 많은 자료와 사진을 수집했다.

나는 이 작업에 혼신을 기울였고 너무 집중한 나머지 작가의 직업병에 걸리고 말았다. 책을 들고 읽거나 팔을 받치고 쓰느라 왼쪽 어깨가 지나치게 튀어나오기 시작했다. 때때로 인쇄상태가 나쁜 자료들을 정리하면서 시력이 나빠졌고 안경을 사용해만 했다. 그리고 내 이마엔 두 줄의 주름이 수직으로 깊게 파였고 그 흔적은 사라지지 않았다. 거리를 걸을 땐 무거운 발걸음으로 머리를 숙이고 걸었다. 우연히 어느 상점의 진열대 유리에 비친 내 모습은 형체를 알아볼 수 없을 만큼 칙칙한 물체처럼 보였다.

파르테논 잡지사로부터 받은 원고료는 그대로 남겨두었다. 따라서 나는 두 군데서 수입을 얻고 있었다. 경제 사정이 나아지고 있어서 저축을 시작했다.

10월에 돌아올 예정이었던 다르낙은 두 번째 편지에서, 감당할 수 없을 정도로 일이 많아 체류를 무기한 연장할 수밖에 없다고 알려왔다. 나는 연로하고 병든 그의 어머니의 상태가 그 결정에 영향을 미쳤으리라 생각했다. 은연중 그런 암시를 내비쳤었다. 진짜 이유가 무엇이든 나는 이 소식에 크게 실망하지는 않았다. 한편으로는 꽉 찬 일과와 분주한 일상이, 다른 한편으로는 나의 사랑을 들키지 않으려는 두려움이 그의 부재를 안타까워하는 것보다는 컸다. 또한 다르낙은 내게 늘 경외심을 불러일으켰는데 나는 그의 비평이 염려스러웠고, 그의 어떤 태도는 나를 불편하게 했다. 어떻든 약간은 무거운 마음으로 그가 멀리 있는 것이 오히려 더 나은 일이라 생각했다.

당발은 <프랑스 조각의 역사>를 의뢰하면서 대중적으로 쉽게 접근할 수 있는 책을 만들고 싶다는 자신의 희망을 내비쳤는데 그가 제시한 이유는 매우 타당했다. 그러나 부실한 책이 되지 않도록 하기 위해선 더 많은 자료가 필요했다. 파리의 박물관이 내게 상당한 자료를 제공해서 잘 활용했지만 적어도 지방에 몇 차례 다녀와야만 했다. 이틀씩이나 몽테삭 부인을 만날 수 없다는 것은 그리 썩 내키지 않은 일이었다.

그리하여 나는 출장을 최소한으로 제한했고, 여정을 서둘러 마치고는 돌아오는 길에 옵세르바퇴르 거리로 달려가곤 했다. 그러나 불가피하게 낭시로 떠나야만 했다. 내가 반드시 확인해야 하는 16세기의 몇몇 조각이 그곳 공작의 성벽에 남아 있었다. 낭시를 거쳐 메츠까지 다녀오더라도 3일이면 충분했다. 이 여정을 마무리 짓고 돌아오자마자, 아버지가 돌아가셨다는 것과 이틀 전에 장례를 지냈다는 소식을 듣고 큰 충격을 받았다.

내가 느낀 고통은 그 소식 자체보다는 장례식에 참석하지 못하게 된 이 황당한 상황이었다. 이유는 짐작할 수 있을 것이다. 아버지의 고통이 끝났다는 것은 아버지에게도 그러했겠지만, 내가 고통에서 벗어났다는 것을 의미했다. 물론 아버지의 죽음에 대해 안도감을 느꼈다는 생각에 나는 심한 자괴감을 느꼈다. 불행이 하나 더 늘어난 원인은 명명백백했고 나는 착각하지 않았다. 때때로 운명을 잊거나 다른 데 마음을 쓰는 일이 있었지만, 운명은 반대로 나를 놓아주지 않았다.

아버지는 이미 땅에 묻혔고, 나는 그 불행한 마을에 갈 이유가 딱히 없었다. 그래서 상속과 관련한 세부적인 문제들을 우편으로 처리했고, 공증인은 최종적으로 대략 9천 프랑의 연금이 내게 주어질 것이라 것을 알려주었다. 이는 큰 금액이었다. 이로써 늘 짜증스러웠던 금전적인 문제에 신경을 쓰지 않아도 되었다. 내 수입은 두 배가 되었고, 나의 권한도 커져서 당발에게 책의 인세 인상에 대해서 말하자마자 그는 곧바로 수용했다.

내 이름이 널리 알려지기 시작했다. 독일의 어느 출판사가 <12세기 프랑스 조각의 역사> 번역 출판권을 요청해서 출간 계약을 맺었다. 그 외에도 여러 방면에서 내게 적지 않은 제안들이 들어왔다. 나는 그것이 밝은 미래의 징조라 여겼고, 이 부드러운 바람으로 원기를 되찾아 인생의 항로를 다시 정하고 새로이 돛을 폈다고 믿었다.

어느 날, 루브르 박물관에 가기 위해 생 페르 다리 위를 지나고 있을 때 낯익은 여인이 몇 발짝 앞서 걷고 있는 것을 발견했다. 서둘러 그녀 옆쪽으로 걸어갔다. 나는 그녀가 몽테삭 부인의 언니임을 알아보고 인사를 건넸다. 곧바로 그녀의 하녀가 자리를 피해줬다.

"베르디에씨! 여기서 보게 되다니 정말 반갑군요."

"다정하게 맞아주셔서 감사합니다, 부인."

"어떻게 지내세요…? 여전히 일이 많으신가요?"

"네, 늘 그렇죠."

"그렇군요. 당신이 아주 성실한 분이라는 걸 알고 있습니다. 당신의 그 훌륭한 책을 저도 읽었습니다. 마르트가 제게 빌려주었죠. 그녀를 만났나요?"

"이틀 전에 보았습니다. 그리고 오늘 저녁에 함께 식사하기로 되어있습니다."

"우리는 당신 이야기를 자주 한답니다. 동생은 당신에게 상당한 우정을 갖고 있습니다."

"저 역시 그 우정에 보답하고 있습니다, 부인. 맹세코."

"당신 말이 맞아요. 올여름, 플랑 레 둔에서 우리가 당신을 기다리며 즐겁게 보내는 동안 당신에겐 비보가 전해졌죠. 당신의 아버지가 돌아가셨다는 소식을 들었습니다. 안타까운 일이…"

"제 아버지의 상태로 봐서는 고통에서 벗어나신 것이나 다름없습니다. 부인."

"그렇죠."

다소 무거운 이야기를 나누다 보니 어느덧 다리를 지나왔고, 도로를 건너려고 주위를 살피고 있었다. 신호등이 들어오고 내가 그녀에게 길을 내주려 할 때, 이 친절한 부인은 자신은 전차를 타야 한다고 말했다. 나는 그녀를 매표소로 안내했고 바로 그녀와 헤어지고 싶지 않아서 잠시 그녀 옆에 앉았다. 우리는 격식에 너무 얽매이지 않고 좀 더 자연스럽게 대화를 주고받았다.

"여름 내내 파리에만 머물렀나요? 무더위로 고생하셨을 것 같은데요."

"그런대로 견딜 만했습니다."

"플랑 레 둔의 날씨는 아주 쾌적했답니다. 아름다운 해변에 사람도 별로 없었고…"

"그곳을 찾아온 사람들이 있었나요?"

"많지는 않았어요, 하지만 아주 좋은 분들이었죠. 혹시 리샤르디에 씨를 아시나요?"

"아니요."

"그럼, 람벨 씨는?"

"람벨 씨요?"

"매력적인 젊은 분이죠, 마르트와 아주 친한 친구죠. 열흘 정도 머물렀습니다."

람벨…! 그 이름이 총알처럼 내 눈을 파고들었다. 곧바로 몽테삭 부인의 옆에 찰싹 달라붙어 있는 반질반질하고 아둔한 얼굴이 떠오르면서 그의 목소리가 들렸다. 그의 물방울무늬 넥타이와 웃음 띤 얼굴이 보였다. 그러자 엄청난 증오의 파도가 그 이미지를 삼켜버렸다. 그리고 모든 것이 붉은 파도 속으로 사라졌다.

아무것도 모르는 부인이 다시 이야기를 이어갔다.

"우리는 아주 재밌는 시간을 보냈답니다. 람벨 씨는 유쾌하고 활력이 넘치는 사람이죠… 어느 날인가는 나와 마르트, 그리고 람벨 씨 이렇게 셋이서 일곱 시간이나 바다에 머물렀답니다. 배 위에서 말이죠. 조수 때문에 돌아올 수 없었답니다… 얼마나 웃었던지…! 생각해보세요. 한밤중에 그랬다니! 아, 잊고 있었군요. 전차가 도착했네요."

그녀가 일어섰다. 나는 기계적으로 그녀를 따라 일어섰고 그녀가 승강장에 오를 수 있도록 도와주었다. 내 마음은 다른 곳을 날고 있었다. 그녀가 손을 내밀었지만 마치 상자를 받듯 아무런 답례도 하지 않았다. 기차가 움직일 때까지 그녀가 계속해서 쏟아놓는 말들은 귀에 들어오지 않았다. 나는 레일 위로 행복한 인형 같은 얼굴이 멀어져가는 것을 바라보았다. 그녀는 손수건을 두 번 흔들며 작별 인사를 전했다. 나는 그에 답할 힘도 내지 못하고 꼼짝없이 그 자리에 서 있을 수밖에 없었다… 결국 자동차 한 대가 나를 밀어냈다. 나는 매표소를 지나 평소처럼 걷기 시작했다. 카루셀 광장에서 어디로 가야 할지 몰라 망설였다. 아! 루브르, 그렇지! 나는 루브르 입구 근처로 향했다. 정문에서 마음을 바꿔 반대 방향으로 발걸음을 돌렸다.

녹초가 된 다리를 끌며 아무런 의욕도 없었지만, 뇌만은 요동치고 있었다.

아! 람벨! 기꺼이 내 손으로 끝장을 냈어야 했는데! 그녀의 정부라니! 이 거지 양아치 같은 놈⋯!

내 손톱이 피부를 파고들었다. 분노에 차서 손톱을 피부에 박아넣고 목을 조르는 상상을 하며 희열을 느꼈다. 이 겉멋만 든 놈⋯!

그리고 나야말로 아무것도 보지 못한 순한 짐승이라니⋯. 사랑에 눈이 먼 순진하고 우스꽝스러운 꼴이라니! 거기 플랑 레 듄에서 그들은 밤마다 내 명함을 보고 웃음을 터트렸겠지⋯!

곧이어 예센의 번들번들한 얼굴이 나타났고 큰 웃음소리가 다시 들렸다.

'그리 나쁜 일은 아니죠⋯!'

'요셉⋯!' 또 다른 목소리가 말했다. 나는 이마를 한번 쓸어내리고 센강 좌안의 강둑을 따라 걷기 시작했다. 나는 일종의 호전적인 취기에 사로잡혔다. 고삐가 풀린 듯 곧장 앞으로 걸었다.

사람들이 노점 가판대 사이를 거닐고 있었다. 알 수 없는 어떤 극한의 감정에 이끌려 그들 중 어떤 남자, 온화한 얼굴의 노인을 떠밀었다. 안경과 모자가 바닥에 떨어졌고 그가 그것들을 주우려 했다. 동시에 흰자 가득한 커다란 두 눈으로 무기력하게 나를 돌아보았다. 나는 이미 그 자리를 벗어나고 있었고 그는 여전히 인도 위에 엎드려 더듬거리고 있었다.

내 앞쪽에서 걷고 있는 사람이 두 번째 희생자가 되었다. 그의 태도가 내 기분을 거슬렀다. 나는 그를 거칠게 밀쳤다. 그가 넘어질 뻔했다.

"멍청이…!"

내가 그에게 소리를 질렀고 그는 균형을 잡으려고 애썼다.

아무 이유도 없이 나는 그의 따귀를 때릴 뻔했다…!

그녀가…. 그랬단 말이지!

순식간에 콩코드 다리에 도착했다. 극도로 흥분한 나머지 신문 가판대에 부딪혀 넘어졌다. 그 충격으로 인해 끔찍한 악몽에서 빠져나올 수 있었다. 가판대 유리창에 빛바랜 사진이 걸려있었다. 나는 제목을 이해하지도 못하고 두 번이나 읽은 다음 다시 길을 걷기 시작했다. 열 걸음도 안 돼서 불현듯 어떤 생각이 떠올라 그 자리에 꼼짝없이 멈춰 섰다.

'저녁 식사에 초대받은 날이 오늘이라니! 아! 안돼, 천만에…!'

성큼성큼 걸어서 의사당 우체국으로 들어갔다. 머릿속은 부글부글 끓어올라 복수의 욕설로 가득 찼다. 그러나 때 묻은 편지지 받침 위에 푸른색 속달 편지지와 잉크, 그리고 펜이 내게 현실을 일깨워주었다. 바로 그 순간, 이 사물들, 손으로 만질 수 있는 이 실체적인 물건들을 바라보자 정신이 번쩍 들었다. 나는 이전에 이와 유사한 순간을 기억해냈고 그때의 성급함이 불러온 실수가 두려워 편지 발송을 보류했다. 편지지를 주머니에 찔러 넣고 집으로 돌아왔다. 몇 시간 정도는 숙고할 시간이 있었다.

그리 많은 시간이 필요치는 않았다. 집에 도착하기도 전에 마음을 다잡고 냉정을 되찾았다. 그렇듯 냉정을 되찾는 데는 올바른 판단력이나 현명함 때문이 아니었다. 그것은 때때로 아무것도 할 수 없는 무력감에 의해서, 그리고 타고난 나약함 때문에 저절로 그렇게 된 것이었다.

나는 계단을 오르며 생각했다.

'도대체 무슨 일이 벌어진 거지… 내가 미친 건가? 말 한마디 때문에 전쟁에 뛰어들려고 날뛰다니…! 그리고 무엇보다 어떤 권리로…? 그녀는 람벨을 15년 전부터 알고 지냈으니 거의 어린 시절부터 알아 온 친구 아닌가. 내가 질투를 하는 걸까? 그녀가 람벨을 플랑 레 둔으로 초대했다고 치자. 아마 그녀도 어쩔 수 없는 일이었을 수도 있고, 또 나는 거기 갈 수 있는 상황도 아니었으니! 게다가 그녀가 그런 저급한 연애 취향을 가지고 있다고 감히 말할 수 있을까? (나는 그런 것을 저급하다고 생각한다. 왜 그런지는 짐작할 수 있을 것이다). 나는 그녀가 얼마나 섬세한 사람인지 그 증거를 수백 개나 가지고 있지 않나? 그녀는 언제나 온전히 친구 사이라 하지 않았나…? 만약 그녀가 그 남자의 정부였다면 나의 솔직한 감정을 담은 고백과 이야기를 참아낼 수 있었을까? 말보다 직접적이고 실제적인 유혹을 받고서도 나와 만나는 걸 단 한 순간이라도 참아낼 수 있었을까? 비록 그녀가 연민과 불안 속에 양다리를 걸치면서도 내게 그런 위로와 용기를 북돋는 말을 할 수 있었을까?'

아니지! 이건 아니야! 몽테삭 부인은 고결하고 올곧은 여인이었다. 내가 원하는 만큼 나를 사랑하지 않는다는 것에는 달리 할 말이 없지만, 그녀의 관심을 끌기에는 내가 너무 멀리 있었다는 것이었다. 단지 나의 잘못일 뿐이었다. 비로소 나는 평소의 모습으로 돌아왔다. 나의 의심이 부당하게 그녀를 헐뜯고 명예를 더럽히려 들다니, 나는 영락없이 그녀에게 용서를 빌었다. 그와 동시에 열쇠를 돌려 집 안으로 들어갔다.

격렬한 분노 후에 도달한 이 결론이 내게 효과가 있었다. 나는 하루가 저무는지도 모른 채 멍하니 시간을 보냈다. 일곱 시를 알리는 시계 종소리에 정신이 번쩍 들었다. 서둘러 옷을 갈아입고 마차에 몸을 실었다. 저녁 식사가 시작되기 바로 전에 몽테삭 부인의 집에 도착했다. 현관에 걸린 낯선 모자를 보고 초대받은 사람이 나 혼자가 아니라는 것이 마음에 걸렸다. 어떻든 재빨리 뛰어 올라가서 활기차게 들어갔다. 곧이어 소파에 앉아서 몽테삭 부인과 머리를 맞대고 있는 람벨을 발견했다.

그 충격은 이루 말할 수 없었지만 애써 마음을 가다듬고 너무 늦게 왔다고 푸념하는 소리에 태연하게 응수했다. 가정부가 저녁 식사를 알렸다. 몽테삭 씨는 수프가 나오고 나서야 나타났다. 그에게서는 쾌활함이 넘쳐흘렀다. 다행이라 생각했다. 그의 호탕한 웃음소리와 큰 목소리가 분위기를 부드럽게 해주었고, 세 사람만 있었더라면 분명 불가능했을 유쾌한 분위기를 식사 자리에 전해주었다. 그는 대화를 이끌며 질문하고 대답하고 온갖 주제에 대해 말했다.

나는 이 소음 덕분에 널찍한 식탁에서 거의 외따로 떨어져 내 태도를 가다듬을 수 있었다. 그리고 람벨과 몽테삭 부인을 관찰했다. 디저트가 나올 때까지 의심할 만한 것은 아무것도 보이지 않았다. 몽테삭이 내가 알지 못하는 플랑 레 듄의 이야기를 시작할 때까지는 모든 것이 순조로웠다. 나는 그 이야기를 놓치지 않았다. 이야기가 시작되자마자 거기에 집중했다. 재빨리 주위를 둘러보았다. 몽테삭 부인은 내색하지 않았지만, 이야기의 주제를 바꾸고 싶은 눈치였다. 남편의 말을 중단시키려 했던 그녀의 행동으로 보아 내 짐작이 틀림없었다. 람벨은 배 껍질을 깎으며 바보처럼 웃고 있었다. 이 웃음과 그 밖의 정황으로 나는 가장 끔찍한 결론에 도달했다. 질투가 다시 일었다. 아직 꺼지지 않은 화로에 다시 불이 붙었다.

"당신이 있었더라면 참 좋았을 텐데요…."

몽테삭이 내게 말하면서 이야기를 계속 이어갔다.

"매일 끝없는 파티에 야단법석이었죠. 한데 이 두 사람은 그 냄새 나는 더러운 배에서 뭘 할 수 있었는지 궁금하단 말이죠. 왜냐하면 나는 바다가 무섭단 말입니다! 낚시, 대단한 즐거움이죠…! 몇 시간 이고 거기에 있다니…! 친구들이나 동행도 없이… 정말 대단해!"

"오늘 저녁에 안 나가시나요?"

몽테삭 부인이 약간 신경질적인 톤으로 몽테삭에게 말했다.

"물론 나가야지!"

"그러면, 여러분 거실로 가시죠"

그녀가 일어섰고 람벨이 뒤따랐다. 나도 그를 따라서 움직였다. 몽테삭은 하려던 말을 마저 꺼냈고 나는 귀를 기울였다.

"어느 날 저녁은 자정이 다 되어서야 그들이 돌아왔더군요! 가관 이었죠…. 반쯤은 벗은 몸에 완전히 기진맥진한 채로…! 그동안 집에 서는 좌불안석이었죠. 다행히도 나는 그런 걸 질투하지는 않으니… 안 그래, 마르트…?"

그가 자기 아내에게 큰 소리로 말했다.

"뭐라고요?" 다른 방에서 그녀가 대꾸했다.

"베르디에 씨에게 이번 여름 이야기를 하는 중이야, 람벨 씨와 함 께한…!"

"그분은 거기에 별 관심이 없을 거 같은데요!"

"무척 관심이 많습니다. 부인!"

포탄처럼 말이 튀어나왔다. 마음 같아서는 그녀 앞에서 포탄이 터지길 바랐다.

커피가 나왔고 그 순간은 각자 자신만의 방식으로 기분을 전환하는 순간이었다. 몽테삭 부인이 의도적으로 커피 타임을 준비하는데 시간을 끌고 있었다. 나는 거기서 그녀의 불안을 재차 확인할 수 있었지만, 강박증에 사로잡힌 나는 판단력을 완전히 잃고 그녀의 지극히 평범한 행동에 주의를 기울였다. 그녀는 애써 내 시선을 피하고 있었지만 나는 그녀에게서 눈을 떼지 않았다. 내 시선은 한치의 부드러움도 없이 이글거리는 눈빛을 계속 던지고 있었다.

나는 벽난로에 등을 기대고 찻잔을 홀짝였고 몽테삭은 지칠 줄 모르고 너스레를 떨고 있었다. 몽테삭 부인은 태연하게 미소를 지으며 차를 따라주었다. 내가 그토록 원했던 미소였건만 지금은 그 미소를 그녀의 얼굴에서 지워내고 싶었다. 그녀의 얼굴이 굳어지는 것으로 보아 이런 나의 감정을 확실히 그녀가 알아챘다고 생각했다. 하지만 어떻든 그 순간은 그런 이야기를 할 상황이 아니었으므로 가까스로 나 자신을 억누르며 그녀에게 고맙다는 표현을 에둘러 전했다.

결국 얼큰하게 취한 몽테삭이 자리를 떴다.

"담배 한 대 피울 시간이군요, 곧 돌아오겠습니다."

그가 문 앞에서 큰 소리로 말했다. 누구도 그에게 서둘러 돌아오라는 말을 하지 않았다. 그 말은 그가 집을 나서면서 늘 하는 말이었다. 바로 돌아오지 않을 것이란 걸 모두 알고 있었다. 그가 완전히 집을 나서자 묵직한 침묵이 내려앉았다. 람벨이 먼저 침묵을 깼다.

"이 담배는 아주 부드럽군요"

그는 편안해 보였고 살얼음판 같았던 분위기를 전혀 의식하지 못한 것 같았다.

"베르디에 씨는 담배를 전혀 피우지 않나요?"

"전혀."

"이 크나큰 즐거움을 모르시다니! 당신처럼 세련된 감각을 지닌 분이 이런 즐거움을 이해하지 못한다니 참으로 놀랍군요. 담배를 피우지 않는 작가라…. 꽤 기이하군요."

"베르디에 씨가 당신의 모든 악덕을 가지고 있지는 않아요."

몽테삭 부인이 넌지시 말하면서 자수틀을 집어 들었다.

"흡연은 악덕이 아닙니다."

"생각하기 나름이죠." 나는 매우 건조하게 대꾸했다.

"게다가 제가 보기엔 몽테삭 부인이 당신보다 더 잘 알고 있는 것 같군요."

그녀가 괴로운 시선으로 나를 바라보았다.

"당신의 책은 진전이 있나요?" 그녀가 물었다.

"앞으로 나아가고 있습니다. 감사합니다." 람벨이 끼어들었다.

"저는 르 파르테논에 실린 글을 읽었습니다. 당신의 노고에 아낌없는 찬사를 보냅니다. 이보다 더 적절한 말이 떠오르지 않는군요. 큰 성공을 거둘 것입니다."

"과찬이십니다."

"전혀요. 저는 당신이 쓴 글을 제대로 이해했습니다. 또, 전 당신의 열렬한 팬입니다. <12세기 프랑스 조각의 역사>는 매우 훌륭한 작품입니다. 당연하죠. 수십 페이지에 걸친 정밀한 분석과 풍부한 사유가 돋보였습니다. 이 책이 첫 책인가요?"

"그렇습니다."

"놀랍군요!"

"아, 그런가요?" 내가 겨우 대답했다.

"제 의견은 저만의 생각이 아닙니다. 어느 날 저녁 테오르체 부인 댁에서 찰스 노베르가 이 책을 열광적으로 극찬하더군요. 그의 의견이 중요하다는 것은 당신도 알고 계실 겁니다."

"찰스 노베르요?"

"아주 높게 평가하고 있습니다. 제 말은 믿으셔도 좋습니다."

이 순간에 이토록 넘치는 다정함이 저 가증스러운 입에서 쏟아져 나오다니! 나는 멍하니 그를 바라보고 있었다. 긴 코트를 걸친 호리호리한 젊은 청년이 아주 편안하게 단어를 고르며 이야기하고 있을 때 그의 손가락에 들린 담배에서 피어오른 연기가 옆에 놓인 클로딘의 조각상 <목욕하는 여인>을 감싸고 있었다. 어리석게도, 신랄한 비평을 가할지도 모른다고 생각했기에 이런 친절은 전혀 기대하지 않은 것이다. 당황한 채로 멍하니 서 있는 모습은 분명 우스꽝스러웠다.

"겸손한 분이시군요, 베르디에 씨는. 모두가 당신에게 찬사를 보내고 있습니다. 어쨌거나 이제부터는 그런 찬사에 익숙해지셔야 할 겁니다. 여기저기 당신을 부를 테니까요."

무례를 범하지 않으려면 무슨 말이든 해야만 했다. 부드럽게 감사의 인사를 전하고 나서 냉소적인 투로 덧붙였다.

"제 생각으로는 그저 듣기 좋은 말만 하시는 분 같네요."

그러나 그가 자신의 의견을 충분히 피력하면서 자신은 그런 사람이 아니라고 아주 침착하게 부인하자 나의 분노도 점차 누그러졌다. 그를 아주 싫어했지만 적어도 나름의 취향을 지닌 사람일지도 모른다. 게다가 내가 그를 미워할 이유가 있었나? 미워해야 할 사람은 저기 저 반대편에 앉아 있는데!

그녀는 갓등 아래에서 조용히 실을 뽑고 있었다. 나의 원망이 갑작스레 그녀에게 향했고 공격적으로 말을 건넸다.

"부인께서 배를 타고 바다로 나가시는 걸 즐길 줄은 미처 몰랐습니다."

"사실 전 바다를 사랑하죠."

"아, 그렇군요. 하늘과 물 사이에서 일곱 시간을 머물 수 있다면 사랑 그 이상이라 할 수 있죠."

"우리는 조수 때문에 난감한 상황에 놓였었죠. 밀물을 기다려서 바람을 타고 배를 몰아야 했는데 선장이 그만 길을 잃고 어느 여울에 닿고 말았죠."

"별을 감상하기에 아주 안성맞춤인 장소였겠군요. 그렇죠?"

"하지만 집에서 걱정하는 사람들을 생각해서 그 작은 행복을 오래 만끽하지는 못했답니다. 바닥에 진흙이 있어서 지나는 어부가 어깨로 배를 밀어서 옮겨야 했고요."

"별일이 다 벌어진 소풍이었죠."

"그리고 우스꽝스럽기도 했죠, 우리의 행색이…" 람벨이 끼어들었다.

"알만합니다."

다시 한번, 그녀의 아름다운 눈빛이 내게 무슨 말을 하려 했으나 선뜻하지 못했다.

람벨이 말을 이었다.

"저는 신발을 벗고 있었고 부인은 속치마를 입고 있었죠."

"아, 람벨 씨, 거기까지만요, 부탁입니다."

"그만둬요, 로베르."

그녀가 허물없이 부른 이 호칭이 나를 광기에 몰아넣었다. 그곳에 계속 있을 수 없어서 일어섰다.

"부인, 일찍 자리를 뜨는 것을 이해해 주시리라 생각합니다. 즐거운 시간이었습니다만 오늘 밤 두 분의 모험담을 듣는 것보다 더 시급한 일이 있습니다. 그리고 제가 별다른 연락이 없더라도 놀라시지 않기를 바랍니다. 며칠 동안 자리를 비울 것 같습니다."

이어서 짐짓 정중한 미소로 람벨에게 말했다.

"만나 뵙게 되어서 영광이었습니다."

그에게 손을 내밀자 그도 손을 내밀었다. 나는 일부러 과한 동작으로 그와 악수했다. 몽테삭 부인은 말없이 나를 문 앞까지 배웅했다. 어두컴컴한 현관에 다다르자 부인은 겨우 알아들을 수 있는 목소리로 중얼거리듯 말했다.

"당신 참 매정한 사람이에요."

"제가요? 저는 부인이 로베르와 오붓한 시간을 보내시라고…"

이어서 그녀에게 고맙다는 인사를 무뚝뚝하게 건성으로 건네며 그녀의 얼굴 가까이로 다가서서 이렇게 말했다.

"당신이 정말 미워요, 당신을 증오합니다."

그리고 나서는 곧장 문을 열고 서둘러 계단으로 향했다.

일단 밖으로 나오자, 내가 그녀에게 얽매일 수 있는 모든 끈을 완전히 끊어내야 한다는 단 한 가지 생각밖에 떠오르지 않았다. 맨 먼저, 다시는 그녀에게 돌아가지 않겠다고 나 자신에게 맹세했다. 하지만 그것만으론 충분치 않았다. 확고한 무언가가 필요했다. 나 자신을 구속하고 결코 돌이킬 수 없는 어떤 강력한 행위가 필요했다. 그것을 찾아내기 위해 내가 떠올릴 수 있는 모든 비루한 행위를 떠올렸고 결국 찾아냈다. 내가 여전히 그녀에게 품고 있는 것을 더럽히는 것. 그녀에 대한 추억을 불결한 접촉에 노출하고 다른 사람의 침대 안에서 그것을 더럽히는 것이었다! 이야말로 더할 나위 없는 복수가 될 것이다. 나는 한 시도 지체하고 싶지 않아 곧장 폴리 베르제 카바레 극장으로 향했고 공연 중간에 도착했다.

곡예사와 강아지 묘기는 안중에도 없었다. 내게는 다른 목적이 있었다. 카바레 단골 중에서 눈에 띄면서도 내 계획에 가장 적당해 보이는 여자를 찾아냈다. 짙은 갈색 머리에 유혹적인 입술, 체취를 강하게 풍기는 여자는 송곳니를 드러낸 미소로 내 제안을 수락했다. 자리에 앉도록 청하자 드레스가 구겨지지 않게 치맛단을 매만지며, 자신이 나를 아주 잘 안다고 주장하면서 언젠가 우리가 만난 상황과 장소, 그리고 그때의 행위들을 세세하고 늘어놓았다. 하지만 여자는 날짜를 떠올리다 두서없이 다른 이야기로 빠져들었다. 나는 그녀의 말에 귀 기울이지 않고 웨이터에게 샴페인을 주문했다. 잔에 가득 채워 석 잔을 연이어 마시자 취기가 올라왔다. 나머지는 여자가 모두 마시더니 갑갑하다며 목에 두른 모피 목도리를 풀었다. 바구니에 빼곡히 담긴 토끼들 같은 풍만한 가슴이 불쑥 드러났다.

그녀는 고개를 숙여 자기 가슴을 흐뭇하게 바라보며 나에게 흔들어 보였고, 마치 이것이야말로 거부할 수 없는 효과를 만든다고 생각하면서 이 소중한 보물을 다소곳이 다시 덮었다.

나는 별 감흥을 느끼지 못했고 시간 낭비를 하는 것 같았다. 급하게 벨을 울려 샴페인을 계산하고 나서, 서로 아무 말도 안 했지만 앞으로 해야 할 일을 이미 완전히 알고 있다는 듯 함께 그곳을 나왔다.

그녀는 나를 어느 건물의 이층으로 인도했다. 침울해 보이는 그레이하운드 암컷 한 마리가 힘없이 문 앞을 지키고 있었다. 실내는 맨드라미 꽃무늬 벽지에 유행하는 소품들로 채워져 있었다. 그렇게 오래된 사이인 만큼 우리는 별다른 절차를 거치지 않고 곧바로 암묵적인 합의에 따라 본론으로 들어갔다. 나는 내 모든 분노의 정열로 이 의식을 수행했다. 이것은 그녀에게 어떤 체벌로 느껴질 수 있었다. 그녀는 능숙한 여자였지만 그런 공격적인 태도에 당황했다. 그녀는 사랑의 밀어대신 내 욕설을 들었고, 열정의 발산 대신 폭력적인 눈빛을 분명히 느꼈다.

비루한 하루가 차양 위로 솟을 무렵 우리의 방탕도 마침표를 찍었다. 9시에 그곳의 침대를 빠져나와 집으로 돌아왔다. 머릿속은 고요했지만, 마음은 여전히 요동쳤다. 일을 다시 손에 잡아보려고 오전 내내 자료들을 뒤졌으나 별 성과 없이 자료만 뒤죽박죽으로 뒤섞고 말았다. 부유하는 마음으로는 아무것도 해결할 수 없었다. 프랑스인의 취향에 관한 이미지들보다 내 머릿속의 수많은 이미지가 끈질기게 들러붙었다. 자료를 검토하는 내내 폭언을 퍼붓고 신경질을 부렸다.

이내 작업을 멈추고 지라르동의 청동 조각을 다시 살펴보겠다는 핑계로 베르사이유로 향했다. 심한 충격을 받은 후라 기분 전환이 필요했다. 집 안에 틀어박혀 있는 것은 견딜 수 없었다. 이 짧은 여행은 하나의 탈출구가 될 것이었다.

강렬한 분노와 함께 길을 나섰지만, 감정은 이미 다소 누그러져 억지스러운 느낌마저 들었다. 그 울분의 근거들을 매 순간 곱씹어도 내 원한은 힘을 잃고 있었다. 아무리 그것들을 늘어놓고 가장 야비한 상상으로 감정을 격화시켰어도 몸서리칠 정도는 되지 못했다. 내 저주는 어느덧 물컹한 것이 되어버렸다. 생-클루에서 안개에 휩싸인 황금빛 파리의 장엄한 광경을 바라보니 마음이 산란해졌다. 단지 대기의 기운 때문만은 아니었다.

시간이 흐를수록 혼란은 가중되었고 나에게 닥친 이 시련으로 가슴이 갈기갈기 찢어졌다. 용감하게, 이 짐승을 죽이기 위해서라도 거대한 궁전 전체를 돌아다녀야만 했다. 육체적 피로가 나를 짓눌러 이 걱정을 잠재울 수 있을지도 모른다. 나는 납골묘와 차가운 흉상으로 가득 찬 죽은 자들의 회랑을 따라 걸었다. 이어서 전사자를 위한 층으로 올라갔다. 소수의 방문객이 있었지만 그들의 조심스러운 발걸음이 이 거대한 회랑 묘역에 울려 퍼졌다. 크레시 전투부터 라이히쇼펜 전투까지 우리 군대의 전과를 재현하는 우중충한 작품들을 하나도 빠짐없이, 그러나 특별한 주의는 기울이지 않고 훑어보았다. 영광스러운 순간을 담은 너절한 그림들이 수없이 이어졌지만, 단 한 작품도 눈에 들어오지 않았다. 마치 홀린 듯 집요하게 샤를 마르텔과 그의 아스트라지엔 군대, 아쟁쿠르, 부빈느의 기마행렬, 포르노보와 마리냥 전투를 그린 형편없는 그림들을 감상했다. 승리의 영광을 염원했던 군모의 하얀 깃털과 병사들의 몸짓에서 불행히도, 패배한 전투의 참혹한 흔적이 떠오르고 있었다. 이어서 파리에 식량을 공급하는 이브리, 아르크와 르베르갈랑의 정경, 루이 16세의 사치를 삽화처럼 그려낸 졸작들이 있었다. 네델란드, 플랑드르의 전쟁들, 정복할 도시들이 마치 과일 푸딩처럼 평원에 납작하게 놓여있었다. 그 유명한 포위 작전, 오페라 무대의 배우들처럼 도시를 포위한 병사들과 우아한 시체들 사이로 전장을 방문한 아름다운 여인들이 거닐고 있다. 퐁트노이 전투 다음에 로스바흐 전투의 완벽한 패배와 끝없이 펼쳐진 일련의 승리, 제국과 혁명의 승리를 지켜보았다. 누더기를 걸친 공화국의 군대와 화약 주머니를 입에 문 나폴레옹의 근위대가 수많은 도시를 점령하고 있었다. 나는 유럽에서 도망치기라도 하듯 걸음을 재촉했지만 고작 이봉과 필스, 베르네의 졸작들과 마주할 수밖에 없었다.

두통을 느낀 나는 햇빛이 일직선으로 강렬한 그림자를 만드는 테라스로 내려왔다. 부드러운 바람과 향기로 가득한 눈부신 공간이었다. 지하 동굴 같은 전시실에서 빠져나와 느긋하게 한숨을 돌리고 마른 자갈길로 들어섰고 지금까지 보았던 불쾌한 그림들의 잔상이 눈에서 사라졌다.

관람객들이 느릿느릿 거닐고 있었다. 조각상 주변을 돌거나 연못의 금붕어와 정원수를 감상하는 사람들도 있었다. 아버지들은 아이들에게 주변 풍경을 설명해주었고 부인들은 접이식 의자를 들고 있었다. 턱을 치켜들고 일렬로 선 포병들이 건물 정면의 창문들을 세느라 충혈된 눈들을 부릅뜨고 있었다. 중앙 계단 끝에 둥그렇게 모여있는 한 무리의 영국인 관람객들이 멍하니 입을 벌리고서 가이드의 이야기에 주의를 기울이고 있었다. 가이드의 지팡이는 쉴새 없이 사방으로 움직이고 있었다.

파르테르 연못의 청동 조각상들을 힐끗 보고 지나쳐서 라토나 연못으로 향했고 그곳을 한 바퀴 돌았다. 대리석 받침대 위에 서 있는 포이베와 타이탄의 딸은 가녀린 팔을 들고서 마치 사이렌들과 트리

톤들의 학술회의를 주재하는 것처럼 보였다. 입을 벌린 거북이 무리가 주변을 에워쌌다. 나는 마르시 형제의 이 걸작에 별 흥미를 느끼지 못했고, 주변의 관람객들이 조각상들의 초석에 새겨진 설명을 이해하지도 못하면서 읽고 있는 것을 슬쩍 바라보며 발길을 돌렸다.

나는 녹색 융단 잔디 광장을 따라 아폴론 분수까지 내려갔다. 그러나 햇빛이 너무 강렬해서 그 햇살을 더 이상 견딜 수 없었다. 신들의 전차를 끄는 종마들이 검은 갈기를 휘날리며 녹아내린 금속 같은 파도 속으로 질주하고 있었다. 작열하는 태양 아래 온통 검게 빛나는 용맹한 준마들과 신들조차 어떤 불 속에서 피어오르는 연기 같았다. 나는 근처의 그늘로 발걸음을 돌렸고, 유모들과 아이들, 그리고 군인들로 붐비는 돔 정원과 캥콩스 공원을 가로질러 갔다. 이 천진난만한 세계에 잠시 뛰어들어 함께 어울려보려 했지만, 이내 무산되었고 내 생각은 번번이 진흙 속을 뒹굴었다.

롱베르 정원에 도착해서 잠시 쉬어가려 했지만 고래고래 고함을 치는 어떤 학생 때문에 머리가 찌근거려서 넵튠 분수로 옮겨 그곳에 자리를 잡고 앉았다. 나는 다른 그 어느 곳 보다 이곳의 정취가 마음에 들었다. 그곳의 고요, 나뭇잎이 떨어지는 꾸밈없는 자연의 신선함, 그리고 화려한 건축물과 성대한 장식이 마음에 들었다.

그날, 모든 사람이 경쟁하듯 베르사이유의 매력을 찬미하는 동안 나는 무력하게 벤치에 앉아 있었다. 웅장한 넵튠과 암피트리스트가 바다의 말 히포캄포스와 돌고래, 나이아스 요정 무리에 둘러싸여 요동치는 거대한 조각상을 공허하게 바라보았을 뿐 거기에 집중할 수 없었다. 직관적으로 평가하는 것도, 주의를 집중하는 것도, 불가능한 상황에서 내 생각은 하나의 주제에서 다른 주제로 널뛰었다. 히

포캄포스의 묵직한 둔부를 관찰하고 싶었으나 이내 마음에서 사라졌다. 무력함에 휩싸인 채, 조각상에 시선을 고정한 나는 평소의 미적 안목이 어느 정도 되돌아올 것이라 믿었지만 조각가의 의도를 간파하지 못했기에 명확하게 생각을 정리할 수 없었다.

전날 그 몇 시간 동안의 난데없는 파란이 나를 짓눌렀다. 사지와 뇌가 으깨진 나는 증오를 되살리고 거기에서 어떤 용기를 얻고자 시간을 되돌려 그 순간을 일분일초 단위로 복기하려 애썼다.

잠시 처음으로 돌아가, 다리 위에서 마주친 부인의 쾌활한 얼굴과 짧은 동행, 실없는 대화들이 떠올랐다. 이어서 불현듯 람벨이라는 이름이 분노와 함께 등장했고, 그를 죽이고 싶을 만큼 분노를 느꼈다. 뒤이어 무너진 기대와 오락가락 힘겹게 스스로 끌어댄 해명, 그리고 반복, 저녁 식사, 마치 칼싸움 대결처럼 잘려 나간 가혹한 밤!⋯. 모욕적인 말을 내뱉으며 문을 거칠게 닫고, 거리로 나서 자유를 만끽하듯 차가운 공기를 한껏 들이마시는 나를 다시 보았다. 그다음은 지독한 밤과 딸꾹질, 그리고 침대 스프링에 따라 출렁이는 여자의 뚱뚱한 몸⋯.

나는 이 모든 이미지에 심취했고 더 자극적으로 내 원한을 강판에 갈 듯 거기에 대고 문질렀다. 긴장이 극에 달해 신경이 곤두섰다. 오히려 고통이 점점 더 심해졌다.

그게 바로 나였고, 내가 한 일이었다.

비탈길을 오르기에는 너무 지쳐서 주변을 빙빙 돌았다. 묵직한 나무줄기가 곧게 하늘로 치솟아 있었다. 우듬지의 가녀린 가지들이 이제 막 붉게 물들어가는 하늘 위로 흔들리고 있었다. 나의 비탄은 거기에 매달려 튼튼한 가지들의 줄기 마디를 쫓다가 무성한 가지들의

미로에서 길을 잃고, 신들과 요정이 권태에 찌들어가는 지상으로 다시 떨어졌다.

시원한 그늘에 있었지만 밀려드는 불안이 나를 일으켜 세웠다. 이미 사방에서 관람객들이 출구로 모여들고 있었다. 무의식적으로 나도 그 대열에 끼어들었다. 낯선 사람들 틈에 섞여, 아주 미세한 소음도 천재지변의 굉음을 낼 것만 같은 예민한 신경으로, 두려운 상상으로, 불안에 떨며 내 줄을 따라 걸었다. 잠시 후 역에 도착했다. 궁의 격자 천장 아래에 있을 때처럼 지저분한 대기실에서도 무엇을 해야 할지 몰라 당황했다. 거기서 꽤 긴 시간을 보내야만 했고 덕분에 생각을 정리할 수 있었다. 평정을 되찾기 위해 수없이 마음을 다잡았다. 그제야 지라르동의 작품을 보기 위해 여기까지 왔다는 것을 까맣게 잊고 있었다는 생각이 들었다.

그다음 날도, 베르사이유를 헤매는 대신 생-드니로 향한 것만 제외하면 별반 다를 게 없었다. 나는 거기서 한심한 오후를 보냈다. 공장과 강도, 교회지기의 도시에 진저리가 났다. 나는 대성당의 내밀한 구석구석과 가장 후미지고 쓸모없는 공간을 탐사하면서 저녁이 되어 문을 닫을 때까지 오래 머물렀다. 전날처럼, 손가락으로 돌을 직접 만져보고 세부를 유심히 살펴보아도 아무것도 이해할 수 없었다. 나는 그곳에 도착했을 때보다 더 엉망인 상태로 그곳을 떠났다. 하지만 집으로 돌아간다는 생각에 불안에 떨며 시내에서 저녁을 먹고 두 시간 동안이나 과하게 술을 마셨다. 술에 취한 내 상상력은 극에서 극으로 치달았다. 자정까지 혼자서 횡설수설하며 말도 안 되는 추측들에 몰두하다 망상이 고조되면서, 람벨의 품에 안겨 슬픔에 젖은 몽테삭 부인을 보았다. 나를 비난하는 소리, 손수건을 쥐고 흐느끼는 소리를 잇달아 들었다.

지친 마음에 이 터무니없는 망상은 결국 확신으로 바뀌어 갔다. 나는 그런 확신이 필요했고 그것을 놓지 않았다. 문 아래 한 통의 편지가 나를 기다리고 있었다. 나의 확신은 명백해 보였다. 이 편지가 어떤 의미를 담은 편지일지 예상하자 공포가 또다시 밀려들었다. 그녀와의 불화를 확인해주는 난폭한 절교의 말들일까? 혹은 올리브 가지일까? 절망과 이기심, 분노 사이를 오가며 그녀에게서 재회와 이별, 후회의 절규와 원망 섞인 항변을 동시에 원하고 있었다.

나는 아무 생각도 할 수 없었다. 놀란 나의 손은 헛되이 현관의 양탄자를 쓸어내렸고, 화가 났다. 두려워하면서도, 그녀의 편지를 원하고 있었기 때문이었다. 편지를 받았다는 것이 편지를 받지 못한 것만큼 내게는 부당해 보였다. 곧바로 욕지기가 치밀어 올라 험한 말들을 혼자 쏟아냈다. 결국, 원망을 쏟아놓는 그녀의 편지를 무심하게 읽고선 달리 주의를 기울이지 않았다. 약간의 허세를 부리듯 휘파람을 불며 욕실로 들어가 얼굴을 씻었다. 반쯤 원기를 회복한 듯 침대 시트 속으로 미끄러져 들어갔다.

예상과 달리, 그런 기분이 온종일 지속되었다. 그래서 셔츠 상자 속에 갇혀 나를 기다리고 있는, <프랑스 조각의 역사> 원고를 꺼내 들었다. 나는 이른 아침부터 작업에 매달렸다. 작업은 활기를 되찾았고 모든 것이 순조롭게 진행되면서 상당히 많은 일을 해치웠다. 시계가 정오를 알리자 깜짝 놀랐다. 여전히 이른 오전 시간인 줄 알았다. 나 자신이 대견해서 이 활기찬 여세를 이어가고 싶었다. 거리로 내려가 바쁠 때 들르는 간이식당에서 케이크 한 조각과 커피 한

잔을 혀가 델 정도로 빠르게 마신 후 곧장 책상 앞으로 돌아왔다. 나는 그 자리에서 해가 질 때까지 열광적으로 글을 써나갔다. 어둠이 내려 원고에서 고개를 들 수밖에 없었다. 나는 그 몇 시간 동안 책의 요점들을 정리했고 17세기 말까지 몇 개의 장들을 분류했다. 상당한 분량이었다.

일에 심취한 몽롱한 정신으로 안락의자에 늘어져, 오늘 하루의 성과에 만족을 느끼다가 점차 인생이나 나의 성격, 그리고 자연에 대해 생각하기 시작했다. 생각해볼 만한 것들은 이미 내 머릿속에 가득했다. 처음에는 건성으로, 그러다가 잡념이 비집고 들어올 틈을 막기 위해서라도 진지하게 집중적으로 그것을 되풀이해서 생각하고 또 생각했다.

분명, 나는 자신을 속이는 사람과는 거리가 멀었다. 손쉽게 얻은 평온은 믿을 수 없다는 것, 그리고 이런 폭풍 속에서 잠깐의 고요는 내일을 기약할 수 없다는 것 또한 너무나 잘 알고 있었다. 전날의 참담한 일들과 앞으로 벌어질 일들에 치를 떨며 한숨을 내쉬었다. 도리가 없었다. 난데없는 충동과 변덕으로 내 안에서 일어났던 모든 일은 그토록 괴로운 일을 겪은 후, 내가 거기에 저항하며 조금이라도 살아야 할 욕구를 느끼기 위해서라도 자연스러운 일이었다. 그렇게 해서 무작정 그녀와 나 사이는 이제 완전히 끝났고, 나는 그녀를 더는 사랑하지 않으며, 우리는 다시 만날 일이 없을 것이라고, 나 자신을 타일렀다. 이런저런 부질없는 생각들로 머릿속에 연기가 자욱할 때 또 다른 목소리가 갑작스레 터져 나와 으르렁거렸다.

"넌 쓰레기야!"

나는 곧장 그 목소리를 향해 달려들었고, 적을 향해 질주했지만,

그 파도가 나를 삼켰다. 속수무책이었다. 위태롭게 흔들리는 최후의 자존심을 지키려 수없이 많은 반증들을 떠올려봐도 물에 침식당한 벽처럼 무너져 내렸다. 나는 일순간 솟구친 에너지를 모아 내가 쓰레기가 아님을 증명하는 일을 다시 시도했다. 모두 부질없는 일이었다. 나는 참담하게 패배하고 말았다.

그토록 높은 곳에서 추락한 나는 지평선이 다시 한번 가장 암울한 조짐들로 펼쳐지는 것을 느꼈다. 심지가 얼마 남지 않은 가녀린 촛불처럼 내 희망은 타닥타닥 희미한 소리를 내다가 이내 시들었다. 완벽한 어둠이 찾아들었다.

이런 경우 혼자 있는 것만큼 최악은 없었다. 여기서 벗어나야 했다. 벌떡 일어나 모자를 집자마자 급박한 초인종 소리가 정적을 깼다. 두 번째 초인종이 울렸고, 처음 두 번의 초인종보다는 더 위협적으로 세 번째 초인종이 울릴 때 문으로 다가섰다. 문을 열자 몽테삭 부인이 아무 말 없이 집 안으로 들어왔다.

갑작스러운 상황에 소스라치게 놀라 손을 내민 나를 보지도 않고 곧장 현관을 가로질러 안으로 들어선 그녀가 안락의자에 몸을 던졌다. 뒤따라 들어간 나는 그녀 앞에 무릎을 꿇었다. 창으로 미끄러져 들어온 희미한 불빛이 그녀의 얼굴을 비추었다. 그녀는 울고 있었다. 그 모습에 가슴이 미어진 나는 가장 어리석은 말들을 쏟아냈고 회피하는 그녀의 손을 어떻게든 잡으려 했다. 결국 억지로 그녀의 손을 잡았지만 내가 그 손에 키스하려 하자 그녀가 손을 뺐다.

"당신은 정말 나쁜 남자예요!"

"제발, 그렇게 말하지 마세요, 나는 당신을 정말 사랑하고 있습니다. 지난 3일 동안 내가 얼마나 고통스러웠는지 당신이 안다면…"

나는 격한 감정을 토로하면서 그녀의 연민에 호소했지만 소용없었다. 갑자기 그녀가 일어섰고 손수건으로 눈물을 닦으며 문 쪽으로 가려 했다. 나는 그녀의 드레스에 매달렸고 미칠 듯이 애원하며 그녀를 다시 자리에 앉혔다.

　내가 무슨 말을 할 수 있었을까, 사방의 벽이 빙글빙글 도는 듯한 그 순간에. 두서없는 말들이 입술 위로 몰려들어 말을 더듬거리며 그녀의 치맛자락을 부여잡고 입을 맞추었다. 내 모습이 기괴했지만 분명 그녀의 마음을 움직였거나, 아니면 그녀의 어진 마음이 그랬거나, 우리는 긴 소파의 움푹 파인 자리에 앉았다. 이번에는 내가 눈물에 휩싸여 그녀보다 더 초췌해졌다.

　"왜죠? 왜 그런 거예요? 말해주세요. 왜 당신은 그토록 저를 괴롭히려고만 하시는 거죠?"

　그녀는 더듬더듬 말을 이어 나갔다.

　"당신은 무엇 때문에 그런 모욕과도 같은 비난을 제게 해야만 하나요? 제가 당신에게 무슨 짓을 한 거죠? 대답해주세요, 당신이 보다시피 저는 정말 지쳤어요!"

　그에 답하기 위해 단어를 찾고 문장을 골라야 했지만, 나는 그 순간 바로 눈앞에서 가슴을 뛰게 하는 그녀를 느끼고만 있었다! 나도 의식하지 못한 사이에 이미 내 손은 그녀의 부드러운 두 손을 감싸고 있었다. 나는 허겁지겁 그녀의 손에 잇달아 키스했고 한 손에서 다른 옮겨가며 계속해서 이 키스에 도취했다. 이미 나의 입술은 따스한 그녀의 팔을 따라 더 위로 오르고 있었다!

　"당신은 저를 너무나 큰 슬픔에 빠뜨렸어요! 왜죠? 말해주세요."

　"당신을 사랑하기 때문입니다!" 그녀의 눈을 똑바로 바라보며 분명하게 말했다.

"당신이 없는 삶은 불가능하고 또 당신을 원하기 때문입니다!"

그녀는 희미한 비명을 지르며 내게서 벗어나려고 했지만, 마침내 때가 왔고, 그 무엇도 그녀를 그 운명에서 빼낼 수 있는 것은 없었다. 나는 거칠게 그녀에게 파고들었다. 그리고 자신보다 열 배는 강한 힘에 굴복하면서 그녀의 매혹적인 머리가 내게로 기울었다. 내 입술이 그녀의 입술 위에 스치듯 닿았고 나는 난폭하게 굴었다. 그녀는 발버둥 치며 저항하다 지쳐서, 결국은 내게 몸을 맡기고 말았다.

한 시간가량 흘렀다. 우리는 서로에게서 떨어질 힘도 남지 않았다. 어둠이 내린 암흑 같은 방에서 모든 사물은 밤이 몰고 온 황홀한 자태를 취하고 있었다. 뼛속까지 감격에 젖어, 그녀에 대한 고마움과 애착으로 충만해진 나는 그의 이마에, 그리고 초췌해진 아름다운 얼굴에 입을 맞추고, 말라버린 눈물 자국을 닦아 주었다.

"어떻게 이런 말도 안 되는 일이!…" 그녀가 말꼬리를 흐리며 말했다.

"당신을 사랑합니다!"

"제발 좀 조용히 해요!"

"당신이 내 삶의 전부입니다!"

"제발 그만 하세요."

"내 사랑 마르타!"

"이렇게 수치스러운 일이…"

"아니예요, 그렇지 않아요."

"당신을 절대 용서하지 않을 거예요."

"마르타."

"날 좀 내버려 두세요…맙소사, 시간이 벌써 이렇게 지났다니!"

그녀가 소스라치게 놀랐다.

"그렇게 늦지는 않았습니다."

"늦었어요! 빨리 불을 켜세요."

그녀의 말에 따랐다. 그러나 너무나 허둥댄 나머지 성냥개비를 열 개나 사용한 후에야 불 켜진 램프를 그녀에게 가져갈 수 있었다. 그러자 서둘러 밝은 거울 앞에서 옷매무새를 고치고 머리를 다시 말아 올리면서 모자를 핀으로 고정했다.

"일곱 시 사십오 분이라니! 미쳤군요."

"적어도 이십 분은 제게 주세요."

"그걸 말이라고 하세요."

"맹세코!"

"자, 이제 안녕."

"안녕?"

"또 봐요."

"내일 오세요."

"아니, 아니요, 다시는!"

"당신에게 하고 싶은 말이 너무 많아요!"

"나중에요, 당신이 원한다면 언제라도 저를 보러 오세요."

"알겠습니다!"

그녀가 떠나려는 찰나, 나는 그녀를 이대로 떠나보낼 수 없어 다시 품에 안으려 했지만, 그녀는 유유히 벗어났다.

"그만 해요, 자크!"

"당신을 사랑합니다."

"신중하게 처신하세요."

"당신을 사랑합니다."

그녀는 아무 말도 하지 않았다. 그러나 나는 그녀가 떨고 있는 것을 느꼈다. 천천히 감기는 눈꺼풀이 많은 것을 말해주고 있었다. 나는 다시 한번 더 그녀의 작은 손을 꽉 쥐었다. 그렇게 그녀는 떠났다. 계단 난간에 기대어 아래층의 출입문이 닫히는 소리가 올라올 때까지 그녀의 발소리에 귀를 기울였다.

매혹적인 순간의 여운이 사라질까 두려워 까치발로 집 안으로 돌아왔다. 그녀를 다시 떠올릴만한 것은 아무것도 남아 있지 않았다. 단지, 헝클어진 소파의 주름들이 사랑의 흔적을 간직하고 있었다. 어색해진 나는 거기에 감히 앉을 수도 없이 조심스레 거리를 두고 서서 바라보기만 했다. 램프의 불빛이 집안의 물건들 위로 평화롭고 안온한 빛을 건네고 있었다. 비단이 반짝이고 있었고 음영이 드리운 자락에서는 돋을무늬가 선명하게 드러났다. 여인의 유방처럼 보이는 어떤 무늬를 발견하고 소스라치게 놀랐다. 불현듯, 살인자가 범죄를 저지른 후 분명 이런 시선으로 자기의 방을 바라볼 것이란 생각이 들었다.

그러나 그것은 섬광처럼 반짝였고, 그런 생각을 뿌리칠 만큼 너무나 벅찬 희열이 마음속에 울려 퍼졌다. 실내를 한눈에 둘러보았다. 나는 그녀가 숨 쉬었던 그 공기를 들여 마셔 허파에 가득 채웠고 맑은 물처럼 그것을 맛보았다. 움푹하게 들어간 소파의 쿠션에서 그녀의 생생한 형체를 여전히 느낄 수 있었다. 나는 그 형체를 다시 복원하고 싶었다. 내 손가락들이 허공을 상상의 애무로 감쌌다. 마치 그 공기의 육체가 형체라도 지닌 듯 그에 입 맞추었고 그 옷감들을 물어뜯었다. 나는 터무니없는 쾌락에 젖었다. 심지어 그녀의 부드러운 자태를 다시 마주하고 있다고 믿으며 두 눈을 거울의 어두운 반사판에 담갔다. 그러나 그곳엔 내 두 눈의 끔찍한 열망만 빛나고 있었다. 머리카락 한 올을 발견한 나는 그것을 집어 전등갓 아래에서 마치 경이로운 물건이라도 되는 양 오랫동안 감탄하며 응시했다.

책상 위에서 최근에 쓴 <프랑스 조각의 역사> 한 페이지가 희미한 빛을 발하고 있었다. 그것을 읽어보려 했으나 그 어떤 의미도 포착할 수 없이, 단어들만 눈으로 들어왔다. 지금이 몇 시인지, 세 번이나 회중시계를 확인했지만 세 번 모두 시계를 보지도 않고 주머니에 집어넣었다. 어쨌든 밖으로 나가야만 했다. 모자를 쓰고 불을 끄려는 찰나에 뒤로 물러섰다. 불빛과 함께 신기루가 영원히 사라질 것처럼 보였다. 그런 무모한 생각에 스스로 무안해져서 결국 불을 껐다. 완전히 암흑에 휩싸였다. 나는 더듬더듬 문으로 향했다.

서둘러 저녁 식사를 끝냈다. 술을 마시지 않았음에도 취기가 오른 나는 거리에 안개처럼 떠다니는 사람들과 사물들을 바라보았다. 심장이 터질 듯한 기쁨으로 내 모든 근육은 팽팽하게 긴장되었다. 그러나 온전히 나 혼자만의 즐거움을 위해 바깥세상의 그 누구도 알아채지 못하도록 견고한 마스크를 썼다. 그 누구도 이런 불덩이가 안에 있다는 것을 알아채지 못했다. 나는 폭군처럼 대로를 점령했다. 타오르는 격정으로 보도가 무척 좁게 보였다.

두 시간 동안 거리를 활보하며 쏘다녔다. 그러고 나서 고요하게 이 행복을 다시 맛보고 싶어서 마차를 잡아타고 집으로 돌아왔다.

아침나절에 몸에서 느낀 모종의 불편함이 꺼림칙해서 옷을 벗었다. 내 두 눈으로 직접 확인해봐야 할 것만 같았다. 보자마자 나는 깜짝 놀라고 말았다. 다시 한번 자세히 살펴보면서 내가 발견한 것이 뭔지 알아챘다. 내가 그 병에 걸린 것이었다!

처음에는 분명히 깨닫지 못했다. 아마도 지금 내가 기억하고 있는 것 이상으로 더 많은 시간이 필요했을지도 모른다. 분명한 증거들이 거기 손에 잡힐 듯 있었고, 그 확고한 증거가 내 두 눈을 찌르고 있었지만, 충격에 얼어붙은 나는 이를 이해할 방도도, 또 이 일이 어떻게 전개될지 전혀 예측할 수 없는 상황에서 그 자리를 맴돌기만 했다.

나는 이와 관련해서는 필요에 의해서라도 전부 이야기하고 있다. 왜냐하면, 지금 그때를 돌이켜보면 그 순간의 현실은 희미해지고 사라져버렸기 때문이다. 내가 그 순간을 그대로 옮겨쓰는 것 이상으로 더 많은 것을 여기에 적고 있지만, 이 역시 그 나름대로 그 순간의 진정한 의미였다. 병의 원인을 찾는 것은 당연했지만, 논쟁의 여지가 없는 것조차 의심스러워 보일 정도로 절망에 빠져있던 나에게는 상당한 노력이 필요했다. 마침내 그것을 깨닫고 나서 통탄을 금치 못했다. 일어날 수 있는 일이 일어난 것일 뿐이야, 언제나 근심에 익숙해져 있는 나는 침대에 들었고 심지어 잠들 수 있다고도 생각했다.

깨어났을 때, 사정이 나아진 것은 아니었다. 그러나 이상한 일은, 내가 오직 나 자신만의 관점에서 이 일을 생각하고 있다는 것이었다. 나의 연인이 감염될 수 있다는 생각은 단 일 초라도 내 근심에 끼어들지 않았다. 이기심이었을까? 어쩌면 그보다는, 정신이 산란했기 때문이리라. 어쨌든 일어나자마자 분주하게 움직인 것은 사실이다. 비록 경험은 부족하지만, 이 사고가 비극으로 치닫지 않아야 한다는 것을 충분히 알고 있었다. 내 주변의 수많은 사람을 관찰한 결과가 내게 그렇게 말하고 있었다. 젊은이들에게 이 병은 흔한 일이다. 어떤 이는 어리석은 허풍으로 자랑스레 떠벌리기도 한다. 나는 마음을 가라앉히고 내 불운을 받아들였다. 최악의 상황이 벌어지지 않은 것이 그나마 다행이라 생각하니 이내 마음이 놓였다. 약품들과 이래저래 필요한 물건들을 구하느라 반나절을 소모했다. 나머지 반나절은 내게 병을 옮긴 여자의 운명을 저주하는 데 사용했고, 몽테삭 부인과의 약속 시간까지 그 저주를 이어갔다.

계단에 서서 초인종에 손가락을 올려놓는 순간, 끔찍한 생각이 뚫고 들어와 나를 완전히 사로잡았다. 그녀는…! 다리가 후들거렸다. 이어 술에 취한 듯한 걸음으로 거실로 들어갔다. 다행히 아무도 없었다. 거실의 안락의자가 내게 냉정을 되찾을 시간을 주었다.

5분이 흘렀다, 얼마나 긴 시간이었는지! 불결한 기억이 나를 짓누르고 있어 그 순간을 이야기하고 싶지는 않다. 문틈 안으로 섬세한 실루엣이 보일 때까지 핏발 선 뇌가 절망에서 우려낼 수 있는 그 모든 것이 내게로 흘러들었다고 말하는 것으로 충분할 것이다.

나는 이 글의 운명을 알지 못하고, 또 어떤 기대도 하지 않는다. 그러나 만일, 이와 같은 형벌을 감내해야 하는 어떤 남자가 이것을 읽게 된다면 아마도 그는 나를 이해하고, 나를 용서할 것이다. 그 짧은 순간에, 광기에 찬 상념들이 머릿속에 고동쳤다. 그 속에 살아있는 유일한 생각, 말하자면 유일한 의지는 짐승의 의지, 동물적이고 악랄한 방어 의지, 쫓기는 야수의 본능적 필요, 맞서고, 부정하고, 심지어 비난하는 것, 바로 그런 것이었다! 돌이킬 수 없는 단어들이 내 입술로 올라오고 있었다. 이미 내 눈은 그녀의 눈과 마주쳤고, 그녀가 웃으며 세 발짝 앞에 서서, 내가 키스하도록 그녀가 손을 내밀었다. 그녀의 미소에서, 내가 준비했던 거부의 의지는 무너져 내렸다. 나는 거대한 희망이 솟구치는 것을 느꼈다.

"어서 오세요, 이쪽으로!"

그녀가 말하는 동안에도 그녀의 손에 입을 맞추고 있었다.

"그만, 인제… 그만요…."

그 순간 핏기 없는 내 얼굴이 아픈 듯 보였다는 게 믿기지 않았다.

"어디 아파요?"

"아니요!…왜 그렇게 생각하죠?"

"너무 창백해 보여요."

나는 야비한 거짓말을 했다.

"당신을 보니 너무 감격스러워서."

그녀는 눈꺼풀을 내리며 고맙다는 표시를 했다. 나는 그 보답으로 무언가를 기대하며 짓궂게 얼굴을 찡그렸다. 아무 말도 돌아오지 않자, 나는 그녀를 품에 안으려 했지만, 그녀는 단호하게 그것을 제지했다.

"자중하세요."

분명 그래야 했다. 하지만 나는 특권을 가지고 있다고 생각했고 호의를 빌미로 삼았다.

"언제까지요?"

"언제나."

"어제 이후로 시간이 어떻게 갔는지 모르겠어요!"

아! 사랑하는 마르타! 나는 환호하듯 외쳤다.

"쉿, 조용히 하세요. 어젯밤 일에 대해서 더는 생각지 말아야 해요.

절대로!"

"꿈을 꾼 것만 같습니다".

"그럴 리가요. 절대로. 아시겠어요?"

"오! 마르타, 진정 당신입니까, 내게 그런 말씀을 하시는 분이?"

"당신에게 부탁드립니다."

그녀의 얼굴이 어찌나 아름다웠는지 나의 수치도 잊고 말았다.

"당신을 사랑합니다. 마르타, 그리고 당신이 원한다면 뭐든지 하겠어요."

"그럼 이제, 이야기를 나눌 때군요. 어떻습니까, 요즘."

두려움으로 소름이 돋았다. 그러나 너무나 평온한 그녀의 얼굴 모습을 보니 두려움이 사라졌다.

"그 어느 때보다 아주 건강하고 활기찹니다."

희극배우처럼 과장된 톤으로 말했다.

"일은 어때요?"

"푸우…"

"아주 훌륭한 책을 우리에게 건네주길 바라고 있습니다."

"이런!"

"반드시."

"그래요, 당신에게 걸작을 안겨 드리죠, 그리고, 그다음엔?"

"그다음엔, 또 다른 책이죠."

"너무 하시는군요."

"난 당신이 저명한 분이 되길 바라요."

"잘 알겠습니다."

"좋아요, 이제야 웃으시는군요!"

"어떻게 당신을 좋아하지 않을 수 있을까요."

"고마워요. 한데, 이제 말해주세요. 얼마 전 이곳에 있을 때 당신이 무엇 때문에 그리도 심각하고 사나운 눈길로 화를 내고 온갖 무례한 말로 심술을 부렸는지…정말로 슬펐답니다, 맹세코."

"저는 그때, 바로 거기서 그 방해자를 발견하고 화가 났습니다. 그래요. 질투가 났죠. 그 배 이야기에 폭발하고 만 거죠. 견딜 수 없이 고통스러웠습니다."

"람벨 씨를 질투하다니! 그럴 거라 생각은 했지만, 어떻든 당신이 제게 더 큰 신뢰를 주고 있다고 믿었습니다."

"미안해요."

"람벨은 좋은 친구입니다. 그 사람은 제게 다른 마음을 품고 있지 않아요, 믿어도 됩니다. 정말 엉뚱하고 재밌네요. 사랑에 빠진 람벨이라니. 그리고요, 그리고 나선?"

"아주 울적한 마음으로 잠자리에 들었지만 밤새 눈을 감지 못했습니다."

"벌을 받은 거예요."

그 말을 듣자, 피부에 소름이 돋았다. 그러나 그녀의 두 눈이 사랑스럽게 반짝이고 있었기에 파렴치하게도 한술 더 뜨고 말았다.

"기분 좋은 벌이죠. 덕분에 당신을 생각했으니까요."

"그런데도 당신은 다음 날, 그다음 날도, 어제도 나를 보러 오지 않았어요. 아마 영영 오지 않았을지도 모르겠군요."

"외! 그렇지 않아요…"

"당신은 분명 돌아오지 않았을 거예요! 그걸 느꼈어요. 당신은 내게 작별의 편지 한 장 보내지 않았을 테고, 저를 고통 속에 홀로 남겨

두었을 거예요. 영원히. 서글픈 일이죠"

"내 사랑이여…"

"또 당신을 찾아간 건 저였어요. 당신을 만나고, 당신을 안심시키고, 당신을 위로하는 게 제겐 중요했죠"

"그래요, 당신은 천사 같은 마음씨를 지녔죠. 하지만 후회하지 마세요"

"후회하지 않아요"

그녀가 침착하게 나를 똑바로 바라보며 솔직하게 말했다.

"그렇다면…당신은 나를 사랑하고 있나요?"

"아, 가엾은 이여! 당신은 사람 마음을 읽을 줄 모르시는군요"

내가 터무니없이 비열한 변명을 늘어놓을 수도 있었던 그 순간에 예기치 못한 그녀의 고백이 나를 혼란에 빠뜨려 급기야 격하게 외치고 말았다.

"저는 비루한 겁쟁이예요. 당신의 사랑 받을 자격도 없습니다. 내가 얼마나 나 자신을 혐오하고 경멸하는지 당신은 모르실 겁니다."

"보세요!…제발, 바보 같은 소리 하지 말아요."

우리는 밤이 될 때까지 나란히 앉아 다정하게 마음을 나누었다.

모든 두려움이 내게서 사라졌다. 농담을 건넬 정도로 내가 품고 있던 불안이 우스꽝스럽게 느껴졌다. 그녀가 말했다.

"저녁 드시고 가세요."

"좀 곤란하군요."

"왜요?"

"당발 씨가 저를 괴롭히고 있습니다. 원고 마무리가 늦어져서…. 아, 참 그리고 최근엔 조금 적게 먹고 있습니다."

"아쉽네요. 그럼 언제쯤? 모레?"

"알겠습니다."

날개를 단 듯 가벼운 마음으로 집으로 돌아왔다. 자정까지 미친 듯이 글을 썼다. 나는 방울새처럼 가벼웠다. 그녀가 아무런 해도 입지 않았다는 것 외에 아무것도 중요하지 않았다. 나는 조만간 이 위기를 빨리-아마 며칠은 걸리겠지만-넘길 것이다. 꿈꿔오던 사랑이 나를 가득 채우고 있지 않은가.

그러나 그런 기대가 깨졌다. 의사는, 별다른 이상이 없더라도, 여전히 최소한 3주 이상 식이요법과 적절한 치료가 필요하다고 강조했다. 힘든 일이었지만 받아들이는 수밖에 없었다. 의사의 처방전을 따랐고 증세가 그리 심하지 않은 것을 다행으로 여겼다.

이틀 후, 나는 그녀의 집 초인종을 눌렀다. 가슴이 조마조마했다. 그러나 그녀의 모습이 내게 남아 있던 불안감을 사라지게 했다. 그녀는 빛을 발하듯 아름다웠고, 그녀의 시선은 부드러운 파도처럼 내게로 번져왔다. 나는 그곳에서 성스러운 몇 시간을 보냈다. 몽테삭은 디저트를 끝내자마자 외출했다. 온전한 침묵의 정취는 은은했고, 전등갓에서 떨어지는 빛은 내 환상을 분홍색으로 물들이고 있었다. 우리의 손은 떨어질 줄 몰랐다. 그토록 더럽혀지고 비열했던 내 영혼은 그 순간 무구한 영혼이 되었다. 그날 밤 그곳에서 내가 할 수 있는 가장 고귀한 말들을 꺼냈다.

11시쯤 그녀를 떠났고 신경이 극도로 곤두서서 잠을 이룰 수 없었다. 마침 파르테논 출판사에 약속한 스무 장가량의 원고를 다시 손에 잡았다. 이미 여러 번 그쪽에서 재촉했던 원고였다. 그런 다음 피로에 지쳐 온종일 잠을 잤다.

다음 날은 그녀와 함께 저녁을 들고 오데옹 극장에 가기로 했었다. 그 시간이 오기만을 안절부절 조급하게 기다리고 있었다. 나의 몸 상태는 그리 좋지 않았지만, 오후가 되자 조금 나아졌다. 상당히 많은 분량의 글을 쓰고 나서 소파에 길게 누워 다시 읽었다. 아주 만족스럽게 마지막 페이지를 읽고 있을 때 한 통의 속달우편이 도착했다. 그녀에게서 온 것이었다. 그녀는 몸이 좀 불편해서, 피로를 더 느끼지 않기 위해 만남을 다음 날로 연기한다고 전해왔다. 단 네 줄의 문장, 다른 때라면 아무렇지도 않을 이 문장들에 심한 충격을 받았다. 심장이 멈췄고, 파국의 종소리가 큰 소리로 울렸다.

어떻든, 나는 그녀의 상태를 살피러 갈 여력은 되찾았다. 어떤 시련도 두렵지 않았다. 내 무릎은 납덩이가 되었고 초인종 소리가 관자놀이에 날카롭게 파고들었다. 사람들이 나를 안내했다. 긴 의자에 누워있는 그녀를 보았다. 그녀에게 달려가 애원하듯 두 손을 잡았다. 그녀는 우아한 몸짓으로 나를 맞았다. 그녀의 첫 마디는 이 예기치 않은 상황에 대해서 사과하는 것이었다.

"제가 원망스럽죠?"

"당신 편지를 받고 너무 겁이 났습니다. 어떠신가요?"

"몸이 좀 무거울 뿐이에요, 별거 아니에요."

"아, 의사는 무슨 이야기를 하던가요?"

"의사는 부르지 않았어요."

그녀는 여전히 아무것도 모르고 있었다. 이것은 일종의 유예였다.

"이렇게 와주시다니 정말 고마워요."

고맙다니! 욕설을 들어야 마땅했다. 어느 순간 그녀에게 진실을 외치고 싶었지만 비겁하고 비루한 짐승들이 내 안에 우글대면서 용기를 낼 수 없었다.

"그래도 많이 기다리셨죠?"

"그럴지도요!"

"오!"

두려움이 세차게 밀려들었고, 뻔뻔하게도 이 '오!'라는 말을 하면서 섭섭함을 내비쳤다.

"당신이 오시리라 생각하고 있었어요, 사실은. 하지만 이제 가셔야 해요."

"벌써요?"

"친구가 오기로 했어요. 아주 귀찮은 친구죠."

끔찍한 생각이 떠올랐다.

"지금은 좀 어떠세요?"

"근육통과 오한이 있어요."

"분명 감기에 걸렸을 겁니다."

"아마도요. 그럼 나중에?"

"매일 들르겠습니다."

"그래요."

나는 조금은 가벼운 마음으로 자리를 떴지만, 이 감미로운 환대로 나 자신을 속일 수 없었다. 그녀는 아무것도 모르고 있다. 더 이상 무슨 말이 필요할까. 언제까지?

곧바로 상황을 냉정하게 판단하려고 애썼다. 운명은 거부할 수 없으니 무슨 계획이라도 세워둬야 할 것만 같았다. 막상 진실이 밝혀지는 순간이 왔을 때를 상상해보았다. 온갖 거친 말들과 비난이 내게 쏟아졌고, 그에 따라 나 역시 지레 펄쩍 뛰며 분노하고 내 입장을 합리화했다. 나조차 이해할 수 없는 비겁하고 어리석은 논리를 세우고 그것이 진실이라고 스스로 믿었다.

한참 동안을 헛되이 이런 생각에 몰두했다. 이어서 양심의 가책에 휩싸인 내가 그녀의 시선을 견디고, 수치심도 없이 상투적인 말을 쏟아낼 수 있다는 생각에 숨이 막혔다. 그럴 수는 없었다. 내 입으로는 할 수 없는 이 고백을 글로 썼다. 다섯 번이나 편지를 되풀이해서 쓰다가 매번 포기하고 말았다. 도리없이, 편지지를 찢어버리고 내 운명을 운에 맡겼다.

마치 소중한 발견이라도 한 듯 이 결론에 의지한 나는 이런 상황에서는 작업에 집중하는 편이 낫겠다고 생각했다. 책상의 절반을 차지하고 있는 <프랑스 조각의 역사> 원고 뭉치들을 끌어모으다가 꽤 무거운 물건을 떨어뜨렸다. 그것은 리볼버 권총이었다. 그것을 재빠르게 주워 들고 유심히 살폈다. 총신에 점점이 녹이 슬어있었다. 나는 기름 헝겊으로 권총을 닦고서 호기심으로, 작동이 잘 되는지 한동안 시험해보았다. 나를 둘러싼 진흙 같은 침묵 속에서 울리는 건조하고 정교한 방아쇠 소리가 무척 만족스러웠다. 그 소리는 적어도 단호했다. 나는 오랫동안 이 권총을 만지작거리다가 탄알들을 밀어 넣고 나서 내려놓았다. 그러고 나자 마음이 편안해지면서 덜 외롭게 느껴졌다.

그러나 바뀌는 것은 없었다. 곧 어느 시기가 오면 결정적인 대면을 감내해야 해야만 했다. 내 마음의 소용돌이는 고작해야 푸주한의 망치를 기다리는 묶인 짐승의 그것과 다를 바 없었다.

다음 날, 나는 형언할 수 없는 공포에 휩싸여 옵세르바퇴르 거리의 몽테삭 부인 집으로 갔다. 부인은 긴 소파 위에 비스듬히 누워있다가 나를 보자 들고 있던 책을 놓고, 환한 눈빛으로 나를 맞아주었다. 그 눈빛은 내게 또 한 번의 예기치 않은 유예를 의미했고 뻔뻔하게도 그 기회를 이용했다. 태연하게-공포는 그토록 비루한 조언자다-그녀의 상태를 물었다. 그녀는 꽤 좋아졌다고 말했고, 나는 환하게 웃으면서 기뻐했다. 겉치레 인사에 불과했지만 그런 웃음이 격렬한 불안을 잠재웠다. 그래도 여전히 나의 얼굴은 창백한 납빛으로 물들 수밖에 없었다. 왜냐하면 그녀가 나와는 다르게 아주 순수한 마음으로 나의 건강을 염려했기 때문이다. 나는 그녀에게 그리 썩 좋지는 않다고 답했고 심지어 더 과장해서 연민을 자아내도록 했다. 덕분에 이야기의 관심이 자연스레 나의 상태와 치료 쪽으로 집중되었고 그 이야기를 벗어나지 않았다.

나는 지금 이 치욕스러운 이야기를 쓴다는 것이 몹시 수치스러워 얼굴이 화끈거리지만 이런 고백들이야말로 그 무엇보다 중요하다. 무엇이든 주의를 다른 곳으로 돌리는 것은 거짓을 말하는 것이 될 것이다. 그리고 이 책은 하나의 고백록이 되길 바란다. 내 사랑이 추악한 질병으로 무너져내리는 것을 지켜보며, 막다른 골목에 내몰린 나는 진실을 밝힐 시간을 늦추기 위해 절망적으로 고군분투하고 있었다. 나는 파렴치하고 야비했다. 하지만 물에 빠진 사람은 지푸라기라도 잡고 싶지 않을까?

우리가 그렇게 줄곧 함께 있는 동안 나는 그녀의 방귀 소리에 당황했는데 그 소리가 멈추질 않았다. 나는 예기치 않게 어떤 황망한 상황이 벌어질까 두려워 그녀가 단지 대답만을 할 수 있는 방식으로 대화를 유도했다. 그녀는 무슨 말이든 내가 하는 말을 귀담아들으며 동의를 표했다. 해 질 녘 노을빛에 흠잡을 데 없이 그림 같은 그녀의 커다랗고 창백한 이마와 곧게 뻗은 콧날, 그리고 이미 조금 생기를 잃어버린 입가의 섬세한 주름이 빛을 발하고 있었다. 그녀가 상황을 알고 있었는지 아니면 아무것도 몰랐는지는 내가 알 수 없었지만 어쨌든 내 수다에 끝까지 관대함을 보여주었다. 그러나 내 이야기에 부드럽게 응수하는 그녀의 태도에도 불구하고 평소의 생기발랄함이 사라진 모종의 어색함이 느껴졌다. 나는 그녀에게 내가 느끼는 바를 전했다.

"맞아요, 오늘은 유난히 피곤하군요."

곧바로 내 얼굴이 창백하게 굳어지는 것을 본 그녀가 재빠르게 말을 이었다.

"걱정하지 마세요. 아무 일 없을 거라고 확신해요."

우리는 작별 인사를 나누었다. 전날보다 더 열이 오르고 땀에 젖은 그녀의 손에 입을 맞추었다. 나는 가슴이 답답했다. 대화다운 대화도 없이 그녀를 떠나야 한다는 생각에 숨이 막혔다. 그녀가 이런 내 마음을 알아챘다.

"무엇보다 요즘 같은 무더위는 아주 조심해야 합니다."

그녀의 말을 듣고서 그 집을 나섰다. 하루의 남은 시간을 어떻게 보내야 할지 몰라서 내 주치의를 만나러 갔다.

그는 아주 비상한 청년이었다. 약간 투박하지만 정직하고 뛰어난 실력을 지닌 의사였다. 나는 그를 오래전부터 알고 있었다. 우리 둘 다 학생일 때, 넉넉지 못한 사정과 엇비슷한 생활 반경에 따라 간이 식당이나 도서관에서 자주 마주치곤 했다. 그 이후로 언젠가 우연히 다시 만나게 되었고 친구 사이라 부를 정도는 아니지만 아주 좋은 관계를 유지해오고 있었다. 나는 몸의 이상을 발견하자마자 그를 떠올렸고, 그는 내게 용기를 북돋우며 세심하게 치료해주었다. 마침 외출하려던 참이었는지 그의 문 앞에서 마주쳤다. 그가 내게 잠시 함께 걷자고 해서 따라나섰다.

"어때 좀 차도가 있나?"

"아주 좋아."

"뭐 특별한 건 없고? 상처는 어때?"

"전혀 문제없어."

"그래, 알아서 아물 거야."

"그렇겠지."

"한 달 정도 잘 관리하면 될 거야. 우리 몸이 다 그렇게 만들어졌다네. 그리고 누구나 한 번쯤 겪는 일이야. 용기를 내라고!"

"그럼, 여자들은 어떤가?"

"여자들도 마찬가지야, 어쩔 수 없지."

"여자들은 더 심각한가?"

"그렇진 않아, 치료만 잘한다면."

"치료를 안 받고 있다면?"

"오호, 저런, 안 될 일이지. 바로 어제야. 스물두 살의 세탁부가 죽어가는 광경을 보았다네. 임질에 자궁염, 나팔관염, 복막염까지, 그쪽에 온갖 질병은 다 가지고 있었더군. 체온이 39.7도까지 가면 손을 쓸 수가 없다네."

"설마…."

"치료 시기를 놓친 건 말할 것도 없고."

"정말 그렇게 심각한가?"

"달리 무슨 말이 필요할까. 많은 사람이 의사를 무서워한다네. 수치스럽다고 느끼는 것인지, 소심해서 그런지 알 수 없네만, 다들 각자 알아서 약만 먹는다네. 예를 들면, 정숙한 부인들 말일세. 그들 중에서 약 3분의 1은 자신에게 어떤 일이 일어났는지도 전혀 눈치채지 못한다네. 단지 잠시 뾰루지나 부스럼이 났겠거니 생각하고 형편없는 약들만 바르다가 결국 우리를 부른다네. 그때는 이미 늦었다고 봐야지."

"그럼, 남편들은?"

"만약 그들이 문제를 일으킨 장본인이라면, 알아서 해결된다네. 그들은 그 일에 대해서 해명할 수 있는 수많은 이유가 있지."

"만약 그 병이 다른 곳에서 왔다면?"

"남편들은 아무것도 알 수 없다네. 여자들은 정말 영악해! 물론 내가 알고 있는 사람들 이야기라네. 남편에게는 아무 말도 해주지 않아. 필요하다면 우리 같은 의사들이 그녀들을 돕기도 한다네."

"놀라운 일이군."

"다시 한번 말하자면, 그런 여자들은 다행스럽게도 무엇을 어떻게 해야 하는지 알고 있는 여자들일세. 하지만 하지 말아야 할 것을 하거나 혹은 아무것도 하지 않는 어리숙하고 경험이 없는 몇몇 여자들은, 드물긴 하지만 큰 대가를 치른다네."

"그러니까 치료가 좀 까다로운 편인가?"

"전혀. 소독과 휴식을 취하는 거지. 절대적으로 휴식이 필요해. 혹시 아는 사람이라도?"

"천만에."

"그런 경우가 생긴다며 나를 불러주게나."

"고맙네. 방문인가?"

어느 문 앞에서 멈추어 선 것을 보고 내가 말했다.

"잠깐 들르는 걸세. 기다리겠나?"

"아니 그럴 것까진 없어."

"그럼, 조만간 다시 보는 거지?"

"조만간."

나는 집으로 돌아왔다. 가슴이 터질 듯이 고동쳐서 미칠 것만 같았다. 하는 수 없이 진정제 몇 알을 삼키고 침대 위로 몸을 던졌다. 그리고 밤새도록 한 번도 깨지 않고 깊은 잠을 잤다.

다음 날, 그녀의 집을 찾았을 때, 그녀는 모자를 쓰고 외출준비를 하고 있었다. 너무 놀란 나머지 굳어버린 내 얼굴을 보고 그녀는 웃음을 터뜨렸다.

"집에서 빈둥거리는 데 지쳤어요. 필요한 물건도 많고, 좀 걷고 싶어서요."

"그러면 안 될 거 같은데요."

"왜죠?"

"몸에 좋지 않아요."

"설마!"

"지금 당신의 상태를 고려하면…"

"내 상태라니요. 나는 아주 건강해요. 만약 내게 나쁜 영향을 주는 게 있다면 그건 바로 계속 집에 가만히 있는 거예요."

"그러면 마차를 부르실 거죠?"

"아니, 천만에요, 그런데 왜 그러시는 거죠?"

"하루나 이틀 정도 더 집에서 쉬시기를 바랄 뿐입니다."

"농담이시죠? 오히려 당신이 쉬셔야 할 것 같은데요. 안색이 좋지 않아요. 일을 너무 많이 하시는 것 같군요."

"아무 일도 하지 않고 있어요. 그건 그렇고, 동의하시는 거죠?"

"무슨 말이죠?"

"마차."

"그러길 바라세요?"

"제발 부탁입니다."

"그럼, 그렇게 하죠. 역까지 저와 함께 가주시겠어요? 잠깐 걸죠."

"물론 그래야죠."

우리는 거리로 내려왔다. 마지막 계단에서 그녀가 발을 헛디뎠다. 그녀는 잠시 두 눈썹을 찡그렸고 자신의 서툰 행동을 탓했다.

"이 치마가 당신을 난처하게 하는군요!"

"다친 데는 없어요?"

"오, 당신은 나를 아주 어린애 취급하시는군요!"

"약속해주세요, 조심하겠다고."

"그래요."

"마차에서 내리지 않겠다는 것도…."

"네. 그럴게요."

"단 일 분이라도 말이죠."

"네."

"맹세하세요."

"네! 남자들은 참 알 수 없네요. 좀 전엔 남편과 다투었는데, 그는 반대로 내가 걷기를 바라더군요. 그리고 의사를 찾아가 보라고…알 만하죠?"

"오, 소용없는 일입니다."

"맞는 말이에요."

"원래 의사들은 아무것도 몰라요. 그들은 언제나 이상한 질병들을 만들어내곤 하죠. 휴식, 그게 최선이에요…."

"일주일 내내 꼼짝도 안 하고 있답니다."

"그래요, 계속 그렇게 유지하세요."

"알겠어요. 이제 다 왔군요. 언제 또 볼 수 있죠? 내일은 생 제르망에 가야하고…목요일은 시내에서 저녁 약속이 있고, 금요일엔 손님들을 초대했어요. 당신의 친구 예센 씨도 올 예정입니다. 가능하다면 그때 오셔도 좋아요."

"다른 날이 좋을 것 같습니다."

"그러면 토요일?"

"네. 토요일에."

마차가 보였다. 신호를 보내자 마부가 마차를 몰고 왔다. 마차에 올라탄 그녀가 주소를 마부에게 알려주자 마차가 움직이기 시작했다. 나는 마차에 꽂아 놓은 세 개의 깃털이 보이지 않을 때까지 마차에 시선을 떼지 못했다. 궤도 마차 한 대가 불쑥 시야를 가로막았다. 그녀가 떠난 뒤 낯모르는 사람들의 검은 무리만 남아 있었다.

예정에 없던 상황이라 나는 잠시 망설였다. 그때 개 짖는 소리가 처량하게 들려서 깜짝 놀랐다. 물컹물컹한 물체가 내 다리 사이에서 뒤척이고 있었다. 마차 바퀴에 치여 허리가 부러진 개 한 마리가 쓰러져 있었다. 나는 그 개를 구하려고 허리를 숙였다. 개가 다시 짖었다. 몹시 불길한 소리에 나는 얼어붙고 말았다.

"다 죽어가는 개 한 마리가 여기 있군."

남자 목소리가 불쑥 기어들었다. 목소리를 향해 고개를 돌렸다. 우둔해 보이는 남자는 뻣뻣하게 굳어가는 개의 다리를 발로 뒤적거렸다.

"빌어먹을! 끝장났군."

그가 한마디 던지더니 지나가 버렸다. 나는 거의 뛰다시피 집으로 돌아왔고 그 이후로 온종일 고열에 시달렸다.

이제 이 이야기의 결말이 시작된다. 그날 이후로 벌어진 일들은 생략해도 무방하다. 지금까지의 이야기로도 충분하다. 앞으로 읽게 될 것은 일종의 보고서다.

토요일, 그녀의 집을 방문했을 때 현관에서 몽테삭의 모자와 지팡이를 발견했다. 그 시간에 몽테삭이 집에 있는 것은 흔치 않은 일이라서 조금 놀랐다. 하녀인 에블린에게 무슨 일인지 물었다.

"부인께서 몹시 편찮으셔서 몽테삭 씨가 부인을 돌보고 계세요."

"부인에게 무슨 일이라도?"

"모르겠어요…. 부인께서는 화요일에 거의 실신 상태로 집에 오셨습니다. 부인이 탄 마차가 합승 마차와 충돌해서 전복되었다고 들었어요."

"크게 다치셨나요?"

"겉보기에는 그렇지 않았어요."

"부인을 볼 수 있을까요?"

"모르겠어요…일단 들어오세요."

나는 응접실로 들어갔다. 꽃 한 송이 없이 적막한 그곳이 낯설게 느껴졌다. 괘종시계의 추가 똑딱이는 소리만 마치 생쥐 소리 마냥 넓은 실내를 갉아먹고 있었다. 여러 날 동안 환기하지 않은 듯 실내 공기는 탁했고, 원형 탁자 위에는 먼지가 쌓여 있었다. 힘없이 구석 자리에 주저앉아 미동조차 하지 못했다. 문이 닫히는 둔탁한 소리와 작은 소음들이 벽을 통해 흘러나왔다. 아주 오래전에 법정으로 통하는 예심판사의 대기실에 있었던 순간이나, 치과에서 대기하던 시간이 떠올랐다. 나는 생각을 하려 했지만 아무 생각도 할 수 없었다. 그러나 아주 분명하게 이제 내 삶이 끝났다는 것, 그 어떤 즐거움도 다시는 내게서 찾아볼 수 없으리란 것을 느꼈다. 발걸음 소리가 점점 다가왔다. 몽테삭이 응접실로 들어왔다. 나는 눈을 들어 그를 바라보았다. 그의 초췌한 얼굴을 보자 더욱 불안해졌다.

"아! 어서 오세요."

그가 가까이 다가서며 두 손을 내밀었다.

"가엾은 마르트!"

"아! 이런. 무슨 일이죠?"

"화요일에 마차 사고를 당했습니다."

"에블린에게 들었습니다, 심각한 상태는 아니죠?"

"글쎄요…아직."

"고통이 심한가요?"

"아주 많이."

"의사는…?"

"별말이 없어요…단지 내부 손상이라고"

"어쩌다 그렇게 된 거죠?"

"상점 주인에게 건넬 말이 있었나 봅니다. 마차에서 내리는 대신 마차의 문을 열고 점원을 불렀는데 바로 그때, 합승 마차가 그녀의 마차를 들이받아서 마차 밖으로 굴러떨어진 거죠."

"그런 끔찍한 일이…"

"걸으라고 내가 그토록 당부했는데, 생각해봐요, 날씨도 너무 좋았고, 내 말에 따랐더라면 그런 일은 당하지도 않았을 텐데…"

'마차!'

그녀에게 마차를 타라고 고집을 부리고 심지어 약속까지 요구했던 나의 모습이 떠올랐다. 내 모든 희망이 단번에 완전히 무너져 내렸다. 마치 바위가 두 쪽으로 쪼개지는 것처럼.

'운명인가!'

"그런가요?"

몽테삭이 두 눈을 훔치며 말했다.

내가 큰 소리로 말한 것 같았다.

우리는 서로를 바라보았다. 그리고 나는 비탄에 젖은 그를 보았다. 무릎을 꿇고 노랗게 변해버린 얼굴과 부어오른 두 눈, 덥수룩한 콧수염 아래로 입술이 어색하게 떨렸다. 의기양양하고 호탕한 그 몽테삭이 노인처럼 주저앉고 있었다. 내 눈에 눈물이 맺혀 시야가 부옇게 흐려졌다.

"기운을 내요…"

"그래요. 당신은 참 좋은 분입니다··아, 이제야 좀 더 잘 보살펴주지 못한 것을 후회하게 되는군요. 당신이 왔다고 아내에게 전하겠습니다만, 얼굴을 볼 수 있을지는 모르겠습니다."

그가 나가고 나자 차가운 침묵 속에 홀로 남았다. 해가 지고 있었고 갈색 비단 벽지를 바른 높다란 벽들은 완고한 빛깔을 띠었다. 천천히 실내를 한 바퀴 돌면서 작별을 고했다. 열정의 시간을 보낸 여기 이 공간 안에서 내 삶이 절정에 달했기 때문이다. 여전히 그녀의 자취로 가득한 물건들을 마지막으로 바라보았다. 그 물건들을 통해 최후의 결단이 일시에 나의 온 모공 속으로 들어왔다. 곧이어 마음이 안정되었고 평온이 찾아왔다.

"열이 많이 나는군요. 그녀가 휴식을 취하도록 놔두는 게 좋을 것 같습니다."

몽테삭이 까치발을 하고 다시 들어왔다.

"제가 여기 온 걸 알고 있나요?"

"네, 당신이 걱정하지 않기를 당부하더군요."

"저의 비통한 마음을 전해주셨나요?"

"당신의 마음을 잘 알고 있습니다. 당신이 왔다는 말에 안색이 밝아지며 애써 미소를 지었습니다. 당신을 안심시켜 달라고 특별히 당부하더군요."

나는 더 이상 견딜 수 없었다. 게다가 경황도 없는 이 불행한 남자를 괴롭히고 있었다. 곧바로 그 집을 나와서 룩상부르그 공원을 가로질러 베르누이 거리로 내려갔다. 공원의 출입구에서 구걸하는 여인이 내게 작고 초라한 꽃다발을 내밀었다. 정신이 다른 데 가 있던 나는 그것을 보지 못하고 지나쳤다. 그녀가 계속 내 뒤를 따라왔다.

"제게 행운을 가져다줄 동전 몇 푼만 부탁드립니다. 선생님!"

'행운이라!'

그 단어가 나의 발걸음을 붙잡았다. 그녀는 내가 그 꽃다발을 살

거라고 오해를 한 건지 내 웃옷의 단춧구멍에 그것을 꽂으려 했다. 그 동작에 놀란 나는 뒤로 물러섰다.

"손대지 마세요!"

그녀에게 소리를 질렀다.

"내가 죽음을 가져다주는 사람이란 걸 모르겠어요?"

그녀는 나를 미친 사람이라 생각했을 것이다. 그러나 천만에, 그 어느 때보다 더 정신이 맑았다. 이 짧은 시간이 나를 바꾸어놨다. 비록 겉으로는 아무런 변화가 없을지라도 마음속으론, 이제 더는 지속할 수 없다는 확신이 점점 크게 자리 잡았다. 마음이 한결 가벼워져서 뚜벅뚜벅 길 한가운데를 걸었다. 눈에 보이는 어떤 것도 나를 방해하지 못했다. 처연하게 펼쳐진 하늘의 아름다움이 너무도 세세하게 눈에 들어왔고, 주변의 풍경을 음미했다. 그리고 생뚱맞게 서 있는 형편없는 동상들에 다시 한번 저주를 퍼부었다. 분수대 옆에 멈춰서서 멀리 떨어진 사람들을 알아보고 인사를 건넸다.

그 오후에, 하루가 비할 바 없는 교태를 부리며 서두르지 않고 마지못해 저물고 있는 듯 보였다. 완벽한 시간이었다. 나는 그 매혹적인 시간을 온전히 느꼈다. 황금빛 햇살이 여전히 양지를 물들였고, 몇몇 건물의 초석을 비추며 넝쿨로 뒤덮인 육중한 벽에 눈 부신 빛의 구멍을 내고 있었다. 바람 한 점 불지 않았다. 화가 앙트완 바토가 즐겨 그렸던 커다란 나무들이 구태의연한 건물들의 실루엣에 리듬을 부여하고 있었다. 분수에서는 물이 수직으로 떨어지고 있었다. 사물들의 숨소리 같은 웅성거림을 빼고는 어떤 소음도 들리지 않았다. 제비들이 제멋대로 획을 그으며 무대를 가르는 소리만 들렸다. 한 아이가 펜에 잉크를 적셔가며 그림을 그리고 있었다.

벌써 분주한 경비원들이 폐장을 알리는 신호로 열쇠를 들고 돌아다니며 사람들에게 출구를 가리키고 있었다. 공원 관리인들이 재빨리 의자들을 모아서 쌓아 올렸다. 시계탑에서 반 시간을 알리는 종이 울리자 탑 꼭대기에서 잠자던 세 마리 비둘기가 무거운 몸짓으로 튀어나와 얼빠진 듯 몇 바퀴를 돌다가 다시 제자리로 돌아가 앉았다.

　나 역시 다른 사람들처럼 공원을 나섰다. 마음속 깊은 곳에 자리잡은 나의 결심은 변함이 없었다. 그것은 내가 당당하게 책임져야 하는 나만의 선이자 내가 얻어낸 소중한 덕목이었다. 사실 오직 나만이 내 이야기의 처음과 끝을 이해하고 있다. 보잘것없는 이야기이지만 그렇다고 흔한 이야기는 아니다. 내가 삶이라는 경기에서 패배한 것은 맞지만, 그 결과에 연연하지 않는 정정당당한 선수로 남을 것이다.

　분명, 나는 누구보다도 더 치명적이고 고통스러운 삶을 살았으니 이제 삶을 마감하려는 것은 당연하다. 시간을 허비했다는 사실을 논할 필요는 없다. 스물여덟 살에 죽음을 받아들인다. 불운한 나날들에 미련은 없다. 어쨌든 오직 로의 결정에 따라, 지금 기한이 돌아온 듯 어느 아름다운 저녁 죽음을 맞이하는 것은 내게 고결한 행위이자 모든 과오를 벌충할만한 행위로 보였다. 누가 알겠는가, 이토록 사악한 나의 이름이 영예로운 빛으로 둘러싸일지. 그때 발에 밟히는 모래 소리에 생각이 뒤엉키면서 마음이 약해졌다. 내 책임인가? 하는 의심이 들었지만…까짓것, 뭐가 중요하단 말인가.

　조용히 내 계획의 실행을 준비하기 위해 집으로 돌아왔다. 곧바로 그 일에 착수했어야만 했지만, 나는 뭔가를 재빠르게 처리하는 사람이 아니었다. 결코…. 우선 내가 처리해야 할 문제들을 생각했다. 아주 간단한 일이었다. 내 재산이라고 해봐야 수중에 있었다. 기부는 어렵지 않을 것이다. 모두 내 이름으로 대중에게 돌아갈 것이다. 누구에게도 피해를 주지 않을 것이다. 나는 내 결의를 다지기 위해 가장 고급스러운 종이 한 장을 집어 들고 단번에 이 단어를 거기에 써넣었다. 유서.

그다음부터는 서두를 어떻게 시작해야 할지 몰라서 펜을 허공에 들고 한동안 그대로 있었다. 쓰다가 구겨버린 종이가 여러 장이었다. 어떤 것도 마음에 들지 않았다. 진부한 표현 대신 이 엄숙한 순간을 제대로 표현하는 첫 문장을 찾고 싶었지만 어떤 문장도 떠오르지 않았다. 지친 마음과 메마른 두뇌가 그것을 거부하고 있었다. 내 펜은 하릴없이 아라베스크 문양을 그리거나 부질없는 낙서만 끼적였다.

어쩔 수 없이 유서는 뒤로 미루고 <프랑스 조각의 역사>로 넘어갔다. 가엾은 내 원고는 아직 다 채워지지 않았지만, 마무리를 위해 필요한 요소들은 내 노트에 모두 기록되어 있었다. 나는 작별의 의미로 원고를 대강 훑어보았다. 이 모든 것이 내게서 멀어지는 것 같았다. 그렇지만 이곳저곳 흡족한 문장과 적절한 비유가 나를 자극했고 곧이어 흥미를 느끼기 시작했다. 램프에 불을 켜고 자리를 잡았다. 저녁 식사도 잊은 채 거기에 매달렸다.

원고를 다시 접한 것은 다행스러운 일이었다. 르 파르테논 잡지사, 그리고 당발 씨와 맺었던 계약과 나의 의무를 다시 일깨워주었기 때문이다. 적어도 그들에게 실수는 하지 않을 것이다. 나는 마침표를 찍은 후, 양심에 거리낌 없이 떠날 것이다. 게다가 오래 걸리지도 않을 것이다.

나는 친구 다르낙에 대해서도 생각했다. 망가진 우정에 대한 환기가 그날의 슬픔을 완성했다. 고향에 파묻힌 그는 내게 연락하는 일이 드물었다. 그러나 내가 마지막으로 보낸 편지의 어조가 그의 연락을 바란다는 의미는 아니었다. 물론 나는 그를 무척 좋아한다. 하지만 서운함을 표현하는 데 너무 서툴렀고 그런 말들은 입안에만 머물렀다. 그에 대해서는 어떤 불만도 없다. 단지 그가 오해하지는 않을 것이라 믿었고 그의 섬세함으로 나의 소심함이 감추고 있는 우정의 갈망을 간파했으리라 생각했다. 그에게 편지를 쓸 용기는 없었지만, 애틋한 추억은 가슴속에 깊이 새겨 넣었다. 내가 아무것도 보여주지 못했던 이 올곧은 남자의 초상을 나의 기억 속에 추가했다. 적어도 그는 살아 있으니!

내 성격이나 그간의 경험으로 볼 때 몽테삭 부인이 가벼운 사고를 당했을지도 모른다는 생각은 불가능했다. 나는 그런 가능성조차 염두에 두지 않았고 몹시 심각한 사고라고 생각하고 있었다. 말하자면, 나는 이미 죽음을 예감했다.

다음 날, 그런 예감을 담은 얼굴로 그 집을 방문했다. 몽테삭이 나를 맞았다. 침통한 표정에 그가 걱정스레 물었다.

"어디 편찮으신가요?"

"아니요…부인은 어떠신지요?"

"조금 호전되기는 했는데… 어젯밤은 그리 심하진 않았습니다."

"아!"

최악의 상황을 예견했기에, 나의 탄식에 약간의 놀라움이 묻어났다. 몽테삭은 이를 놓치지 않았으나 호의로 받아들였다.

"상태가 별로 좋지는 않지만, 나아지고 있습니다. 만나보시겠습니까?"

"부인에게 해가 될까 두렵군요."

뭐라 표현할 수 없는 비겁한 공포가 나를 사로잡고 있었다.

"당신을 기다리고 있습니다. 이쪽으로 오시죠."

우리는 그녀의 방으로 들어갔다. 맨 먼저 베게 위의 검은 머리채가 눈에 들어왔다. 우리를 보고 그녀는 눈을 반쯤 뜨고서 몸을 움직이려 했다. 몽테삭이 그녀를 만류했다.

"움직이지 마, 여보…의사가 분명히…"

그녀는 이내 몸을 풀었다. 아름답고 창백한 얼굴이 매듭이 풀려 굽이치는 머리카락 사이로 제자리를 잡았다. 그녀가 내게 미소를 지어 보였다.

"보셨죠? 저를 어린애 다루듯 하는 걸…안녕하세요, 친구."

나는 그녀의 손을 잡았다. 상아색의 작고 투명한 여린 손이었다. 팽팽하게 돋아난 핏줄이 푸르스름한 줄을 긋고 있었다. 나는 아무말 없이 조심스레 손을 꼭 쥐었다. 입술이 타들어 갈 듯 바짝 마르면서, 이 순간에 무한의 고통을 느꼈다.

"당신을 볼 수 있어서 기쁘네요."

나는 말을 이을 수 없었다. 눈물이 쏟아지려 했다. 그녀는 나의 고통을 어루만지듯 말했다.

"저런, 저런… 진정해요…"

그 말에 어깨를 들썩이며 흐느껴 울자, 그녀가 말을 이었다.

"어때요? 제가 예쁘지 않나요?"

내가 그녀의 사랑스러운 얼굴에 다가가 감싸려 하자, 그녀가 부드럽게 사양했다.

"당신의 책은 어떻게 되고 있나요?"

내 책을 이토록 염두에 두고 있다니…단지 그건 소일거리였을 뿐인데.

"이제 막 16세기를 시작했습니다."

"만족하시나요?"

"네."

"그 책을 읽을 수 있다니 무척 기뻐요. 그때가 빨리 왔으면 좋겠어요."

"몇 주 정도면…"

"저의 회복을 축하는 의미겠죠, 그렇죠?"

"맞아요, 당신이 건강을 되찾은 걸 축하하는 의미로요, 약속하죠."

그녀는 천천히 눈을 감고 아주 작은 소리로 말했다.

"회복이…"

대화를 듣고 있던 몽테삭이 서둘러 그녀의 말을 막았다.

"여보, 말을 많이 하는 건 좋지 않아."

"지금은 괜찮아요."

"그래요, 쉬셔야 합니다. 저는 이제 가봐야겠군요."

자리에서 일어섰다.

"병든 여자…가련하죠, 그렇지 않나요?… 그럼, 안녕히 가세요."

"안녕히."

그녀가 다시 내게 손을 내밀었다. 너무나도 가벼워서 무게를 느낄 수 없었다. 간절한 마음으로 그녀의 손에 입을 맞추고, 내려놓았다,

그녀는 마치 추위에 떠는 아주 작은 짐승처럼 몸을 웅크렸다. 그러고 나서 더 이상 움직이지 않았다.

"편안한 밤이 되길 빕니다."

내가 중얼거리며 마지막 인사를 전했다.

"고마워요."

그녀는 곧 눈을 감았다. 시선이 사라지자 그녀의 얼굴에 비통하게 처연함이 깃들었다. 윤기 없이 색이 바랜 듯한 얼굴은 관자놀이와 두 뺨, 그리고 턱 아래로 드리운 짙은 그림자로 인해 투박한 부조로 변형되었다. 탄력을 잃은 입과 벌어진 입술은 치아에 달라붙은 것처럼 보였다. 그녀는 힘겹게 숨을 쉬고 있었다. 그늘진 목에서 연약한 힘줄이 물결치고 있었다. 그녀가 기침하며 두 눈을 떴다. 미약한 생기가 돌았고 다시 깨어나는 것 같았다.

"내일 봐요."

"그래요. 내일."

나는 비틀거리며 방을 나섰다. 복도의 모퉁이에 부딪지 않도록 몽테삭이 나를 이끌었다. 현관에서 그가 멈추어 섰다.

"어떤가요?"

"생각했던 것보다 괜찮아 보이는군요."

"그렇죠?"

"의사는 뭐라고 하나요?"

"마차 사고가 특별히 심각하지는 않았지만, 마르트의 전반적인 건강 상태가 여러 날 전부터 극도로 악화해서 회복하는 데 어려움을 겪고 있다고 하더군요."

"아…"

"우리가 대수롭지 않게 여겼던 증세가 사실은 몸속의 아주 심각한 질환 중의 하나였습니다. 아마 몇몇 장기들은 이미 손상되었을지도 모릅니다."

"아!…"

"심지어 수술을 권하더군요."

"아!…"

"하지만 마르트에게는 말하지 않았습니다."

"이 의사를 믿고 계신 거죠?"

"오, 물론이죠…헌데, 선생이 보시기엔 어떻던가요?"

"아주 뛰어난 의사처럼 보이더군요…."

"다행이군요. 마음이 놓이는군요."

그녀는 내가 방문한 후 바로 다음 목요일, 정확히 6일 후에 죽었다. 그 엿새는 참혹했다. 수술이 필요 없다고 결정했다가 다시 수술이 필요하다고 하고선 또 미루던 의사가 갑자기 수술을 결정했다. 최후의 순간이 되어서야 허둥지둥 수술을 감행했다. 그렇게 그녀는 다시 살아나지 못했다. 물론 나는 그녀의 임종을 지키지는 못했다. 내가 도착했을 때 양탄자 위에 주저앉은 몽테삭을 발견했고, 그를 일으켜 세웠다. 그녀의 여동생과 간병인 그리고 친척들이 있었다. 약 냄새가 가득한 방에 너무 많은 사람이 모여있어서 모두가 곤혹스러워하며 오열하고 있었다. 내가 그 소식에 충격을 받은 것은 아니다. 그녀의 죽음을 예감하며 미세한 공포에 휩싸여 있던 나는 그 소식을 순순히 받아들였다. 나는 울지 않았다. 심지어 할 수 있는 한 사람들에게 위로의 말을 전했다.

창백한 그녀의 얼굴은 새하얀 수의와 가까스로 구분될 정도였다. 찬란한 아름다움은 더 이상 존재하지 않았다. 그녀의 표정은 고요했고, 어제의 고통으로 뒤틀렸던 두 입술은 자연스럽고도 우아한 리듬으로 서로 맞닿아 있었다. 사람들이 그녀의 머리를 치장해놓았다. 굵게 말아 올린 검은 머리칼과 단정한 눈썹 사이로 이마가 조화롭게 펼쳐져 있었다. 눈동자는 감긴 눈꺼풀 아래에서 볼록하게 부풀었고 약간 푸르스름했다. 반듯한 콧날은 한창때의 곧고 가녀린 우아함을 유지하고 있었다. 내 삶을 지배하고 내 육체의 모든 에너지를 발산시켰던 이 지혜롭고 다정다감한 존재가 미동도 없이 거대한 잠 속에 빠져있었다. 나는 그녀의 모습을 기억에 새겼고 매끄러운 손가락들 위로 신성한 언약의 입맞춤을 놓았다.

그런 다음엔 내게 와닿지 않는 무수한 말들을 뒤로하고, 얼어붙은 가슴으로 벽을 더듬거리며 그 집을 나섰다.

관리인에게 몇 통의 편지를 건네받았다. 나는 그 편지들을 계단에서 펼쳤지만, 단어들은 내게 어떤 의미도 없었기에 내용을 이해할 수 없었다. 그러나 그중 하나가 눈에 들어왔다. 그것은 독일에서 온 편지였다. 그것은 내 책의 번역에 관한 협의를 제안하는 편지였다. 어둡고 음울한 마음으로 답장을 보냈다. 이미 계약이 완료되었다는 이유로 그 제안을 거절했다. 날짜를 확인하다 보니 다음 날이 집세를 지불하는 날이었다. 나는 집세를 준비했고 집주인에게 아파트 임대계약의 해지를 알리는 편지를 썼다. 이어서 책상 위의 서류들을 정리했다.

나는 서두르지 않고 이 일들을 수행했다. 마치 주도면밀한 몽유병

자처럼 정확하게. 어떤 어려움도 없었다. 반드시 있어야 할 자리에, 있어야 할 물건이 있었기에 따로 찾을 필요도 없었다. 한편, 소리를 지각하는 기능을 상실한 듯, 내가 유발하는 소리조차 듣지 못했다. 발걸음 소리는 희미했다. 양털 위를 걷고 있는 듯했다. 마룻바닥의 깨진 유리 조각을 보고 나서야 잔 하나가 깨졌다는 것을 알 정도였다.

　나는 다음날까지 잡다한 것을 정리했고, 그다음 날 장례식에 참석하려고 옵세르바퇴르 가로 다시 갔다.

　살롱은 사람들로 넘쳐났다. 입구에 서 있던 몽테삭이 어렴풋이 인사를 건네고 양손을 잡았다. 나는 그에게 뭐라 말해야 할지 모르겠다는 말을 전했고, 그가 다른 사람들을 맞을 수 있도록 비켜섰다. 그는 울고 있었다. 그의 손수건은 붉게 충혈된 채 부어오른 두 눈을 떠나지 않았다. 나는 울지 않았다. 마침내 채비를 마치고 장례 행렬이 움직이기 시작했다. 나는 낯선 사람들에 섞여 행렬을 따랐다. 몽파르나스 묘지로 가고 있었다. 내 다리가 나를 끝까지 데려가 주었다. 갑자기 수레가 멈추었다. 정신을 딴 데 두고 있던 나는 속도를 늦추지 못하고 앞서가던 남자의 등에 부딪혔다. 그가 몸을 돌렸다. 모르는 사람이었다. 그에게 어정쩡한 사과의 말을 중얼거렸다.

　잠시 후, 땅속에 관을 놓는 모습을 지켜봤다. 인부들이 땀을 흘리며 매우 신중하면서도 서툴게 일을 수행했다. 햇살이 하얗게 내리쬐자 그들의 실루엣이 투박한 부조로 떠 올랐고 그 생경한 난폭함에 충격을 받았다. 여전히 마비 상태에 빠져있던 나는 아무도 소리도 듣지 못했고, 침묵 속에서 드러나는 이 음산한 죽음의 소란은 비현실적인 악몽처럼 보였다. 이어서 나머지는 관례대로 이루어졌다. 나는 다른 이들이 하는 것처럼 한 줌의 모래를 관 위에 뿌렸다. 그 모래

중에 일부는 그녀의 심장 근처에 떨어졌다. 그다음은 아무것도 떠오르지 않는 안개 속으로 사라졌다. 나는 홀로 집으로 돌아왔다. 그 누구도 내게 말을 걸지 않았다.

집, 사람들, 그리고 온 동네가 내게는 지긋지긋해져서 며칠 후 베르누이 가를 떠나 정반대에 있는 파시의 빈느 가로 도망치듯 옮겼다, 거기서 세 칸짜리 평범한 아파트를 임대했고 내 일을 마무리 지었다. 그사이에 틈나는 대로 이 이야기를 썼다.

이제 해야 할 일을 모두 마쳤다. 그녀와 같은 물질인 나는 마침내 무해하고, 무력한 상태로 중력과 화학의 법칙에 따라, 공평하게 육체를 다스려 뒤섞고, 중화시켜, 굳히고 분해하는 확고부동하고도 태연한 질서 안으로 들어갈 수 있을 것이다.

1907년 1월 - 1908년 1월.

LEURS SILHOUETTES S'ENLEVAIENT..

유해한 남자

초판1쇄발행 2023년 6월 7일
지은이 펠릭스 발로통
옮긴이 김영신
펴낸곳 불란서책방
출판등록 2019년 1월7일 제2019-000015
주소 경기도 고양시 일산동구 호수로 336
전자우편 bookfest@naver.com
전화 팩스 031 986 0906

ⓒ 불란서책방 2023

ISBN 979-11-971456-3-6 03860

도움주신 분들
뮤진트리 박남희 님 박남주 님 / Antoine Coppolar 교수님
이희수 님 / 헤르츠나인 유상원 님 / 김정홍 작가 / 박두열 님

*잘못된 책은 구입하신 서점에서 바꿔드립니다